KB077616

연남동 빙굴빙굴 빨래방

연남동 빙굴빙굴 빨래방

김지윤 장편소설

팩토리나인

목차

1

토마토 화분을 두드려 보세요

진돌이가 구슬프게 울었다. 아내가 죽고 난 뒤부터 장 영감 혼자 키우는 하얀 진돗개다. 아홉 살이 된 진돌이는 집에서는 배변을 해결하지 못한다. 주로 마당에서 일을 보거나 산책을 나갔을 때 오줌을 눈다. 장 영감은 늘 마당으로 이어지는 현관문을 조금 열어두는데 오늘따라 늦봄 제대로 불어닥친 강풍 때문에 문이 닫히고 말았다. 그래서 몇 시간을 문 앞에서 말 그대로 똥 마려운 강아지처럼 오도 가도 못하던 진돌이가 잔디와 비슷한 느낌이 나는 장 영감의 초록색 이불에 오줌을 누고 말았다.

거실에서 티브이를 보다가 깊게 잠이 든 장 영감은 한참을 일어나지 못했다. 하지만 오줌 때문에 점점 이불이 축축해지자 잠에서 깨어났다.

"아이고, 차가워라!"

장 영감이 눈을 떴을 때 진돌이가 까만 눈동자를 반짝이며 불쌍한 표정으로 그를 보고 있었다. 진돌이에게 미안해진 장 영감이 얼른 몸을 일으켰다.

"진돌아, 여기에 오줌 눴어? 문이 닫혀버렸구나……. 너도 참느라 혼났지? 괜찮아, 빨면 돼. 세탁기가 있는데 무슨 걱정 이겠냐……."

풀이 죽어 있던 진돌이는 장 영감의 무릎에 머리를 비비며 꼬리를 힘차게 움직였다. 장 영감은 진돌이가 오줌을 눈 이불을 전원 버튼이 다 닳은 오래된 세탁기에 넣었다. 세탁기에 전원이 들어오지 않아 다시 한번 엄지에 힘을 주어 눌렀다. 그리고 이불 코스로 맞춰서 세탁을 돌렸다. 완료까지 걸리는 시간은 한 시간 사십오 분이었다.

장 영감의 집은 한밤중에 세탁기를 돌려도 층간 소음 걱정이 없는 단독주택이다. 연남동에 위치한 하얀 이 층집. 잘 가꿔진 잔디가 제법 넓게 펼쳐진 마당도 있고 듬직하고 커다란 철 대문도 있다. 이 집으로 이사 온 지도 사십 년이 지났다. 처음에 왔을 때는 조용한 단독주택촌이었는데 홍대가 점점 젊음의 거리로 주목받으면서 덩달아 연남동까지 인기가 많아졌다.

이웃들은 대부분 집을 상가로 개조해 일 층, 이 층을 카페나 캐주얼 레스토랑 같은 상가에 세를 주고 이곳을 떠났다. 그래서 장 영감의 파란 대문이 있는 단독주택은 연남동에서 보기 드문, 사람이 살고 있는 집이 되었다.

방이 일 층에 세 개 이 층에 세 개, 여섯 개가 있다. 혼자 살기에는 큰 집이다. 장 영감은 진돌이와 둘이 살면서 이사를 고민하기도 했지만 생전에 유난히 금실이 좋았던 아내와의 추억이 깃든 이 집을 떠날 수 없었다. 마당 테두리에 자리 잡은 목련 나무와 대추나무, 감나무, 머루나무 그리고 대문 옆 화분에 이제 막 꽃망울을 피우려고 하는 봉선화, 장미, 방울토마토까지 아내의 손을 거치지 않은 게 없었다. 이제 여든이 되는 장 영감은 혼자서 일 층, 이 층을 관리하고 마당의 수목까지 관리하는 일이 벅찼지만 먼저 간 아내를 대신해 나무와 꽃을 잘 돌보면 하늘에 있는 아내가 좋아할 것이라고 믿었다.

장 영감이 미지근한 물을 한 잔 마시고 리모컨을 들었다. 잠을 깨며 뉴스 화면을 보고 있을 때 통돌이 세탁기가 덜덜 떨며 마지막 탈수를 마치고 세탁 종료 알림음을 울렸다. 장 영감은 세탁기 앞에 서서 끙차 소리를 내며 이불을 꺼내 올렸다. 어느 정도 물기가 남아 축축한 상태 그대로 마당으로 가지고 나가 빨랫줄에 널었다. 그 와중에 다용도실까지 따라온 진돌이의 발을 밟지 않으려고 모로 걸었다. 아직 해가 뜨지 않았지만 일출 시간이 제법 빨라졌기에 오후까지는 마르겠지라는 생각에 이불을 그대로 걸어두기로 했다. 장 영감이 이불을 널고 돌아오자 그제야 안심을 한 진돌이는 감나무 주변에 가서 똥을 누고 발로 흙을 팔팔 긁어댔다.

"진돌아, 시원허냐?"

진돌이가 장 영감에게 와서 꼬리를 살랑살랑 흔들며 짖었다.

"쉿! 아직 다른 사람들 자고 있어서 조용히해야 해."

장 영감이 입에 검지를 가져다 대자 진돌이는 짖지 않았다.

"아이고, 우리 진돌이가 제일 착하다. 춥다, 얼른 들어가자!"

점심시간이 지난 경로당에는 사람들이 여럿 와 있었다. 칠십 세 이상으로 구성된 경로당의 모임은 젊은이의 거리로 유명해진 홍대에서 보기 드문 모습이었다.

"장 선생님, 나 요즘 이렇게 무릎이 시큰해요. 전에는 걸을 때만 그랬는데 지금은 앉아 있어도 찌르고 누워 있어도 쑤시고. 뭘 먹어야 해요?"

홍 여사가 플라스틱 생수병에 담아 온 믹스커피를 마시며 입을 열었다. 그러자 평소 장 영감에게 라이벌 의식을 느끼던 우 영감이 홍 여사에게 핀잔을 주었다.

"의사도 아니고 약사가 뭘 알겠어. 아프면 병원을 가봐야지!"

"병원 가면 이거 찍어라, 저거 찍어라, 아주 하루가 다 가요. 장 선생님, 약 좀 알려줘요."

장 영감이 우 영감의 핀잔 섞인 말에 헛기침을 한 번 하고 입을 열었다.

"이게 단순한 노화인지 연골근의 수명이 다 된 건지 두 가지……."

"작년에 사고 내서 약국 문 닫은 사람한테 선생님은……."

우 영감이 말을 중간에 툭 잘랐다. 신촌역 앞에서 오십 년 가까이 약국을 지키던 장 영감은 처방전을 잘못 읽고 약을 과다 제조하는 바람에 작년부터 스스로 약사 가운을 벗은 처지였다.

장 영감이 헛기침을 몇 번 하고 입을 열었다.

"제가 톡으로 보낼게요."

우 영감은 실처럼 가는 눈으로 홍 여사를 한번 째려보고 다시 말했다.

"끝까지 약사 선생 놀이는 하고 싶은가 보네."

"우 영감님! 그만해요. 장 선생님한테는 그게 상처라고요. 같이 나이 들어가는 처지에 보듬어주지는 못할망정……."

"홍 여사, 홍 여사도 너무해. 왜 나한테는 '영감, 영감.' 하고 저짝한테는 '장 선생님, 장 선생님.' 하는 겨? 속으로 나 무시하는 겨?"

"장 선생님, 나가요. 진돌이도 너무 오래 혼자 있었어요."

홍 여사가 장 영감의 소매를 잡아끌고 문밖으로 나갔다. 경로당 앞에서 가슴 줄을 매고 기다리던 진돌이가 홍 여사를 보고 꼬리를 흔들었다.

"진돌아, 저 안에 심통 난 영감탱이 때문에 들어오지도 못하고 불쌍해라. 내가 너 주려고 간식 하나 사 왔어."

홍 여사는 직접 코바늘로 뜬 빨간 가방에서 쇠고기 맛이 나는 강아지 껌을 꺼내 주었다.

"뭘 이런 걸. 우리 진돌이 호강하네."

"마음에 담아두지 마세요. 저 우 영감탱이! 다른 경로당에서 왕따당하니까 이리로 와서는 지 버릇 못 고치고 여기서도 또 보는 사람마다 시비 걸고 다닌다니까요!"

"허허……. 내가 무릎에 좋은 영양제 이름 톡에 넣어놓을게요."

"아이고, 장 선생님, 고마워요."

"고맙긴요, 아직 제가 쓸모 있으니 좋죠. 이제 손주 데리러 학교로 가요?"

"예, 시간이 벌써 다 됐네요."

"가는 길이면 저도 이 녀석하고 초등학교로 한 바퀴 돌아야겠네요."

장 영감이 홍 여사에게 같이 가자는 손짓을 하자 홍 여사가 다시 입을 열었다.

"아니에요, 저는 학교 앞으로는 못 가요……."

"손주 데리러 가는 거 아니셨어요?"

홍 여사가 한 마디가 잘려 나간 왼손 약지를 문지르며 작은 목소리로 말했다.

"우리 손주가 앞에 서 있지는 말고 저만치 떨어져 있으래요. 친구들이 손가락 없는 할머니 볼까 봐 창피한가 봐요……. 젊을 때 공장에서 미싱 돌리다가 이렇게 된 건데. 다 지네 아빠 키운다고 이러고 산 건데. 어쩌겠어요, 우리 손주가 나 때문에 풀이 죽으면 안 되니까 그렇게 해야죠."

쓴웃음을 지으며 홍 여사가 다시 한번 네 번째 손가락을 어루만졌다. 결혼반지 끼워보는 게 소원이라는 홍 여사의 농담에서 그간 녹록지 않았을 세월이 다 느껴졌다. 장 영감이 입술을 꾹 다물고 짐짓 고개를 끄덕였다.

장 영감은 진돌이와 함께 연남동 공원으로 걸어갔다. 오후의 연남동은 밤보다는 아니지만 그래도 많은 사람들로 복작거렸다. 늦봄임에도 불구하고 점점 높아지는 기온에 반팔을 입고 있는 사람들을 드문드문 볼 수 있었다. 공원으로 이어지는 작은 횡단보도를 지날 무렵 빨래방에서 빨래를 한 아름 가지고 나오는 젊은 아가씨가 유독 눈에 띄었다. 모두 귀에 이어폰을 꽂고 휴대폰을 보면서 무표정한 얼굴로 걸어가는데, 그 아가씨는 환하게 미소 짓고 있었다. 마치 무슨 깨달음이라도 얻은 사람처럼. 장 영감은 아가씨가 나온 빨래방 앞으로 갔다.

'연남동 빙굴빙굴 빨래방'. 깔끔하면서도 정감 가는 글씨체가 박힌 간판이었다. 그 위에 노란 할로겐 등이 한 글자 한 글자를 아늑하게 비추고 있었다. 상가 앞면은 위에서부터 성인 허리 높이쯤까지 통유리로 되어 있어 안이 잘 보였는데 아래쪽은 상아색과 회색이 옅게 섞인 벽돌들로 촘촘히 이루어져 있어 편안하면서도 단정한 느낌을 주었다. 봄 햇살이 대형 세탁기가 돌고 있는 안쪽까지 깊숙이 내리쬐고 있었다. 창가 쪽에 놓인 나무 테이블에는 커피 머신이 올려져 있고 벽 한쪽에 위치한 낮은 책장에는 책들이 꽂혀 있었다.

"빨래방이 무슨 도서관 같기도 하고 카페 같기도 하다. 세상참 좋아졌네. 그렇지, 진돌아?"

진돌이는 대답 대신 꼬리를 흔들었다.

대문을 열고 집 마당에 들어선 장 영감은 제일 먼저 빨랫줄에 걸려 있는 이불을 만졌다. 아직 축축하긴 하지만 조금 더 말리면 될 것 같았다. 문제는 냄새였다. 진돌이의 오줌 냄새가 고약한 것인지 아니면 오래된 세탁기가 영 제 기능을 못 하는 지 냄새가 쉬이 없어지지 않았다. 장 영감이 코를 대자마자 얼굴을 찌푸렸다.

"오늘 당장 깔고 잘 것이 없는데⋯⋯."

장 영감의 속을 아는지 모르는지 진돌이는 빨간 방울토마토가 심어진 화단 앞에 배를 깔고 따스한 햇살을 맞았다. 그때 대문의 초인종 소리가 들렸다.

"아버님, 저희 왔어요."

장 영감이 대문을 열자 아들과 며느리가 서 있었다. 며느리 손에는 북어포 꼬리가 삐져나온 백화점 종이 가방이 들려 있었다.

"오느라 수고들 했다."

"수고는요. 운전은 차가 하는데요."

아들이 검정말이 뛰어오르는 듯한 로고가 새겨진 포르쉐 차키를 주머니에 넣으며 말했다.

장 영감은 아들과 며느리와 함께 단출하게 아내의 제사를 지냈다. 갑작스러운 사고로 떠난 아내였기에 제대로 된 영정사진이 없었다. 그나마 오십 대 초반에 찍었던 여권 갱신용 사진이 있어 그것을 영정 사진으로 썼다. 죽기 전보다 이십 년은 더 고운 모습이었다.

손주가 영어 학원 끝나는 시간에 맞춰 아들 내외가 데리러 가야 했기 때문에 여덟 시 전에 제사를 치렀다. 메케한 향냄새가 다 빠져나가기도 전에 아들과 며느리가 서둘러 상을 치웠다.

"수찬이 본 지도 오래됐는데……."

"오래되기는요. 설에 와서 세배도 드렸잖아요."

장 영감이 아쉬운 기색을 드러내자 아들이 대답했다. 이제 막 설거지를 마치고 주방에서 나온 며느리가 과일이 든 쟁반을 들고 와서 장 영감 옆에 앉았다.

"진돌이가 있어서 적적하진 않으시죠? 낮에 경로당도 가고 햇빛도 쬐고 그러세요."

배를 깎으며 며느리가 말했다.

"그래, 진돌이가 있어서 좋다. 여기 공원 길 산책도 같이 하고, 바깥 구경도 하지. 이쪽에 재미있는 가게들이 많이 생겼어."

"재미있는 가게들이요?"

"그래, 오늘 산책하다가 봤는데 빨래방도 카페처럼 잘 차려놨더구나. 커피도 마시고 책도 읽으라고. 하여간 요즘 사람들

참 커피 좋아하지. 어딜 가나 커피는 빠지지 않아. 카페인이 좋다고는 해도 중독성이 있어서 오히려 조릿대 차나 녹차 같은 걸 마시는 게 좋은데…… 너도 병원에서 커피 말고 녹차나 다른 차를 마셔라."

"이이 건강은 제가 잘 챙기니까 걱정 마세요, 아버님."

"아버지, 말이 나와서 말인데……"

아들이 긴장한 듯 마른침을 한 번 삼키고 입을 열었다.

"여기…… 집이요……"

"됐다. 그만 말해라."

"들어보지도 않으시고선!"

"안 들어도 뻔하지. 또 그 얘기 아니냐. 상가로 개조해서 세 주라는 얘기. 나는 어디 작은 아파트에 가서 살고!"

"그렇게 화만 내지 마시고 한번 들어보세요. 드라마 작가 하는 우리 처제도 이 동네에 건물 한 채 매입해서 다달이 월세 받고 있잖아요. 안정적인 수입원 있으면 좋죠. 또 요즘 여기가 연트럴파크라고 해서 엄청나게 인기가 좋아요. 산책하시면서 재미있는 가게들도 보셨다면서요. 다른 사람들은 하다못해 빨래방이라도 돌리면서 돈을 벌려고 하는데 아버지는 왜 꾸역꾸역 혼자서 이 넓은 집을 다 쓰겠다는 거예요!"

배를 야무지게 깎아 접시에 놓아두던 며느리가 목청을 높이는 아들의 옆구리를 쿡 찔렀다.

"이이 말도 맞아요. 혼자서 여기를 다 쓰시기에는 청소하시기도 불편하고⋯⋯. 제가 알아보니까 요즘 여기 상권이 좋아서 임대료도 아버님 생각하시는 것 이상으로 받을 거예요. 이 층 버려두는 것보단 낫잖아요."

"다시 말한다. 난 싫나."

장 영감이 단호하게 말했다. 하지만 포기할 수 없다는 듯 아들이 목소리에 더 힘을 주었다.

"우리 수찬이 오렌지 카운티 페어몬트 준비반에 들어갔어요. 근데 아버지는 학비가 얼마인지나 아세요? 일 년에 일억은 기본이라고요. 또 이 사람하고 수찬이 캘리포니아로 보내면 거기서 살 집이며 차며 식비며 생활비며 얼마가 드는지 아세요?"

"오렌지 카운티? 수찬이를 미국으로 보낸다는 말이냐?"

"요즘 일반 학교 나와서는 경쟁이 돼요?"

"나는 너 일반 학교 보내고도 대학 병원 의사로 잘만 키웠다. 나는 연필 한 자루로 공부해서 여기까지 일구었고!"

"또 그 소리."

아들은 벌겋게 달아오른 얼굴을 하고 혼잣말로 작게 내뱉었다.

"너희가 뭐가 모자라니. 강남에 떡하니 좋은 아파트 살면서 왜 자꾸 욕심을 부려, 그래. 남들 하는 만큼만 하고 살아. 너희 그 아파트 들어갈 때 내 돈 받아 가면서 뭐라고 했냐. 남들만큼만 살려고 거기 들어간다고 했지."

"아버님, 요새 누가 남들 하는 만큼만 하고 살아요. 더 하고 살아야죠. 그래야 더 잘살죠. 그래서 더 가르치려는 거예요. 우리 수찬이……."

"내 말이 이거야. 왜 자꾸 남하고 비교를 하냔 말이야. 그러면 너희들도 힘들지만 결국엔 수찬이가 힘들어져. 뱁새가 황새 따라가다가 어떻게 되든?"

말이 안 통한다는 듯 고개를 절레절레 흔들던 아들이 일어나 웃옷을 챙겨 입었다.

"그럼, 여기서 그 돈도 안 되는 아버지 소중한 추억 끌어안고 사세요, 평생. 여보, 일어나. 수찬이한테 늦겠어."

깎던 배를 내려놓고 며느리가 일어났다. 장 영감에게 가볍게 묵례를 하고 아들과 함께 집을 나섰다. 거실 소파에 앉아 있는 장 영감 옆으로 진돌이가 올라왔다. 곧 쿵 소리가 들렸다. 대문이 닫히는 소리였다.

"돈이 안 되면 추억이고 그리움이고 다 버려야 되는 거냐, 진돌아?"

진돌이가 장 영감의 슬픈 눈망울을 보고 주름진 손을 핥아 주었다.

장 영감은 다섯 가지가 넘는 영양제를 챙겨 한입에 삼켰다. 오메가 스리와 비오틴, 칼슘, 마그네슘, 종합 비타민이었다. 그리고 진돌이가 또 못 나가는 일이 없도록 현관문을 잘 고정해 두었다. 마당에서 마른 이불을 가져와 거실에 깔고 몸을 뉘었다. 축축하지 않게 잘 말랐지만 뒤척일 때마다 여전히 진돌이의 오줌 지린내가 풍겼다.

"마트 직원이 알려준 초고농축 섬유 유연제를 썼는데도 냄새가 나네……."

장 영감은 최대한 몸을 웅크렸다. 그리고 휴대폰 화면에서 유튜브 앱을 손가락으로 두드렸다. 하나하나씩 구독해 놓은 채널들을 살폈다. 주로 정치 관련 채널들과 식물 기르는 법을 알려주는 채널들이었다.

"아! 홍 여사한테 톡 보낸다고 했지."

그제야 홍 여사에게 무릎에 좋은 영양제 목록을 보내기로 한 것이 생각났다. 장 영감은 여섯 가지 영양제 이름을 써서 메시지로 보냈다.

○ ○ ○

장 영감은 약국을 하는 오십 년 동안 한 번도 임의로 문을 닫은 적이 없었다. 아내는 그 점을 못마땅하게 여겼지만 한편으로는 병원이 문을 닫은 시간에 약국이라도 열려 있어야 한다며 아픈 사람들을 위하는 장 영감의 책임감에 반했는지도 모르겠다고 말하곤 했다. 아내는 혼자 있는 시간에 지금의 장 영감처럼 집을 가꿨다. 일주일에 한 번 약국이 문을 닫는 날이면, 기다렸다는 듯 장 영감과 함께 고양시에 있는 모종을 파는 하우스에 찾아가서 이런저런 나무와 여러 가지 씨앗을 사 와 마당에 심었다. 마당에 뿌리를 내리고 담장을 넘어갈 만큼 커버린 대추나무와 여러 가지 꽃들이 장 영감에게는 절대 이 집을 상가로 만들 수 없는 이유였다.

몸을 뒤척일 때마다 올라오는 냄새 때문에 장 영감은 잠을 이룰 수가 없었다. 문득 머릿속에 이십사 시간 문을 연다는 연남동 빙굴빙굴 빨래방이 스쳐 갔다. 자리에서 일어나 이불을 갰다. 싱글 사이즈의 이불이라서 김장 비닐에 알맞게 들어갔다. 장 영감이 진돌이와 함께 빨래방으로 걸어갔다.

열한 시가 다 되어가는 시각, 연남동에는 낮보다 사람들이 바글바글했다. 술은 힘으로 먹는다고 했던가. 이제는 청주 두

잔도 버거워진 장 영감은 잔디 위에 아무것도 깔지 않고 맨땅에 앉아서 맥주를 마시는 젊은이들의 활기가 부러웠다. 진돌이는 장 영감의 발 옆에서 보폭을 맞추며 걸어갔다.

둘은 금세 연남동 빙굴빙굴 빨래방 앞에 도착했다. 유리창에서 보이는 자리에 진돌이를 잠시 묶어두려고 했는데 "반려동물 동반 입장 가능"이라는 문구를 발견하고 함께 들어갔다. 장 영감은 이용법을 살폈다. 노인들도 제법 오는지 꽤 큼지막한 글씨로 자세하게 쓰여 있어 어렵지 않게 이용할 수 있었다.

장 영감이 세탁기에 오줌 냄새가 나는 이불을 넣었다. 건조기에도 미리 이곳의 시그니처 향이 난다는 섬유 유연제 시트 두 장을 넣어두었다. 문 옆에 진돌이 줄을 고정해 놓은 장 영감은 책장으로 향했다. 읽을 만한 것이 있는지 고르려고 했지만 딱히 손이 가는 책은 없었다. 그래서 빈손으로 창가 앞 테이블 바에 앉았다. 나무로 된 테이블에 앉아 창밖을 바라보고 있으니 밤 열한 시가 넘은 공원의 풍경이 흥미로웠다.

"저게 다 추억이 되는 거지. 안 그러냐, 진돌아? 시간은 돈 줘도 못 돌리고 청춘은 억만금을 줘도 다시 오지 않아."

얌전하게 앉아 있던 진돌이가 대답하듯 꼬리를 살랑살랑 흔들었다.

"네가 말도 할 수 있으면 얼마나 좋겠냐……."

장 영감이 창밖을 보다가 테이블 위에 있던 연두색 다이어리로 시선을 돌렸다. 누가 놓고 간 건가 싶어 한쪽 구석으로 치워놓으려고 했는데, 얼핏 보니 여러 사람의 손때가 탄 듯했다. 장 영감이 호기심에 다이어리를 펼쳤다.

첫 장 구석에는 "모두가 발 뻗고 편히 잘 수 있는 세상"이라고 또박또박 적혀 있었다. 뒷장까지 펜촉에 긁힌 걸로 보아 굉장히 힘을 주고 쓴 것 같았다. 연두색 표지로 된 그것은 시시콜콜한 일상이 담겨 있는 여느 다이어리와는 달랐다. 일 년을 한눈에 볼 수 있는 연간 달력에 빨간 별표가 그려져 있었다.

'11월 25일. 무슨 날이지? 크리스마스는 12월 25일인데 원래 주인 생일인가?'

다음 장에는 "인출, 수거, 전달" 세 개의 단어가 큼지막하게 쓰여 있고 그 밑으로 조직도처럼 촘촘히 "1-1 구역, 1-2 구역, 1-3 구역" 등 알 수 없는 내용이 쓰여 있었다. 그리고 한 사람의 글씨체가 이어지던 마지막 장에는 펜으로 급하게 그려 넣은 듯한 남자의 얼굴 그림이 있었다. 가늘고 긴 실눈에 옅고 짧은 눈썹, 높지만 약간 휘어 있는 듯한 콧대, 얇은 입술.

낯이 익었다. 딱 누구라고 떠올릴 순 없지만 분명히 한 번은 만났던 사람의 얼굴이었다. 장 영감은 그 얼굴을 한참 들여다보았다. 모든 장을 훑고 샅샅이 글자들을 보았지만 이 남자에 대한 단서는 없었다. 자신의 초상화를 그린 것일까. 장 영감이 오랜 기억까지 되짚어 보았지만 도통 그림의 남자가 누구인지는 생각나지 않았다.

골똘히 한 생각만 하니 머리가 지끈거리며 아팠다. 장 영감은 이 그림은 더 이상 신경쓰지 않기로 했다. 그 뒤로 빨래 기다리는 중, 심심하다라는 낙서부터 시작하여 언남동에서 혼밥하기 좋은 식당 추천, 이번 주 소개팅에 무슨 옷 입을까요? 같은 사소한 질문들과 답변이 적혀 있었다. 빨래방 주인이 둔 것인지 아니면 누군가가 잃어버린 것인지 모르겠지만 어느새 다이어리에는 여러사람의 크고 작은 고민이 적혀 있었다.

살기 싫다. 사는 게 왜 이렇게 힘드냐.

사람들의 답글이 달린 글들도 많았지만 문득 이 글에서 손이 멈췄다. 이 글 밑에는 아무도 글을 적어주지 않았다. 누군가의 삶과 죽음에 함부로 한마디 거들거나 관여하고 싶지 않은 것일까. 장 영감은 고심 끝에 테이블 위에 있던 펜을 들었다. 그리고 한 글자 한 글자 정성스럽게 썼다.

흙 속에 있는 토양 박테리아는 항우울제 성분과 같은 역할을 합니다. '라떼는~'이라고 요즘 사람들은 싫어할 테지만, 옛날 사람들이 하는 이런 말이 있지요. "우리 때는 흙 파 먹고 놀았다." 그때가 생각납니까? 아무 근심 없이 행복했던 시절, 아마 우리는 흙을 만지며 우울한 기분을 씻어냈을지도 모릅니다. 우리도 모르는 사이에 행복해지고 있었던 것이죠. 화분 기르기를 권합니다. 직접 흙도 만지고 햇볕도 쬐어주고 물도 주고 가끔 통풍도 시켜주며 스스로도 바람을 쐬어보세요. 내가 화분을 기르는지 이 조그마한 식물이 나를 가꾸는지 모를 만큼 기분이 훨씬 나아질 겁니다.

장 영감은 반듯한 궁서체로 글을 다 쓰고 난 뒤 펜을 내려놓았다. 어느새 중간에 실행시켰던 건조기까지 다 되어 있었다.

'이 사람한테 꼭 도움이 되었으면 좋겠는데…….'

장 영감이 자리에서 일어나 건조기를 열어 이불을 꺼냈다. 그간 알게 모르게 났던 쿰쿰한 노인 냄새까지 말끔히 날아간 듯해 이불에 코를 묻었다. 이곳에 자주 올 것 같은 느낌이 들었다. 장 영감은 가져왔던 비닐에 이불을 넣고 진돌이의 가슴줄을 잡았다.

빨래방에서 나온 장 영감은 옆에 위치한 편의점에 들어갔다. 음료가 진열된 냉장고 앞에 서서 천천히 음료를 골랐다. 어쩐지 다이어리의 글에 답글만 써놓는 것보다는 글을 쓴 누군가에게 비타민이 들어 있는 자양 강장제라도 선물해 주고 싶었다. 장 영감은 원래의 것보다 더 넓은 병으로 된 비타민 음료 한 병을 들었다. 계산을 마친 뒤 다시 빨래방에 들어가 다이어리 옆에 자양 강장제를 놓았다. 그때 삼십 대 후반으로 보이는 여자가 문을 열고 들어왔다. 열두 시가 넘은 늦은 시각이었다. 여자의 눈 밑에는 검푸른 다크서클이 길게 늘어져 있었다. 들고 온 빨래 바구니에서 딸기 그림이 그려진 분홍색 내복이 삐져나와 있었다. 장 영감은 어린아이의 내복과 자신을 보고 흠칫 놀라는 여자를 보고, 이 사람이 자신이 답글을 단 그 글을 쓴 사람일지도 모른다는 생각이 들었다.

장 영감이 약국을 운영할 때 육아 우울증을 앓는 여자들이 종종 찾아왔었다. 하루 종일 아이를 위해 항시 대기 자세를 취하고 있어 심장이 두근거린다고 했다. 긴장감을 넘어 불안감까지 들고 무기력감이 느껴진다며 약국에서 살 수 있는 우울증 약을 달라고 했다. 장 영감은 우울증 완화 성분을 가진 노이로민정을 줄 수도 있었지만, 쉽게 그것을 주지 않았다. 대신 갑상선 건강에 도움이 되는 홍합과 몸에 이로운 성분으로 우울증을 예방해 주는 꿀을 먹어보라고 추천했다. 이렇게 해도 정 힘들면 그때 약을 주겠다며 인자한 웃음과 함께 자양 강장제를 서비스로 건넸었다.

장 영감은 혹시나 눈앞의 여자가 그 글을 쓴 사람이 맞더라도, 자신이 아는 척을 하면 다시 다이어리에 글을 남기지 않을까 걱정되어 서둘러 진돌이와 함께 빨래방을 빠져나왔다. 그리고 천천히 걸어가며 글을 쓴 사람이 맞다면 자신이 그 글 아래 적어놓은 글을 얼른 읽기를 바랐다. 하지만 여자는 장 영감을 의식하는 듯 세탁기에 빨래를 넣으며 창밖만 조심스럽게 살폈다.

◎ ◎ ◎

"엄마, 나 쉬……."

딸 나희가 안방 침대맡으로 와 미라를 깨웠다. 누가 미간에 삼지창을 새겨놓은 것처럼 선명하고 깊은 주름이 미라의 미간에 패어 있었다. 나희가 몸을 흔들어도 미라는 쉽게 깨어나지 않았다. 나희는 엄마가 일어나지 않자 옆에 누워 있는 아빠, 우철을 흔들었다. 우철이 약간의 짜증이 섞인 목소리로 입을 열었다.

"미라야, 정미라. 나희 오줌 쌌대."

"으음……."

우철이 미라를 흔들자 미라가 작은 신음을 내며 몸을 일으커 세웠다. 그리고 침대맡에 걱정스러운 얼굴로 서 있는 나희를 보았다.

"나희, 쉬야 했어?"

"응, 이불에……. 오늘은 안 하려고 했는데, 분명히 화장실에 앉아서 싸고 있었는데……. 꿈속이었나 봐. 이불이 축축해졌어."

"괜찮아, 괜찮아. 엄마랑 화장실 가자."

미라가 나희를 안아 화장실로 데려갔다. 나희는 이렇게 종종 이불에 오줌을 싸고 미라를 깨우곤 했다. 내년이면 초등학교에 입학하는데 또래 아이들보다 배변 훈련이 늦어서 걱정이었다. 미라는 욕조가 없는 작은 화장실 한구석에 이불을 두었다. 그리고 샤워기를 틀어 물줄기로 이불을 적셨다.

"휴……."

미라가 자기도 모르게 한숨을 쉬었다. 옆에 서 있던 나희가 미라의 눈치를 살피며 말을 했다.

"엄마, 미안해……."

"아니야, 나희야. 엄마가 졸려서 그래, 졸려서."

매일 반복되는 이 새벽이 힘들었다. 다시 기저귀를 입힐까 고민도 했지만 오히려 더 문제가 악화될까 봐 새 팬티와 딸기 모양이 그려진 새 내복으로 갈아입혔다.

나희는 동화책을 읽어주는 미라의 목소리를 들으며 다시 잠들었다. 미라는 오르락내리락하는 나희의 조그마한 가슴을 천천히 두드려 주다가 마른세수를 했다. 그리고 자기도 모르게 그 옆에서 잠이 들었다.

"미라야, 침대에서 제대로 자지. 그렇게 자면 더 피곤해. 맨날 피곤하다고 하면서."

우철이 보일러 회사 작업복을 갖춰 입고 미라에게 말했다. 미라가 그 목소리에 잠에서 깼다.

"여기서 자서 피곤한 거 아니거든. 나희가 오줌 쌌으면 당신이 좀 일어나서 씻기고 재우지. 꼭 나를 깨워."

"나희가 엄마만 찾으니까 그렇지……. 그리고 나는 아침 일찍 출근도 해야 되고."

"그럼 나 일 다닐 땐! 아침에 출근 안 해서 밤새 어르고 달래서 나희 재웠어? 이젠 좀 그럴싸한 핑계 좀 대. 아니면 차라리 솔직하게 말해. 귀찮다고!"

참으려고 애를 쓰던 미라가 불쑥 화를 냈다.

나희를 낳고 둘이 벌지 않으면 생활비를 감당할 수 없어 어린이집 종일 반에 나희를 맡겨놓고 둘 다 일을 다녔다. 미라는 결혼 전부터 홍대 변두리에 위치한 시내 면세점에서 패키지 관광을 오는 중국인을 상대로 화장품을 판매하였는데, 미라가 육아 휴직을 마친 후 복직하여 일하는 동안 물가가 올라도 너무 올랐다. 유치원 하원 후 나희를 돌봐줄 육아 도우미를 부르기에는 비용이 너무 부담스러웠다. 평균 2주에 180만 원을 호가했다. 한 달을 맡기면 한 달 치 월급보다 더 많은 비용을 지불해야 하는데 그렇게 되면 일을 하는 의미가 없었다. 그 결과 미라는 이 년째 집에서 오롯이 나희만을 돌보고 있었다. 보일러 수리 기사를 하는 우철의 얇은 월급봉투에 기대어.

옆에서 자고 있던 나희가 몸을 움찔거렸다.

"나희 깨겠다. 미안해, 여보. 내가 더 잘해야 하는데. 일단 나 출근할게. 돈 많이 벌어 올게!"

아침부터 어깨가 축 처져서 출근하는 우철의 뒷모습을 보니 '한 번만 더 참을걸.' 하는 후회가 밀려왔다. 미라는 몸을 일으켜 나희의 아침을 준비했다. 계란국과 달짝지근한 애호박무침 냄새가 풍기자 나희가 스스로 잠에서 깨어 애교를 부렸다.

"엄마! 계란국 맛있겠다!"

"응, 우리 나희가 좋아하는 계란국. 얼른 씻고 와. 치카도 혼자 할 수 있지?"

"응! 나희는 일곱 살이니까!"

어떻게 된 일인지 아침부터 기분이 좋은 나희 덕분에 오늘은 등원 준비가 수월할 듯했다.

나희를 태운 노란 버스가 눈앞에서 멀어져 갔다. 미라는 버스가 보이지 않을 때까지 손을 흔들어주었다. 그리고 다시 골목길을 터덜터덜 걸어서 집으로 들어갔다. 미라의 집은 연트럴파크라고 불리는 공원에서는 조금 먼 연남동 어귀에 있는 작은 투 룸 빌라였다. 오래된 빌라였기에 베란다는 홑창으로 되어 있고 그곳을 창고처럼 사용하다 보니 볕이 잘 들지 않았다. 남향도 아니었기에 오전 열한 시가 지나면 들어오는 햇빛을 보기 어려웠다.

미라는 지난밤 나희가 오줌을 싼 이불과 다른 옷가지들을 세탁기에 넣었다. 세제도 듬뿍 넣은 뒤 세탁기 뚜껑을 닫고 운전버튼을 눌렀다. 집을 정리하고 있는데 어디선가 덜덜덜 소리가 나더니 신음 비슷한 끙끙 소리가 들려왔다. 순간 미라의 얼굴이 화끈거렸다. 어느 집에서 아침부터 사랑을 나누는지 끊이지 않고 들리는 신음에 풋 웃음도 나왔다. 그런데 설거지를 마치고 나서도 계속해서 일정하게 소리가 들려왔다. 미라가 다용도실로 향했다. 그 남사스러운 신음의 주인공은 바로 세탁기였다.

이 집으로 이사를 온 지도 벌써 사 년이었다. 원래는 미라의 이름으로도 신용 대출까지 받아서 속된 말로 영혼까지 끌어모아 작은 소형 아파트로 이사를 하려고 했지만 일을 쉬고 있는 미라에게 은행은 돈을 빌려주지 않았다. 그래서 발등에 불이 떨어진 심정으로 고른 곳이 이 집이었다. 집주인은 세탁기와 에어컨이 있는 풀 옵션이라고 설명했고 미라는 자신의 집을 마련하기 전까지는 가전제품과 가구를 새로 사고 싶지 않았기에 그 점이 마음에 들었다. 가구를 사고 다른 집으로 이사를 하면 그 공간에 가구가 잘 맞지 않을 수도 있기 때문이었다. 또 이 집보다 더 괜찮은 집을 구할 만큼 주머니 사정이 여유롭지도 않았다.

이사를 온 후, 미라는 얼마 전에 가전제품을 새로 들였다는 집주인의 말을 점점 의심하게 되었다. 중고를 들여온 건가 싶을 정도로 가전제품들의 고장이 잦았다. 한번은 우철이 자신이 세탁기를 고쳐보겠다며 이것저것 시도를 해보았었는데 그게 화근이었는지 이제는 덜덜거리는 것도 모자라 음흉한 신음과 같은 소리까지 나는 것이었다!

띵동.

초인종 소리가 울렸다. 미라는 인터폰을 들고 통화를 했다. 아랫집 사람이었다. 재택근무 중인데 이 집에서 들리는 신음 때문에 화상 채팅을 하기가 민망하다는 것이었다.

"죄송해요. 정말 죄송해요. 제가 뭘 보거나 하는 건 아니고, 세탁기가……."

미라는 인터폰을 다시 제자리에 걸어놓고 황급히 세탁기 전원을 껐다. 이런 망할 세탁기! 부부 관계를 한 지 육 개월도 넘은 미라가 괜히 세탁기를 발로 한 대 찼다. 헹굼이 덜 끝난 세탁기에서 빨래들을 꺼내 두 손으로 쥐어짰다. 다용도실 바닥의 깨진 파란색 타일 위로 물이 후두둑 떨어졌다. 빨래를 짜면 짤수록 힘에 부쳤다. 미라는 점점 더 화가 나기 시작했다. 부동산에 전화를 걸었다.

"사장님, 안녕하세요. 여기 원진 빌라 삼 층인데요. 세탁기가 고장이 났어요. 인터넷 찾아보니까, 전세 포함 품목이면 집주인이 고쳐줘야 한다고 하던데……."

마음을 가라앉히고 차분히 말을 이어가던 미라의 말을 끊고 공인중개사가 말을 했다.

"안녕하세요, 사모님. 그렇지 않아도 전화드리려고 했는데……."

평소에 활기가 넘쳤던 공인중개사의 목소리가 조심스레 작아지자 미라가 본능적으로 불길한 느낌을 받았다.

"안 그래도 집주인분이 이번에 계약 끝나면 전세금을 높이고 싶어 하세요. 요즘 여기 시세 아시죠? 워낙에 그때 싸게 들어오시기도 했고……."

"벌써 이 년이 다 되었나요? 시간이 너무 빨라서 재계약도 잊었네요. 혹시 얼마나⋯⋯."

"오천만 원이요."

"오천이요?"

많아야 삼천만 원 정도를 예상했던 미라가 놀란 목소리로 다시 물었다.

"네, 원래 질전 올리시겠나고 한 거 제가 사정해서 깎은 기예요."

"사장님, 오천은 너무 높아요. 그래도 여기는 지하철이랑도 멀고 방도 두 개고⋯⋯. 집주인한테 다시 한번 잘 말씀해 주세요."

"세탁기 교체 문제도 알려드릴 겸 한 번 더 말해볼게요."

"아니요! 세탁기는 그냥 저희가 알아서 잘 쓸게요. 재계약 얘기만 잘 해주세요. 꼭이요. 몇 년마다 이사 다니면 복비에 이사비에⋯⋯. 우리 나희가 이제 막 유치원도 적응했고 앞으로 초등학교 배정도 받아야 하는데⋯⋯. 잘 부탁드려요. 오늘 저녁 전에는 꼭 연락 주세요."

미라는 다시 한번 잘 부탁한다는 말을 하고 전화를 끊었다. 휴대폰을 쥐고 한숨을 쉬었다. 괜히 심장이 두근거렸다. 우철에게 전화를 했지만 우철은 남의 집 보일러를 고쳐주고 있는 중인지 전화를 받지 않았다. 미라는 일단 빨래를 마저 짜고 탈

탈 털어서 건조대에 널었다.

저녁 식탁에서 우철에게 전세금에 대해 이야기하자 식어버린 김치찌개처럼 분위기가 차가워졌다. 눈치를 보던 나희가 미라에게 물었다.

"엄마, 전세가 뭐야?"

"아직 나희는 어려서 몰라도 돼."

"엄마, 우리 이사 가면 그네 있는 집으로 가자. 아니면 우리도 대현 아파트로 가자. 애들이 다 같은 아파트에 사니까 유치원 끝나면 거기 놀이터에서 노는데 거기 안 살면 못 들어간대. 근데 되게 재미있는 거 많대. 우리도 대현 아파트로 가자!"

오천만 원 앞에서 벌벌 떨고 있는 우철과 미라의 마음도 모른 채 나희는 갑자기 아파트 타령을 했다. 마침 기다렸다는 듯 미라의 전화기가 울렸다. 부동산이었다. 미라가 스피커폰으로 통화를 했다.

"네, 여보세요? 사장님, 집주인분하고 통화 잘…… 하셨어요?"

"그게, 어려울 것 같습니다. 워낙 강경하세요. 사실 이번에 전세 맞춰놓고 건물을 통으로 매매하실 생각이라고……. 건물주 입장에서는 보증금 천만 원에 건물값이 좌지우지되니까 더 쉽지 않을 것 같아요."

"……사장님, 이 돈으로 갈 수 있는 데가 좀 있나요?"

미라는 한참을 침묵으로 보낸 뒤에 말을 꺼냈다.

"어려울 것 같긴 한데……. 아시겠지만 지금 오 년 새 집값이 다 두 배가 넘었잖아요. 전셋값도 그 정도로 보셔야 할 것 같고. 저도 매물 한번 찾아보고 연락드릴게요. 너무 기대는 마세요. 혹시 모르니까 조금 외곽이라도 괜찮으시면 경기도 쪽으로 보시는 게 좋을 수 있어요."

통화 내용을 듣고 우철이 마른세수를 했다.

"오천이라……."

"절대 안 되지. 우리 형편에 무슨 오천이야."

그러자 식탁 주위를 빙빙 돌며 맛김에 싼 밥을 먹던 나희가 말했다.

"엄마, 오천이 뭐야? 좋은 거야?"

"김나희! 엄마가 밥 먹을 때 돌아다니지 말라고 했지! 바닥 여기저기에 김 가루 다 떨어트리고! 너 초등학교 가서도 이렇게 할래? 다른 애들 다 의젓하게 밥 먹는데 너 혼자 김 가루 질질 흘리면서 다닐 거냐고!"

미라가 버럭 화를 내자 놀란 나희가 입을 크게 벌린 채 울음을 터트렸다. 미처 삼키지 못한 밥알들이 눈물 콧물과 섞여 입가에 흘러내렸다.

"당신은 왜 나희한테 그래. 나희야 이리로 와, 아빠한테 와. 괜찮아, 괜찮아."

우철이 다정하게 나희를 안아서 달래주었다. 미라의 얼굴이 화끈거렸다. 욱하지 않기로 해놓고 나희에게 화를 내는 스스로가 못마땅했다.

미라에게 뽀로통하게 삐져 있는 나희가 우철에게 재워달라고 했다. 미라는 마음이 쓰였지만 한편으로는 혼자 생각할 시간을 가질 수 있어 좋았다. 열두 시가 넘은 시간까지 우철에게 좋알좋알 병아리처럼 말하던 나희가 잠이 들자 피곤에 절어 있던 우철도 기절하듯 잠들었다.

미라는 빨래를 살펴보았다. 건조대에 널어놓은 지 반나절이 지났지만 빨래에서 물기가 뚝뚝 떨어지고 있었다. 탈수를 미처 마치지 못한 채 빨래를 꺼내게 만든 신음형 세탁기 덕분이었다. 내일 당장 나희가 유치원에 입고 가야 할 옷도 젖어 있었다. 미라가 다시 빨래를 힘껏 짜봤지만 물기를 모두 짜내기에는 역부족이었다. 미라는 오늘 입혔던 옷을 한 번 더 입혀 보낼까 고민했다. 하지만 지금도 아파트에 사는 아이들한테 방 두 개짜리 빌라에 산다고 은근히 따돌림을 당하는데, 옷까지 연달아 같은 걸 입혀 보내면 선생님들까지 차별을 할까 걱정이 되어 빨래 꾸러미를 챙겨 나섰다.

어둑한 골목길을 걸어 나오니 연남동 주민 센터를 경계로 환한 상가들이 이어졌다. 연남동 공원 길 옆으로 뻗어 있는 나뭇가지들에 초록색 봉오리들이 올라와 있었다. 어느 유행가에서 "손 대면 톡 하고 터질 것만 같은 그대"라고 했던가. 지금은 손 대면 톡 하고 터질 것만 같은 봄날이었다. 고발트블루의 짧은 스커트를 입고 높은 하이힐을 신은 젊은 여자가 옆을 지나가자 진한 향수 냄새가 풍겨왔다. 미라는 자신도 모르게 멈춰서서 멀어지는 그 여자의 뒷모습을 쳐다봤다. 또각또각 자신감 있게 걷는 그 뒷모습이 한때 자신의 뒷모습과도 비슷해 보여, 씁쓸한 마음이 들었다.

미라는 다시 손에 들린 빨래 바구니를 꽉 쥐고 걸었다. 오분 정도 걷다 보니 빨래방이 눈에 띄었다. 들어가서 가격표를 보니 건조만 하는 것도 비용이 만만치 않았다. 새로 생긴 빨래방이 하나 더 있었던 것 같은데…… 빙굴빙굴이던가? 미라는 빨래방을 나와 공원 길을 따라 조금 더 걸었다.

이 시간에 혼자 걷는 게 얼마 만인지…… 봄바람을 느끼며 걷는 것만으로도 조금 기분 전환이 되었다. 집에 있을 때보다 한결 표정이 밝아진 미라는 연남동 빙굴빙굴 빨래방을 발견하고 들어갔다. 먼저 갔던 곳보다 가격이 약간 더 저렴했다. 조금 더 걸은 보람이 있었다. 미라는 건조기에 시그니처 향이 난다는 섬유 유연제 시트와 함께 나희의 옷을 넣고 버튼을 눌렀다. 쾌속 건조 모드로 돌린 탓에 삼십 분 정도만 기다리면 될 것 같았다. 천천히 빨래방을 둘러보았다. 노란 조명이 비추어서인지 아늑하고 좋았다. 그리고 무엇보다 이 시간에 혼자 있는 게 좋았다. 그때, 빨래방 스피커에서 미라가 좋아했던 노래가 흘러나왔다. 유튜브도 스마트폰도 없었던 스물네 살의 미라가 티브이로 무대를 보며 따라 부르고는 했던 원더걸스의 '노바디'였다. 리듬에 맞춰 저절로 몸이 움직였다. 마치 그때 그 시절을 온몸이 기억하고 있는 것처럼. 오른손 검지를 치켜들고 오른쪽으로 까딱까딱. 다시 왼쪽 검지를 치켜들고 왼쪽으로 까딱까딱. 오랜 시간이 지났지만 박자가 퍽 잘 맞아떨어지자 기분이 좋았다. 곧이어 다음 노래가 시작되었다. '이 노래도 안 불러주면 섭섭하지.' 대학 시절 학교 축제에서 보았던 가수의 모습이 생각났다. 그때처럼은 아니지만 소심하게 점프까지 뛰면서 붉은 노을 같은 시간을 불태웠다.

얼마나 오랜만에 숨이 차도록 노래를 불러봤는지 갑자기 감정이 북받쳐 눈물이 흘렀다. 밥알을 채 삼키지 않고 울던 나희처럼 서럽게 울었다. 다행히 미라가 쌓인 감정을 터트리는 동안 빨래방에는 아무도 들어오지 않았다.

◎ ◎ ◎

연남동 빙굴빙굴 빨래방의 시그니처 향이 담긴 섬유 유연제 시트를 넣고 돌린 옷감에서 깨끗한 코튼 향이 났다. 나희는 좋은 냄새가 난다며 이불과 옷에 얼굴을 비볐다. 양말까지 스스로 신고 유치원 버스를 타러 가자고 미라에게 보챘다. 미라는 어제보다 한결 나아진 표정으로 나희의 손을 잡고 집을 나섰다. 노란 유치원 버스가 골목 어귀에 서 있었다.

이전에 유치원에서 나희의 집이 좁은 골목 안쪽에 있어 유치원 버스가 회차할 때 불편하다는 이유로 골목 앞까지 나와서 승차를 해달라고 정중하게 부탁했고, 미라는 그 당시 얼굴이 화끈 달아올랐지만 제안을 수락했다.

미라는 버스에 탄 나희에게 손을 흔들며 미소를 보인 뒤 집으로 돌아왔다. 어지러운 거실을 보자 한숨이 불쑥 튀어나왔다. 나희가 아침에 가지고 놀았던 낱말 카드와 아이스크림 가게 장난감을 정리해 놓고 주방으로 갔다. 싱크대 안에 넣어놓은 설거짓거리 위에 물을 뿌리자 우철이 발라 먹은 고등어의 가시가 둥실 떠올랐다. 싹싹 발라 먹어 앙상한 가시가 마치 맨손에 수세미를 쥔 자신의 손등 위에 툭 튀어나온 뼈마디와 닮은 것 같아 영 마음이 좋지 못했다.

미라는 집 안 정리를 해놓고 한숨을 돌렸다. 그리고 전화를 걸었다. 긴 신호음 끝에 목소리가 들렸다.

"어, 미라야."

"아빠…… 잘 지내지?"

"못 지낼 게 뭐가 있노. 맨날 똑같지. 와, 무슨 일이고?"

부산에서 택시 기사를 하는 아빠에게 돈 이야기를 하려니 차마 입이 떨어지지 않았다. 뉴스에서 대기업이 콜택시를 독점한다고 뉴스가 보도되는 통에 자신도 아빠의 사정을 뻔히 아는데, 돈 이야기를 꺼내려니 못난 딸처럼 느껴졌다.

"무슨 일은……. 나도 일 없다. 아빠는 운전 중 아이가?"

아빠가 억센 사투리로 말하자 미라도 사투리가 튀어나왔다.

"닌 서울 사람 다 된 줄 알았는데, 사투리 안 까먹어 뿟네."

"그럼, 부산 사람 어디 가나. 아빠 손님 태운 거 아이가."

"아이다. 지금 병원이다."

"와! 병원은 무슨 일로 갔노."

"요즘 소화가 자꾸 안 되가 검진받는 날에 위랑 대장이랑 내시경 추가했다. 네 엄마 옆에 있는데 바까주까?"

"아이다. 병원이면 정신없을 긴데. 검진 잘 받고. 소화는 언제부터 안 됐는데?"

걱정스러운 목소리로 미라가 물었다.

"아이다. 별일 아이다. 나희도 잘 있제? 김 서방도?"

"어, 다 잘 있다. 우리 걱정은 말고 건강 잘 챙기라."

"그래그래, 들어가라. 끊자."

휴대폰 너머로도 들려오는 대학 병원의 분주한 소리에 미라는 서둘러 전화를 끊었다. 아빠가 몸이 좋지 않다는 이야기에 걱정스러운 마음이 들어, 바로 돈 이야기를 꺼내지 않은 것이 다행이라는 생각이 들었다. 그럼 오천만 원을 어떻게 만들 수 있을까 다시 한번 머리를 굴렸다. 미라는 다시 휴대폰을 들어 전화를 걸었다.

"네, 진효 면세점입니다."

"전 팀장님, 안녕하세요. 저 정미라예요, 차이나 3팀에 있던."

예상치 못했던 목소리에 잠시 침묵이 찾아왔다.

"네, 미라 씨. 잘 지냈어요?"

"네, 팀장님도 잘 지내셨죠? 다름이 아니라……."

"파트타임 건 때문이죠?"

"네, 아무래도 일을 안 하면 안 될 상황이라……. 직장이 없다고 뜨니 대출도 다 막히고. 아휴 주책이다. 죄송해요, 오랜만에 전화드려서 이런 이야기 하고."

"죄송하긴요, 미라 씨 사정 다 아는데……. 아무래도 파트타임을 고용하는 건 저희도 부담스러워서……."

마흔 후반의 팀장이 진심이 느껴지는 어조로 대답했다.

"아무래도 그렇겠죠? 유치원에 종일 돌봄으로 맡겼더니 딸아이가 점점 더 어린애가 되어가는 것 같기도 하고 하루 종일 거기 있는 게 안쓰럽기도 해서……. 딱 아홉 시 반부터 세 시 반 아니 네 시까지만 일할 자리가 있으면 정말 좋을 것 같은데……."

"같은 여자로서 저도 지나온 시기라 마음이 더 쓰여요, 미라 씨한테. 그런데 쉽지 않네요."

"네, 그렇죠, 아무래도. 이렇게 전화드려서 팀장님한테 죽는소리만 한 것 같아요. 죄송해요."

"죄송하긴요, 오랜만에 안부도 묻고 좋은데요."

회사에 다닐 때도 늘 다정한 말을 해주던 팀장은 아이가 초등학교에 가면 엄마 손을 더 필요로 할 거라는 무시무시한 조언을 아주 상냥하게 말하며 전화를 끊었다.

미라는 머리가 지끈거렸다. 돈 나올 구멍 하나 찾는 일이 이렇게 어려울 줄이야. 시댁에 전화를 해볼까 했지만 이내 마음을 접었다. 다시 휴대폰을 들고 부동산 앱을 켰다. 지역을 마포구로 설정하고 전세금을 설정했다. 검색 버튼을 누르자 매물이 '0'이라고 떴다. 역시 지금 있는 집이 최선의 선택이 맞았었나. 미라는 우철의 보일러 회사가 서교동에 있고 자신 또한 복직을 하게 되면 홍대에서 근무하게 될 테니 이곳을 떠나지 않는 것이 최선이라고 생각했다. 그만큼 복직에 희망을 놓지 않고 있었다.

2년제 대학의 비즈니스 중국어과를 우수한 성적으로 졸업한 미라는 면세점 차이나 팀의 우수 사원이었다. 손님들을 상대하며 화장품을 판매하고 간간이 중국 큰손 사모님들에게 쏠쏠한 팁도 받고 또 가끔은 친절 사원으로 뽑혀 인센티브를 두둑이 받은 적도 있었다. 분명 자신에게 자질이 있는 것 같기에 쉽게 다른 업종으로 옮길 수가 없었다. 무엇보다 경력이 단절된 자신을 시간까지 맞춰주며 받아줄 회사를 찾는 건 거의 불가능에 가까웠다. 일과 육아, 두 마리 토끼를 모두 잡는 건 드라마 속 워킹 맘 캐릭터들에게나 가능한 일이 아닌가 하는 생각도 들었다.

'하늘에서 남자는 고사하고 육아 도우미들이 비처럼 떨어지면 좋겠다. 그럼 나도 아침에 향수를 칙칙 뿌리고 산뜻한 출근길을 맞이할 수 있을 텐데.' 미라가 입을 삐죽였다. 미라가 부동산 앱 속 지도를 조금씩 옮길수록 매물이 하나둘 늘어났다. 그렇게 결국은 지도에서 일산까지 와버렸다. 그래도 아파트에 전세로 들어가기에는 돈이 턱없이 부족했다. 문제는 늘 돈이었다. 작은 휴대폰 액정을 몇 시간째 들여다보던 미라는 불현

듯 또 화가 치밀었다. 이럴 때는 찬물로 샤워를 하는 게 제일이었다. 그러지 않으면 얼굴에 열꽃이 피어, 내내 간지러웠다.

샤워기에서 뿜어져 나오는 차가운 물줄기에 얼굴부터 발까지 씻어냈다. 수건으로 물기를 대충 닦고 알몸에 수건을 두르고 나왔을 때 현관문이 열렸다. 울고 있는 나희의 손을 잡고 있는 우철이 보였다.

"당신! 뭐 하는 사람이야? 집에서 대체 뭐 해?"

알몸으로 나온 미라가 화들짝 놀라 수건을 떨어트렸다. 무슨 일이 벌어졌는지 알 수 없었다. 하지만 눈앞에서 나희가 울음을 그치지 않자 옷도 걸치지 않은 채 달려가 나희를 끌어안았다.

"엄마, 엄마."

엄마에게 안겨 있으면서도 계속 엄마만 부르는 나희를 보며 분명히 무슨 일이 벌어졌다는 것을 직감했다. 잠시 후 미라는 옷을 입고 나와 조금 진정이 된 나희에게 바나나 우유와 빨대를 주었다. 나희가 투명한 비닐에서 노란 빨대를 꺼내 우유 위에 쏙 꽂아 넣었다. 곧 유치원에서 전화가 왔다. 미라가 목소리를 한번 가다듬고 통화 버튼을 눌렀다.

"네, 선생님. 안녕하세요. 이야기 들었어요……."

오십 대 후반의 여자 원장은 미라를 안심시키며 말했다.

"많이 놀라셨죠? 어머님이 연락이 안 돼서 급한 대로 아버님께 연락을 드렸는데."

"네……. 대충 이야기는 들었는데, 지후가 많이 다쳤나요?"

"그게…… 지후가 얼굴을 긁혔어요. 눈 옆으로 1센티미터 정도요. 제가 볼 땐 미세하지만 지후 어머님께서는 그게 아니시죠. 아무래도 얼굴이다 보니……. 그래서 사과받기를 원하신다고 하시고요."

"CCTV는 돌려 보셨나요?"

"네, 녹화된 영상을 봤는데 지후는 나희를 한 번도 때리지 않았어요. 그런데 나희는 왜 자꾸 맞았다고 하는지 모르겠네요. 물론 아이들이 혼날까 봐 겁먹으면 거짓말을 할 수도 있긴 한데……."

미라가 한숨을 쉬었다.

"지후 어머니 번호는 아시죠?"

"단톡방에 있을 거예요. 개인 톡 보내서 연락할게요. 어쨌든 죄송해요, 원장님."

"잘 해결하세요. CCTV 확인 원하시면 언제든 내원하세요. 보여드릴게요. 저희가 더 잘 돌봐야 하는데 저도 죄송합니다."

지난번, 유치원 버스 승하차에 대해 말할 때도 원장은 나긋한 어조로 말했다. 진심으로 상대를 배려하고 있다는 마음이 잘 느껴져 고마운 마음까지 들었었다. 원장은 이번에도 그 나굿한 말투로 오늘 벌어진 일에 대해 설명해 주었다. 지후와 나희가 장난감을 가지고 쟁탈전을 벌이다가 결국 나희가 지후의 얼굴을 쳤다고 한다. 미라는 걱정이 앞섰다. 지후는 지난주부터 이 유치원에 다니게 된 아이여서 그 엄마는 한 번도 본 적이 없었다. '깐깐한 사람이면 어떡하지. 상처가 얼마나 어떻게 난 걸까.' 통화를 마친 미라의 머릿속이 복잡해졌다.

"엄마, 나 다 마셨어! 엄마 그리고…… 나도 강아지 키우고 싶어."

바나나 우유를 한 통 다 마시고 기분이 좋아진 나희가 조심스럽게 말했다.

"나희야, 지후 왜 때렸어?"

"강아지……. 우리도 강아지 키우면 안 돼?"

"김나희, 지후 왜 때렸냐고."

"나도 맞았어."

자신의 말은 들은 체도 안 하는 미라를 보며 나희가 뾰로통하게 대답했다.

"원장님이 다 보셨대. 그런데 지후는 나희를 때리지 않았대. 나희 거짓말하는 거야?"

"나 진짜 맞았어. 아팠어, 여기."

나희가 엄살 섞인 목소리를 내며 팔꿈치를 가리켰다. 미라
는 나희가 내민 팔꿈치와 반대쪽 팔꿈치를 모두 살폈지만 상
처나 맞은 흔적은 없었다. 그래서 조금 더 엄한 표정을 짓고
나희에게 물었다.

"진짜야? 나희 진짜 지후한테 맞았어? 거짓말하면 혼낼 거
야. 너 진짜 이놈 한다!"

"……진짜야."

바나나 우유의 효과도 여기까지였는지 나희가 억울한 표정
을 짓다가 다시 눈물을 후두둑 떨어트렸다. 옷을 갈아입은 우
철이 안방에서 나왔다.

"당신, 전화는 왜 안 받아? 나희가 울면서 엄마만 찾았다
는데 전화도 안 받고. 뭐 하고 있었어?"

"씻었어."

또 불쑥 화가 치밀어 오를 것 같아 속에서 올라오는 무언가
를 꾹꾹 누르며 미라가 말했다.

"이따 씻으면 되지. 낮에는 유치원에서 전화 올 수도 있고
하니까 나 오면 씻지."

"이따 언제? 당신 오면 당신 밥해주고 그 전에는 나희 간식
에 밥에 또 여기저기 밥풀 붙여놓은 거 치우고 닦고. 그거 끝
나면 장난감 어지른 거 쓸고 닦고. 그러면 나희 씻길 시간인

데, 우리 집에 욕조가 있어? 둘이 같이 씻을 수나 있냐고, 저조그만 화장실에서!"

"아니, 미안해. 아니, 왜 또 화를 내고 그래."

미라의 목소리가 점점 커지자 나희는 더 크게 울었다.

"나희 좀 달래줘. 난 지후 엄마랑 통화 좀 하고 올게."

우철이 바나나 우유를 꼭 쥐고 눈물을 떨어트리는 나희를 안았다. 미라는 잿빛 카디건만 한 장 걸치고 현관문 밖으로 나갔다.

비가 내렸는지 골목이 젖어 있었다.

"아 차가워!"

빌라 담벼락 밑으로 고인 물웅덩이를 밟은 미라가 미간을 찌푸렸다.

"휴. 되는 일이 없다, 정말."

대충 슬리퍼를 흔들어 발에 묻은 물기를 털어냈다. 그리고 한 번 숨을 크게 내신 뒤 지후의 엄마에게 전화를 걸었다. 통화가 연결되자 미라는 연신 사과를 하고 찾아가겠다고 했으나 지후 엄마는 그럴 필요 없다고 치료비만 보내라고 딱 잘라 말했다. 이미 피부과에 다녀왔는데 차후에 흉터 개선을 위해 레이저 치료를 해야 할 수 있으니, 앞으로 진료 비용을 계속 청구하지 않게 한 번에 백만 원을 보상하라고 했다. 퍽퍽한 달걀

노른자가 목구멍을 막은 것처럼 목이 컥 막혔다. 하지만 나희가 잘못한 것이니 토 달지 않고 백만 원을 보내주기로 했다. 미라가 수화기 너머에 있는 지후 엄마에게 고개 숙여 죄송하다고 인사했다.

그날 저녁 우철의 계좌에서 백만 원이 송금되었다. 그의 통장은 더 가벼워졌고 새로운 전셋집은 점점 더 외곽으로 멀어져 갔다. 미라는 나희를 재우고 안방으로 들어갔다.

"보냈어."

담담한 목소리로 우철이 말했다.

"어."

"이번 달 생활비는……."

"말 안 해도 알아. 허리띠 더 졸라봐야지. 당신도 내일 일하려면 얼른 자."

무덤덤한 이야기를 늘어놓고 두 사람은 등을 돌리고 누웠다. 미라는 통 잠이 오지 않았지만 꾸역꾸역 잠을 청했다. 그래야 내일을 또 이겨내므로.

막 잠이 들었을 즈음 나희가 미라를 흔들어 깨웠다.

"엄마…… 나 쉬했어."

미라는 풀이 죽은 나희가 안쓰러웠다. 어쨌든 제 딴에는 처음으로 사회생활을 하며 유치원에서 싸움을 치르느라 아이의 마음도 힘들었을 텐데 보듬어주지 못한 게 미안했다. 미라는 옷을 갈아입혀 주고 이불을 걷어 화장실에 넣어놓은 다음 새 이불을 꺼내주었다. 금방 나희가 잠들고 미라도 다시 안방 침대에 누웠다. 금방 잠이 들었다. 그리고 몇 시간이 지났을까. 나희가 다시 또 미라를 깨웠다.

"엄마…… 일어나 봐."

"응?"

"나, 또…….."

우물쭈물하는 나희의 목소리에 미라가 얼른 몸을 일으켰다.

"또? 또 오줌을 쌌다고?"

"엄마, 미안……."

미라는 나희의 작은 두 어깨를 꽉 잡았다.

"나희야 제발, 미안하면 이제 그만해. 엄마 진짜 힘들어!"

결국 나희가 울음을 터트렸다. 심상치 않은 분위기를 느낀 우철이 스스로 일어나 얼른 나희를 달랬다.

"당신이랑 나희랑 여기서 자. 이제 다른 이불도 없고, 얼른 빨래방 가서 돌려 올게."

"내일 가지. 지금 너무 늦었는데."

잠에서 덜 깬 목소리로 우철이 말했다.

"오늘 비 와서 집에 널어봤자 내일까지 안 말라!"

미라는 잿빛 카디건을 걸치고 오줌이 주룩 흐르는 부분만 화장실에서 물로 대충 헹군 뒤 이불 두 채를 끌어안고 집을 나섰다. 카디건이 이불에서 나오는 물기에 젖어 축축했다. 걸을수록 지린내도 함께 느껴졌다.

미라는 빠른 걸음으로 연남동 빙굴빙굴 빨래방에 도착했다. 세탁기를 열고 이불 두 채를 구겨 넣었다. 미라는 창가 앞에 놓인 테이블에 앉았다. 앞에 놓인 연두색 다이어리가 펼쳐져 있는 것이 보였다. 한동안 주인 없이 제 자리를 지키는 연두색 다이어리엔 누가 시작했는지 모르게 시시콜콜한 글이 꽤 있었다. 내용이 궁금하지도 않았다. 그냥 뭐라도 써 있겠거니 흘낏 본 페이지에 "봄날은 간다."라고 쓰여 있었다. 아까 밟은 구정물이 고여 있던 웅덩이처럼 움푹 파인 눈두덩이에 눈물이 차올랐다. 뜨거운 눈물방울이 볼을 타고 내려와 테이블에 툭 떨어졌다. 얼른 손으로 떨어진 눈물을 훔치고 얼굴을 비볐다. 휙휙 다음 장을 넘겼다. 흰 종이 위에 누군가가 써놓은 고민들, 그 밑에 달린 답글들. 미라가 테이블 위에 있는 볼펜을 들고 순식간에 글자를 적었다.

살기 싫다. 사는 게 왜 이렇게 힘드냐.

적어놓고 보니 자신 스스로가 없어진 것 같다는 무력감이 느껴졌다. 이렇게 살면 희망이 있을까 싶은 생각이 머릿속을 맴돌았다. 미라는 자신의 뒤에서 쉼 없이 돌고 있는 세탁기처럼 하루도 빠짐없이 치열하게 살았다. 처녀 때는 일에 치여 살다가 엄마가 되고부터는 육아에 치여 살았다. 하지만 어느 곳에도 이름을 내밀지 못하는 지금은 집에서 덜덜거리는 고물 취급이나 받는 고장 난 세탁기가 된 것 같아 스스로가 짠하고 가여웠다. 고개를 젖히고 천장을 보는데도 눈물이 멈추지 않았다. 숨을 크게 쉬고 침을 삼켜봐도 뜨거운 눈물을 참아내기에는 역부족이었다.

◎ ◎ ◎

미라와 우철은 보증금 오천만 원 때문에 연남동을 포기하고 서울 외곽으로 눈을 돌렸다. 경기도에 있는 집을 보러 가기 위해 현관문을 열려고 하는 순간 미라의 휴대폰이 울렸다.

"어, 엄마. 나 바빠서 이따 저녁에 연락할게."

"……."

"엄마, 울어?"

"미라야, 니 아빠 어뜩하면 좋노."

현관에 서 있던 미라가 신발을 벗고 다시 거실로 들어와 소파에 가방을 놓았다.

"무슨 일인데. 울지 말고 말해봐."

전화기 너머로 흐느끼는 울음소리가 들렸다.

"엄마! 자꾸 울기만 할 거야? 나 불안해. 얼른 말해봐. 어?"

우철은 미라의 얼굴을 보고 심각한 일이라는 것을 바로 알아차렸다.

"아빠 사고 났어?"

"아니, 그게 아이고, 네 아빠…… 위암이란다."

떨어지는 휴대폰처럼 미라도 자리에 퍽 주저앉았다.

"오늘 갈게. 아, 아니, 지금. 지금 집으로 갈게."

"아이다. 수술할라믄 지금 당장 입원해야 되는데 무슨 정책이 바뀌어가 병원에 보호자 한 명만 들어올 수 있단다."

"그럼, 가도 아빠 얼굴도 못 본다고? 수술하기 전에 얼굴은 봐야 할 거 아니야!"

"수술하고 나서 말하려고 했는데. 그냥 엄마 혼자 겁이 나서 니한테 말한 기다."

"내가 내일 갈게. 아니, 지금 갈게."

"미라야…… 있어라. 엄마가 수술하고 말할 걸 괜히 전화했다. 당장 김 서방 출근도 그렇고 나희 유치원은 누가 데려다주노. 집에 있어라."

미라는 모든 걸 내려놓고 공항으로 가고 싶었다. 부산행 기차를 타고 아빠에게 가고 싶었다. 미라가 결혼하던 날 신부 입장 순서를 기다릴 때, 문밖에서 웨딩드레스를 입은 자신을 보고 아빠가 했던 말이 떠올랐다. '우리 딸, 아빠가 부족해가 예쁜 것도 못 입히고 다른 집 딸들처럼 예쁘게 못 키웠는데. 우리 딸 정말 예쁘네. 미안하다, 미라야.' 떨리는 왼손으로 미라의 오른손을 꽉 잡아주던 아빠처럼 그 손을 잡아주고 싶었다.

"지금 김 서방 출근이 중요해?"

미라는 비행기표를 예약했다. 내일 수술이 끝난 후에 당장 회복실에 있는 아빠의 얼굴을 볼 수 없더라도 그 가까이에 있고 싶었다. 우철도 휴가를 내고 나희를 보고 있겠다며 걱정 말고 다녀오라며 파리해진 미라를 안아주었다.

그날 저녁, 그나마 전세가가 맞았던 경기도 집도 보러 가지 못한 탓에 그 집을 다른 사람이 계약했다는 연락을 받았다. 아빠는 아프고 세탁기는 여전히 낑낑거리며 음흉한 신음을 냈다. 모든 게 엉망이었다. 한숨을 푹 내쉬었다. 미라는 정신을 차리고 마음을 굳건히 먹기로 결심했다. 곧이어 딸기 모양이 그려진 나희의 내복과 우철의 작업복 그리고 자신의 회색 카디건과 수건들을 빨래 바구니에 담아 집을 나섰다.

미라는 어느새 모두가 잠든 후 혼자 빨래방에 가는 길이 좋아졌다. 자유로운 차림새와 머리 모양을 하고 아무 데나 걸터앉아 젊음을 즐기는 사람들을 보는 것만으로도 마치 모든 것에서 해방된 것 같았다.

미라가 빙굴빙굴 빨래방 문을 열다가 테이블 앞에 서 있는 어르신을 발견했다. 잠깐 걸음을 멈추었다가 다시 들어갔다. 할아버지라는 표현보다 노신사라는 말이 어울린다고 생각했다. 잘 다려진 남색 체크 셔츠에 회색 면바지, 푸근해 보이는 인상과 풍성한 머리숱 사이사이 드러난 새치가 편안한 인상을 주었다. 미라는 입구에 얌전하게 앉아 있는 진돗개를 조심스럽게 지나 안으로 들어왔고 어르신은 진돗개의 가슴 줄을 쥐고 천천히 빨래방을 나섰다.

순간, 혹시 어르신이 자신이 쓴 글을 본 건 아닐까 싶었지만 익명으로 글을 썼기에 크게 걱정하지는 않았다. 미라는 자신이 쓴 글에 누군가 답글을 남겨주었을까 궁금했지만 아직 어르신이 멀어지지 않았기에 어깨 옆으로 창밖을 흘깃 살폈다. 그리고 진돗개가 시야에서 완전히 사라진 뒤 큼직한 비타민 음료가 놓여 있는 테이블 앞에 앉았다.

그곳에는 자신이 글을 써놓은 장이 펼쳐져 있었다. 진지하고 지적인 느낌을 주는 글씨체로 답글도 적혀 있었다. 혹시 방금 빨래방에서 나간 어르신이 써주신 걸까. 그의 모습에 걸맞은 품격 있는 글씨체였다. 누군가가 자신의 이야기를 들어준 것만 같아서 글을 적어준 게 누구든 감사했다. 그동안 혼자만 듣는 메아리 같았던 자신의 목소리에 누군가가 반대편에서 '너의 목소리를 내가 듣고 있어.'라고 말해준 것 같았다.

미라는 화분을 키워 식물이 자신을 가꾸는 듯한 경험을 해보라는 조언을 곰곰이 생각했다. 그리고 옆에 있는 비타민 음료 뚜껑을 돌렸다. 딸깍 소리가 나며 자양 강장제 특유의 새콤한 냄새가 올라왔다. 미라는 어떤 화분이 좋을지 머릿속으로 생각했다. 그리고 품격이 느껴지는 글 밑에 감사의 인사와 이제 이곳을 떠나게 될 것 같다는 이야기를 써놓았다.

◎ ◎ ◎

미라가 부산에 다녀온 지도 벌써 이 주일이 지났다. 아버지의 수술은 별 탈 없이 끝났다. 다행히, 열어보니 그리 심각한 수준이 아니었다. 앞으로는 입원을 병행하며 항암 치료에 집중하기로 했다. 이사가 코앞으로 다가온 미라는 집을 알아보러 다니느라 빨래방에 갈 엄두도 내지 못했다. 다행히 나희도 밤에 이불에 소변을 보는 일을 점점 줄여가고 있었다.

장 영감은 살기 싫다고 써놓았던 미라가 여전히 걱정되었다. 멍한 눈동자, 눈 밑으로 퍼렇게 내려온 다크서클을 가지고 있던 우울한 모습이 머리에서 떠나질 않았다.

"음료는 마셨으려나. 한 개는 너무 적었나. 박스로 사다 둘 걸 그랬나. 기왕이면 집에 가져가서도 먹으라고……."

꼬리를 흔드는 진돌이를 보며 장 영삼이 말했다.

장 영감은 다음번에는 자양 강장제를 박스로 사다 놓으리라 다짐하고 보송해진 이불을 바닥에 깔았다. 아직 건조기의 온기가 따뜻하게 남아 있었다. 진돌이도 좋은지 장 영감 옆에 몸을 동그랗게 말고 누웠다. 진돌이의 온기에 연남동 빙굴빙굴 빨래방의 향이 더해져 더욱 따뜻한 봄밤이었다.

◎ ◎ ◎

장 영감이 봄볕을 받은 화단의 흙을 맨손으로 두드렸다. 줄기를 뻗치기 시작하더니 금세 무럭무럭 자란 방울토마토를 흐뭇한 표정으로 보았다. 지난주까지 초록빛이 감돌던 방울토마토가 제법 붉은빛을 드러내자 줄기 밑으로 열린 작은 토마토를 하나 톡 떼어 먹었다.

"아이고 맛있다. 달다, 달어. 설탕이네."

진돌이가 장 영감의 손 냄새를 맡으며 킁킁거렸다.

"너도 먹고 싶지? 근데 이건 안 돼. 대신 특식이다! 오늘 닭가슴살 갈아 줄게. 어떠냐?"

진돌이가 꼬리를 세차게 흔들며 짖었다. 장 영감이 쓰고 있던 밀짚모자를 벗었다. 하늘이 구름 한 점 없이 맑았다.

가스레인지 위에서 팔팔 끓는 냄비에 닭가슴살 한 덩이를 넣었다. 붉은 기가 없어지고 그 위로 불순물이 떠올랐다. 장 영감이 뜰채로 그것을 능숙하게 걷어냈다.

"우리 진돌이가 좋아하는 특식, 할아버지가 해줄게요. 조금만 기다려요."

시중에 판매하는 간식은 냄새만 맡고 지나쳐 버리는 진돌이가 유독 좋아하는 수제 간식이었다. 자신이 직접 만든 간식을 먹고 좋아할 진돌이를 떠올리니 콧노래가 나왔다. 마침 점심시간이 다 되어 냉장고에서 일회용 용기에 든 사골국과 냉동만두도 꺼냈다. 오늘 점심은 만둣국을 먹을 참이었다.

깨갱!

마당에서 진돌이의 울음소리가 들렸다. 귀를 찌르는 듯한 높은 울음소리였다. 장 영감은 급한 대로 가스 불만 끄고 마당으로 달려갔다. 진돌이가 대문 앞에서 일어서지 못하고 늑대처럼 긴 울음만 토해냈다.

"무슨 일이냐!"

아들과 며느리가 들어오고 있었다. 아들이 문을 여는데 마침 앞에 서 있던 진돌이가 대문에 맞은 것이었다. 진돌이의 왼쪽 뒷다리가 뒤틀린 것처럼 어긋나 있었다. 장 영감은 호흡이 가빠지고 손에 땀이 났다. 얼른 진돌이를 데리고 병원으로 가야 한다는 생각밖에 들지 않았다.

"아버님, 저희 왔어요."

"문이 왜 이렇게 빽빽해요. 하여간 단독주택은 손이 많이 간다니까. 이참에 아파트로……."

"그놈의 아파트는! 좀 닥쳐라!"

장 영감이 옆구리에 건축 사무소 이름이 적힌 큰 서류 봉투를 끼고 있는 아들을 향해 소리쳤다. 장 영감은 앞발에 힘을 주어 일어나려고 애쓰다가 다시 옆으로 픽 쓰러져도 또 일어나려고 안간힘을 쓰는 진돌이를 안타깝게 바라보았다.

"괜찮아, 진돌아. 일어서지 마, 누워 있어. 병원 가자. 너희, 차 가져왔지?"

"네, 아, 하필 거기 있었어. 많이 다쳤어요? 근데 아버지, 얘 태우려고요?"

눈앞에서 신음하는 진돌이를 보고 아들이 말했다.

"얼른 차 시동이나 걸어놔라. 나 챙겨 나올 테니까."

"그래도 새 차인데……. 택시 불러드릴게요. 아마 왼쪽 다리 골절일 거예요. 큰일 아니에요. 뭐 요즘 개들도 휠체어 보조기 이런 거 하고 잘 다니던데."

낑낑.

장 영감이 아들의 머리를 주먹으로 한 대 휘갈겼다. 잔디 위에 쓰러져 아파하는 진돌이를 보고도 저렇게 내뱉는 아들을 두고 볼 수가 없었다.

"아버지!"

"네가 의사냐? 넌 네 환자도 그렇게 대하지? 별거 아닌 것처럼. 넌 자격이 없어. 의사고 뭐고 손에서 칼 내려놔라. 저딴 걸 내 아들이라고! 저것도 의사라고 자랑하고 다녔던 내가 한심하다, 한심해!"

"말씀이 너무 심하세요, 아버님……."

"당신은 가만히 있어. 아버지, 왜 이렇게 흥분하세요. 개 하나 다친……."

"한 대 더 맞고 싶지 않으면 그 입 다물어라!"

관자놀이까지 핏발이 선 장 영감이 지갑과 휴대폰을 챙기고 나와 진돌이를 안았다. 진돌이 배 주변에 묻어 있던 노란빛의 시든 잡초들이 바람에 날려 다시 마당 위로 떨어졌다. 진돌이를 안고 걷자 바로 이마에 땀이 맺혔다.

주택가에서 택시를 찾기는 어려웠다. 그나마 보이는 것들도 녹색 글자로 예약 표시 등을 켜둔 택시들뿐이었다. 이럴 줄 알았으면 조금 더 나중에 운전 면허증을 반납할 걸 싶었다. 진돌이와 함께 가까운 서해로 여행을 다녀온 것을 마지막으로 장 영감은 육십 년 가까이 지갑에 품어온 운전 면허증을 자진 반납했다. 사회에서 고령 운전자를 걱정하는 시선을 보낸다는 걸 알았고, 가끔 식은땀이 나는 순간을 몇 번 겪고 나서인지 큰 아쉬움은 없었다. 다만 스스로 운전 능력이 없다는 것을 인정하며 자진해서 반납하게 된 세월에 대한 야속함을 느꼈다.

운전 면허증을 반납하고 난 후 이렇게 후회가 되는 경우가 종종 있었다. 조수석에 진돌이를 태우고 잔잔한 음악을 들으며 드라이브를 하지 못하는 것이 아쉬웠고, 교외로 바람을 쐬러 가고 싶을 때 번번이 아들 녀석에게 아쉬운 소리를 하며 부탁을 해야 했다. 그게 아니면 경로당에서 야유회가 있을 때만 그나마 바깥바람을 쐴 수 있었다.

장 영감은 오 분가량을 집 앞 골목과 옆 골목을 왔다 갔다 했다. 진돌이의 신음이 점점 커졌다. 장 영감은 더 기다리지 못하고 걸어가기로 결심했다. 그리고 한 발을 떼는데 택시 한 대가 경적을 울렸다. 휴무 표시판을 올려놓은 부산 택시 한 대가 장 영감 앞에 섰다. 번호판을 본 장 영감은 의아했다. 예약이나 빈 차 표시 등도 켜져 있지 않았다. 길을 물어보려는 건가 싶었다.

그때 조수석 창문이 스르륵 열렸다. 예순 살 정도 되어 보이는 여자가 말을 걸었다.

"어르신 타이소. 딸네 집 왔다가 못 찾아서 빙빙 돌고 있는데 어르신도 우리 따라 빙빙 돌고 계시길래요. 타이소. 동물병원 가면 됩니까?"

운전대를 잡고 있는 또래의 남자도 말했다.

"타이소. 지가 금방 데려다드리겠습니다."

혹시 노인 납치 수법은 아닌가 하는 생각이 잠시 스쳐 갔지만 더 이상 울지도 못하고 축 늘어진 진돌이를 두고 볼 수 없어 뒷자리에 몸을 실었다.

"그럼 실례 좀 하겠습니다. 저기 두 번째 골목으로 나가면 큰 도로가 나옵니다. 그 길 따라서 쭉 신촌 방향으로 직진하면 나옵니다."

"예, 알겠습니다. 거기 이름이 뭡니까?"

인상 좋아 보이는 남자는 능숙하게 휴대폰 음성 검색 버튼을 누르고 장 영감이 말해준 병원 이름을 말했다. 내비게이션에서 안내하는 대로 골목골목 빠른 길로 운전한 덕분에 십 분도 안 되어 병원에 도착할 수 있었다. 장 영감이 지갑을 꺼내려고 하자 여자와 남자가 손사래를 쳤다.

"얼른 들어가 보이소. 됐습니다. 그리고 지는 오늘 휴무입니다."

"그래도……."

"미터기도 안 켰습니데이. 얼른 내리소."

장 영감은 고맙다는 말과 함께 진돌이를 안고 내렸다. 고마운 두 사람에게 고개를 숙여 가벼운 인사를 했다. 택시가 떠나고 장 영감이 몸으로 병원 문을 밀며 들어갔다.

평일 점심시간인데도 병원에는 아픈 동물들과 걱정스러운 표정의 보호자들이 가득했다. 자주 오던 병원이라 진돌이의 상황을 알아본 간호사가 진돌이를 응급 환자로 분류해 빨리 진료를 볼 수 있도록 도와주었다. 진료실에 들어간 진돌이가 몸을 부르르 떨었다. 그 와중에 주치 수의사가 들어오자 꼬리를 옅게 흔들었다.

수의사는 먼저 촉진으로 진돌이의 상태를 확인했다. 그리고 좀 더 정확히 진찰하기 위해 엑스레이 촬영을 해야 한다고 말했다. 장 영감은 대기 의자에 앉아 초조한 마음으로 기다렸다. 머릿속에 휠체어처럼 바퀴가 달린 보조 기구를 착용하고 공원을 산책하던 강아지가 떠올랐다.

"진돌아, 제발⋯⋯. 내가 미안하다⋯⋯."

얼굴에 핏기라고는 모두 사라진 장 영감에게 수의사가 다가와 그의 손을 따뜻하게 잡아주었다.

"너무 걱정하지 마세요. 응급 수술을 해야 할 것 같은데 제가 잘 하겠습니다. 저 믿으시잖아요. 진돌이도 저 많이 좋아하고요."

장 영감도 수의사의 손을 잡았다. 알코올 소독을 많이 해서인지 표면이 거칠게 느껴졌지만 무척이나 따뜻했다.

"잘 부탁해요."

수의사가 수술실로 들어갔다. 문이 닫히는 찰나에 차가워 보이는 은색 수술대 위에 누워 있는 진돌이의 모습이 보였다. 장 영감은 진돌이가 수술받는 두 시간 동안 꼬박 자리를 지켰다. 화장실도 가지 않았다. 앞으로도 진돌이가 좋아하는 공원 길 산책만 할 수 있게 해달라고 기도했다. 약간의 시간이 지나고 간호사가 장 영감을 불렀다.

"진돌이 보호자님, 일 진료실로 들어가세요."

진료실에 들어가자 수술을 막 끝낸 수의사가 화면에 진돌이의 엑스레이 사진을 띄워놓고 기다리고 있었다.

"수고하셨습니다. 진돌이는 괜찮나요?"

"예, 수술은 잘됐고요."

"휠체어 같은 보조 기구 안 해도 되나요? 잘 걸을 수 있어요?"

"예, 괜찮을 겁니다."

괜찮다는 말이 떨어지자마자 장 영감이 안도의 숨을 내쉬었다.

"감사합니다. 감사합니다."

"진돌이 씩씩해요. 수술하는 내내 심박수 고르게 잘 버텨줬고 덕분에 수술도 빨리 끝났어요."

화면에 띄운 엑스레이 사진을 보며 수의사가 진돌이의 상태를 자세하게 설명해 주었다. 그리고 지금 진돌이는 회복실에 있어서 입원실로 가게 되면 면회가 가능하다고 덧붙였다. 장 영감은 진료실 문을 나서면서 다시 한번 고개 숙여 고맙다고 말했고 수의사도 인사를 전했다.

"진돌아…… 많이 아팠지."

잠시 후 입원실로 가자 진돌이가 힘없이 누워 있었다. 점점 마취 기운이 가시고 통증이 느껴지는지 몸을 부르르 떨면서도 장 영감을 보고 일어서려고 애쓰다가 다시 주저앉았다. 왼쪽 뒷다리에는 초록색의 깁스가 감겨 있었다.

"진돌아, 가만히 있어. 덧난다. 누워 있어."

어느 때보다 다정한 장 영감의 목소리에 진돌이가 안심한 듯 앞발에 턱을 괴고 까만 눈동자를 굴렸다. 일주일은 입원해야 한다는 간호사에게 내일 또 오겠다고 말한 뒤 장 영감은 동물 병원에서 나왔다.

장 영감은 집으로 가는 버스를 타고 홍대입구역에 내렸다. 이마에서 흐르는 땀을 손등으로 털어냈다. 그제야 입고 있는 셔츠가 땀에 흠뻑 젖어 있다는 사실을 알았다.

"후, 되다."

연남동 공원 입구에는 전동 킥보드가 줄지어 있었다. 양쪽에 나무가 서 있는 그 길을 따라 걸었다. 몽글한 봉오리가 올라와 곧 있으면 벚꽃이 다 필 것 같았다. 장 영감은 그 전에 진돌이가 꼭 나았으면 좋겠다고 생각했다. 진돌이가 좋아하는 벚꽃 비를 맞으며 이 공원 길을 꼭 함께 걷고 싶었다.

집에 도착했을 때 광택이 나는 포르쉐 한 대가 여전히 문 앞에 서 있는 걸 보고 아들이 아직 가지 않았음을 알 수 있었다. 장 영감은 아들의 얼굴도 보기 싫었지만 제집에 들어가지 않고는 마땅히 갈 곳이 없었다. 네 시면 경로당도 끝날 시간이고 동네에는 혼자서 갈 만한 마땅한 찻집도 하나 없었다.

장 영감은 하는 수 없이 문을 열고 들어갔다. 집으로 들어서자 며느리가 자리에서 일어났다.

"아버님, 괜찮으세요? 땀 많이 흘리신 것 같은데……."

며느리가 끝말을 흐리자 아들이 헛기침을 몇 번 했다.

"오늘 아니면 제가 시간이 안 나서 기다렸어요. 이거 보고 같이 얘기하세요."

거실에 펼쳐놓은 설계 도면에는 지금 장 영감이 밟고 서 있는 땅의 주소가 적혀 있었다. 마포구 연남동 22번지. 그 옆으로 대지 면적, 용적률, 건폐율 따위의 글자가 굵은 글씨로 표시되어 있었다.

"내 말은 귓등으로도 안 들리냐!"

"감정적으로만 생각하지 마시고, 잘 들어보세요. 설계 도면 이거 뽑는 데도 삼백 더 들었어요. 그나마 이 사람 친구가 건축 사무소를 해서 더 싸게 받았다고요. 해 온 성의가 있으니까 좀 앉아보세요, 좀!"

"그 성의 보여달라고 말한 적 없다. 대학 병원 의사씩이나 되는 게 그리 돈이 궁해? 그럼 효창동에서 세 나오는 거 네가 다 가져라. 그것마저 싹싹 긁어가 살아봐. 어디 내 연금도 땡겨서 너한테 다 주랴?"

장 영감은 속에 있는 불덩이가 목구멍까지 치밀어 올랐다. 얼굴이 붉어지도록 목에 핏대를 세우고 말했다.

"아버님……."

"아버지, 무턱대고 반대만 하지 마시고요. 제가 무조건 돈 때문에 이러는 것 같아요? 지금 흐름 탔을 때 잘 지어서 세 잘 받다가 잘 팔면 그만이라고요. 안 그럼 손해가 불 보듯 뻔한데! 안 그래도요, 여기 상가들 권리금 비싸다고 을지로나 문래동 쪽으로 많이 빠지는 추세래요. 그 전에 팔아야 우리도 손해를 안 보죠."

"내 추억에 손해라는 건 없다. 건폐율이 어쩌고 용적률이 어쩌고. 네 엄마랑 내가 심고 가꾼 저 나무들, 저 화단, 쪼개고 쪼개서 돈 몇 푼 받으면 그게 행복할 것 같으냐. 내 나이 여든이다. 여든. 내가 살고 싶은 대로 살게 놔둬라, 좀!"

아들은 꿈쩍 않는 장 영감의 고집에 일단 물러서기로 했다. 설계 도면이 구겨지든 말든 움켜쥐고 집을 나섰다.

"여보, 같이 가야지!"

며느리도 화난 아들의 뒤를 따랐다. 아들이 대문을 열려고 하다가 화단 위의 붉은 방울토마토가 열린 화분을 보고 걷어찼다. 토기로 된 화분이 산산조각 나고 흙이 튀었다. 아들은 정장 바지를 손으로 탈탈 털고 집을 나갔다.

장 영감은 거실 창 너머로 아들의 행동을 보았지만 따라가서 윽박지를 힘이 남아 있질 않았다. 술도 힘으로 마시고 화도 힘으로 내는 건지, 진돌이를 병원에 데려가면서 진땀을 빼서인지 더 이상 힘이 나지를 않았다. 그대로 소파에 앉아 눈을 감고 목을 뒤로 젖혔다.

"하아, 되다……."

며칠이 지나도록 아들에게서는 연락이 오지 않았다. 장 영감도 물러서고 싶지 않았다. 아무리 백 세 시대라지만 백 세까지 산다는 보장도 없고 시금껏 온 정성을 들여 가꾸어온 이 집을 한 평에 얼마씩 값을 매겨 팔고 싶지 않았다. 더욱이 아들이 말하는 아파트로 이사를 간다면 진돌이를 그 안에서 어떻게 키워야 할지도 고민이었다. 진돌이가 짖거나 긴 울음을 토해낼 때 아랫집은 물론 주변 집들에게 종종 민원을 받을 것이 불 보듯 뻔했다. 그렇게 되면 결국엔 진돌이는 성대 수술을 받아 영영 목소리를 내지 못하고 꼬리만으로 자신의 감정을 토해내야 할지도 모른다. 장 영감은 그것 또한 절대로 원하지 않았다.

진돌이가 입원한 지 이 주가 되는 날 동물 병원에서 전화가 왔다. 친절한 목소리의 간호사가 "진돌이 보호자님!" 하고 활기차게 불렀다.

"네, 진돌이 보호자입니다."

"오늘은 면회 오실 때 진돌이 퇴원 준비 같이 해서 와주세요. 원장님께서 진돌이 퇴원해도 될 것 같다고 하셔서요. 가슴

줄, 배변 봉투, 물, 이 정도 챙겨 오시면 될 것 같아요."

오늘은 입원실 면회만 하는 것이 아니라 진돌이를 데려올 수 있다니 기뻤다. 비록 이미 벚꽃은 봄비에 다 떨어졌지만 연남동 길을 진돌이와 함께 걸을 생각에 잔뜩 설렜다.

"네, 잘 챙겨 갈게요. 걱정 마세요. 이제 퇴원해도 괜찮은 거예요?"

"네, 진돌이도 아는지 벌써부터 엉덩이를 들썩거려요."

간호사 목소리 너머 진돌이가 월월 짖는 소리가 들렸다. '아이고, 이 녀석 이제 살아났구나…….' 통화를 마친 장 영감은 점심에 퇴원하는 진돌이를 데리러 가기 위해 얼른 밥상을 차리기 시작했다. 경로당 홍 여사가 지난주에 나눠 준 누룽지를 꺼냈다. 냄비에 물을 붓고 누룽지 몇 조각을 넣은 뒤 팔팔 끓였다. 냉장고에서 김치, 마늘종, 멸치, 연근조림을 꺼내 한술 떴다.

◎ ◎ ◎

꽃구경 한번 다녀오지 못했지만 벌써 봄의 끝자락에 다다랐다. 미라는 이번 봄에는 꼭 나희와 우철과 함께 윤중로에 다녀오리라 결심했었다. 그래서 큰마음 먹고 하얀 면 재질에, 소매 끝단에는 빨간 꽃 자수가 있는 오만구천 원짜리 펀칭 원피스도 샀다. 하지만 일산 근처 지역까지 집을 보러 다니는 동안 꽃은 금방 져버렸다. 미라는 가격표도 안 뗀 채 옷장에 걸려 있는 원피스를 보니 아쉬운 마음이 들었다.

"환불 기간도 놓쳤는데, 중고로라도 팔까."

곧 있을 이사를 대비해 미리미리 안 입는 옷들을 정리하기로 했다. 미라가 서랍에서 옷들을 꺼내 안 입는 것들을 위주로 분류를 시작했다. '살 빼면 입어야지.' 하고 넣어두었던 옷들은 여전히 살이 빠지지 않아 지퍼를 끝까지 올릴 수 없었고 '결혼식에 갈 때 입어야지.' 하고 아껴두었던 좋은 옷들은 경기 침체로 인해 결혼식과 돌잔치 같은 행사들이 소규모로 진행되어 딱히 입고 갈 일이 없었다. 일곱 살배기 여자아이를 키우는 엄마이자 주부에게 정장을 입을 날은 극히 드물었다. 과감하게 그 옷들을 박스로 옮겨놓고, 서랍장을 열어 면세점에서 일할 때 착용했었던 귀걸이와 목걸이, 팔찌들을 살폈다. 언제 이렇게 화려한 장신구들을 하고 다녔었는지 픽 웃음이 났다.

휴대폰 알람이 울렸다. 중고 거래 앱에 올린 옷을 구매하겠다는 메시지였다. 미라가 가격표도 안 뗀 원피스를 올린 글을 통해 채팅이 왔다.

–만 원 디시 가능?

인사도 없이 무례하게 보낸 메시지에 미라는 인상을 구겼다. 그래도 앱 안에서 몇 년간 쌓아 올린 매너 점수가 깎일까 봐 최대한 친절하게 답변했다.

　―한 번도 입지 않은 새 옷이기에 어렵습니다. 상태는 정말 좋아요. ^^

　―그래도 중고는 중고인데. 좀 깎아주지.

반말 섞인 어투에 미라는 점점 부아가 치밀어 올랐지만 꾹 참았다.

　―어렵습니다. 한여름까지 입을 수 있는 점 감안해 주세요.

　―그럼 패스.

'꽃놀이 못 간 것도 화딱지 나는데 확 그냥 한 판 떠버려? 언제 봤다고 반말이야? 이럴 땐 진짜 속 편하게 헌 옷 수거함에 넣고 끝내버리고 싶다니까!' 끝까지 반말을 하는 사람의 태도가 마음에 들지 않았지만 실랑이하고 싶지 않았기에 미라는 더 이상 대꾸를 하지 않았다. 채팅 창을 나가자 주부도 할 수 있는 단순 고액 아르바이트 게시 글이 눈에 들어왔다. 단순하다는 것도 마음에 들었고 고액 아르바이트라는 것도 미라의 관심을 끌었다. 어쩌면 눈보다 손이 먼저 반응했다. 게시 글을 누르고 조건과 구인 내용을 읽어 내려갔다.

'일주일에 한두 번 정해진 장소에 물품들을 옮겨주면 된다

고? 서울 마포구 전달원을 구하는데 왜 주부를 쓰지? 보통 건
장한 남성을 우대하지 않나?' 자차 불가, 택시 또는 대중교통
이용 요망이라고 쓰여 있는 광고 글이 뭔가 미심쩍었다.

미라는 휴대폰을 넣어두고 다시 옷 정리를 시작했다. 가져
갈 옷들을 마트에서 가져온 박스에 담았다. 옷장 깊숙이 넣어
누었던 겨울 이불은 압축 백에 넣어 부피를 줄이려고 했지만
좀약 냄새가 나서 한 번 세탁을 한 뒤 넣기로 했다.

이마에 땀이 송골송골 맺혔다. 한여름 날씨를 웃도는 이상
기온 현상에 선풍기를 틀까 생각도 했지만 언제 또 선풍기 날
개와 사이사이를 닦아서 설치하나 싶어 관두기로 했다. 거뭇
한 먼지가 묻은 손으로 이마에 땀을 닦아냈다.

짐 정리를 하느라 몸은 피곤했지만 밤에 겨울 이불을 세탁
하러 빨래방에 갈 생각을 하니 힘이 났다. 빙빙 돌아가는 세탁
기들이 있고, 포근한 섬유 향이 나는 빨래방에 앉아 있으면 정
신까지도 맑아졌다.

딸그락 딸그락. 우철의 설거지 소리가 방까지 들렸다. 저녁
시간, 미라가 나희에게 책을 읽어주고 있었다. 나희는 무거운
눈꺼풀을 힘겹게 뜨며 그림을 보았다. 나희가 제일 좋아하는
책《신데렐라》였다.

"엄마, 요정 할머니는 진짜 이렇게 생겼어?"

"글쎄, 엄마도 요정 할머니를 본 적은 없는데."

나희가 금방 실망한 투로 다시 물었다.

"진짜? 요정 할머니는 우리가 힘들 때 나타나는 거 아니야? 우리가 힘들고 지쳤을 때. 절망했을 때."

"절망?"

"응, 절망."

"나희야, 절망이 뭔지 알아?"

읽고 있던 동화책을 덮고 미라가 다시 물었다.

"알아, 희망 반대말이잖아."

"그럼 희망은 뭔데?"

"나희!"

예상치 못한 나희의 대답에 미라가 눈을 동그랗게 떴다.

"나희?"

"응, 저번에 부산 외할머니가 와서 나희한테 그랬는데. 나희가 우리 집 희망이라고. 그러니까 내년에 학교 가면 선생님 말씀도 잘 듣고 공부도 열심히 하라고!"

"엄마는 애한테 무슨……."

책의 마지막 장을 덮고 난 후에도 한참을 종알거리던 나희는 어느새 잠이 들었다. 미라는 평온한 얼굴로 잠든 나희의 머리를 쓰다듬으며 혼잣말로 되뇌었다.

"미안해."

항상 뭐가 그리 미안한지 밤만 되면 아이한테 미안한 마음이 드는 건 모든 엄마의 공통분모일 것 같다고 미라는 생각했다.

모두가 잠든 밤, 미라가 겨울 이불을 가지고 나왔다. 회색 바탕에 작은 꽃무늬가 촘촘한 극세사 이불이었다. 이사 가면 이불을 새로 살까 했지만 그것도 다 돈이라 빨아서 다시 덮기로 마음먹었다. '한 푼이라도 아껴야지.' 미라는 큰 비닐봉지를 찾지 못해 이불을 그냥 품에 안고 가기로 했다.

길가에 있는 벗나무들의 꽃잎은 다 떨어졌지만 형광펜으로 칠해놓은 것처럼 선명한 연둣빛 이파리를 뽐내고 있었다. 미라는 보드라운 극세사 이불을 껴안고 가느라 땀이 났지만 선선하게 불어오는 밤바람이 땀을 식혀주었다. 기분이 절로 상쾌해지는 듯했다.

오랜만에 빨래방 문을 열었다. 다이어리 옆에 방울토마토 화분이 놓여 있었다. 황토색 화분에는 빨간 방울토마토와 아직 익지 않은 녹색 방울토마토가 듬성듬성 달려 있었다. 미라는 자신의 글에 답글을 적어준 듯한 어르신이 화분을 두고 갔을 거라고 짐작했다. 테이블 위의 다이어리를 펼쳐 보았다. 자신의 글 아래, 지난번 답글과 같은 글씨체로 글이 조금 더 적혀 있었다.

우리 집 마당에서 자란 방울토마토입니다. 흙도 시골에서 가져온 좋은 흙이라 어디 가서든 물만 잘 주면 잘 자랄 겁니다. 아직 설익은 초록색은 조금 더 기다리면 금방 붉게 익을 겁니다. 이 엄지손톱만 한 방울토마토에도 제일 맛있는 때가 있답니다. 사람도 그렇겠지요. 쓴맛 가고 떫은맛도 지나가고 인생이 제일 맛있을 때가 있을 겁니다. 조금만 기다려 보세요. 그때는! 분명히 옵니다. 어디로 가시든 늘 건강하십시오.

가로선이 긴 글씨체에 미라의 머릿속에 있던 장 영감이 스쳐 갔다. 따뜻하고 편안한 느낌을 주는 인상. 그 얼굴 위로 얼마 전 수술을 한 아빠의 얼굴이 겹쳐 보였다. 눈물이 떨어졌다. 장 영감의 글씨 위로 눈물방울이 떨어져 글씨가 번졌다. 미라가 소매를 올려 코끝에 매달린 콧물을 닦았다.

딸랑. 빨래방 문에 달린 종이 울리고 장 영감이 들어왔다. 한 손에는 진돌이의 가슴 줄을 다른 한 손에는 얇은 홑이불을 들고 있었다. 미라는 얼른 눈물을 훔치고 자리에서 일어났다. 장 영감은 모른 척하고 싶었지만 미라가 눈물을 멈추지 못하자 먼저 입을 열었다.

"방울토마토가 참 동그랗죠?"

"네……."

장 영감이 세탁기에 홑이불을 넣으며 말했다. 일부러 미라에게 부담을 주고 싶지 않아 일상적인 이야기로 말을 걸었다.

"벌써 여름 이불을 꺼냈어요. 날씨가 갑자기 덥네요. 이제 한국은 사계절 나라가 아니라고 하던데 그 말이 맞는지."

두 눈이 벌게진 미라가 장 영감에게 고개를 숙이며 인사했다.

"감사합니다. 정말 감사해요."

장 영감이 괜찮다는 듯 미소를 지어 보였다.

"쑥스럽네요. 이거 우리 집 마당에 난 거예요. 그렇게 비싼 것도 아닌데 그렇게까지 인사를 하니……."

"힘이 됐어요."

장 영감의 말을 끊고 불쑥 내뱉은 미라의 말에는 힘이 있었다. 여태껏 부서지고 흩어지듯 희미했던 미라의 목소리가 선명하게 닿았다.

"힘이 됐어요. 그래도 누군가가 제 이야기를 들어주고 있다는 사실이 고마웠습니다. 집에서 애만 키우고부터는 아침에 일어나서 잠들 때까지 제 이야기를 제대로 들어주는 사람이 없었어요. 남편하고도 아이 얘기만 하게 되고, 이제는 제 이야기를 하는 법은 까먹었다고 생각했거든요. 제일 자주 가는 장

소인 마트에 가서도 '포인트 적립하시나요?' 하는 질문이나 받아봤지 제 인생에 물음표를 제대로 던져주신 분은 어르신이 처음입니다."

코가 막힌 소리로 한 음절 한 음절 이어가는 미라의 목소리에 장 영감도 덩달아 목이 메었다.

"감사합니다. 이제 이사 가면 여기에 또 올 일은 없겠지만⋯⋯."

울음을 삼키느라 말을 잇지 못하는 미라를 대신해 장 영감이 입을 열었다.

"내가 새댁한테 던진 건 물음표가 아니라 느낌표였어요. 잘하고 있다는 확신의 느낌표. 문장이 끝날 때 물음표로 끝나는 것과 느낌표로 끝나는 게 얼마나 차이가 큰 줄 알죠?"

장 영감이 말을 이어가자 미라의 흐느낌이 더해졌다. 그때, 빨래방 문이 열렸다. 이불에 오줌을 싼 나희가 미라를 찾으며 불안해하자 우철이 나희를 데리고 빨래방에 온 것이다.

"엄마! 왜 울어?"

"여보, 무슨 일이야?"

미라처럼 눈물이 가득 고인 나희가 장 영감을 보면서 말했다.

"엄마, 혹시 할아버지한테 혼났어?"

천진난만한 물음에 장 영감 얼굴에 미소가 번졌다. 미국에 가기 위해 늦은 시간까지 영어 학원에서 애를 쓰고 있을 손자 수찬의 얼굴이 떠올랐다.

"아니야, 엄마 기뻐서 우는 거야. 좋아서."

미라의 말이 끝나자마자 안심했다는 듯 나희가 미라의 품에 폭 안겼다. 그리고 미라 앞에 놓여 있는 방울토마토 화분을 발견하곤 눈이 동그래졌다.

"와, 방울토마토다."

"이거 할아버지가 우리를 위해서 주신 거야. 감사합니다, 인사드려야지."

나희가 자리에서 일어나 배꼽 인사를 하며 장 영감에게 "감사합니다." 하고 말했다. 우철은 상황이 파악되지 않아 어리둥절한 표정이었다.

"여보, 어떻게 된 거야?"

"이따 집에 가서 얘기해 줄게."

그때, 나희가 미라 앞에 펼쳐져 있는 다이어리를 보고 한 글자씩 또박또박 읽었다.

"살기 싫다. 사는 게 왜 이렇게 힘드냐. 어? 이거 엄마 글씨."

얼굴이 화끈 달아오른 미라가 당황한 눈으로 우철과 나희를 번갈아 보았다. 장 영감도 같은 눈으로 둘을 번갈아 보았다.

"어, 그게……."

"엄마, 살기 싫어? 나희가 맨날 밤에 이불에 쉬야 해서 엄마 힘들어서?"

말이 끝나기도 전에 나희의 두 눈에서 굵은 눈물방울이 떨어졌다. 그 모습을 본 우철은 장 영감을 의식하지 못하는 듯 긴 한숨을 토해냈다. 장 영감 또한 입을 열 수 없었다. 진돌이도 분위기를 읽었는지 까만 눈동자만 천천히 움직였다.

"미라야, 살기 싫다는 생각을 하면 어떡해. 누구는 사는 게 재미있어서 살아? 살고 싶어 사는 사람이 얼마나 되겠어. 이사 가는 것 때문에 힘들면 이 근처에서 더 조그만 집으로 알아보면 돼. 우리 꼭 두 칸도 필요 없잖아. 내가 야간조 더 뛰면 돼. 지금은 나희가 어려서 그랬는데……."

"넌 지금 사는 데가 괜찮니? 방 딸랑 두 개야. 안방하고 나희 방. 나희 옷이며 책이며 장난감이며 놓을 데 없어서 다 거실에 너저분하게 널어놓잖아. 방에 책상 하나도 못 들어가서 학습지 선생님들 오면 거실에 상 펴놓고 문제 풀어. 그건 아니?"

"그래도 당신이 이 동네가 좋다고……."

"올해는 복직할 수 있을 줄 알았지! 그럼 나도 여기서 일 다니고 나희 학교 끝나면 내가 데려올 수 있고 돈도 벌 수 있으니까. 너 혼자 맨날 죽는소리하고 나도 너한테 '돈, 돈, 돈.' 하고 싶지 않으니까!"

마지막 발악이라도 하듯 소리를 꽥 지르자 우철이 고개를 떨어트렸다. 나희의 울음소리는 더욱 커졌다. 미라가 곧 나희를 달랬지만 울음을 쉽게 그치지 않았다.

장 영감은 홑이불을 넣은 세탁기를 보았다. 탈수까지 남은 시간은 삼십일 분이었다. 그때까지 자리를 비켜주기 위해 진돌이와 함께 빨래방을 나왔다. 하얀 진돌이의 얼굴 털 위로 진한 보랏빛 눈물 자국이 선명했다. 장 영감은 코끝이 시큰해져 얼른 자리를 떴다. 빨래방에서 나와 진돌이와 함께 연남동 길을 걸었다. 한밤이 다 된 시간이었지만 이곳은 이제 시작이라는 듯 더욱 소란스럽고 분주했다.

"진돌아, 우리 둘이 좀 걸을까."

진돌이는 꼬리를 흔드는 것으로 대답을 전했다. 퇴원한 후 완전히 기력을 회복한 진돌이가 장 영감의 발 보폭에 맞추어 발을 내디뎠다. 소란스러운 연남동에서 가장 조용한 발걸음이었다. 장 영감은 걸으면서도 나희의 울음소리가 맴돌아 몇 걸음 가지 못하고 벤치에 앉았다.

"돈이 뭐라고. 그게 참 사람을 힘들게 한다, 진돌아."

벤치에 앉아서도 계속 미라네 식구들 걱정을 하며 장 영감이 다시 한번 한숨을 쉬었다.

"어떻게 하면 좋겠냐, 진돌아."

빨래방에 남은 미라는 나희를 꼭 안았고 우철은 뒤돌아 눈물을 삼켰다. 자존심 때문인지 가장이라는 무게 때문인지 약한 모습을 보여주고 싶지 않았다.

장 영감이 넉넉히 한 시간 정도가 지난 후 빨래방에 돌아갔을 때 미라네 가족은 이미 떠난 뒤였다. 방울토마토 화분도 자리에 있지 않았다. 테이블 위에 활짝 펼쳐진 다이어리가 보였다. 삐뚤빼뚤 써놓은 나희의 글씨가 보였다.

할아버지 고맙습니다. 방울토마토 잘 키울개요. 다음엔 강아지 한번 만져봐도 돼요?

– 나희 올림

맞춤법이 틀린 글을 읽고 얼굴에 웃음이 번졌다. 손주 수찬이도 수학 학원 테스트에서 영재라고 판정받았지만 아직 한글을 다 못 뗐다. 수찬이의 목소리가 듣고 싶어 며느리에게 전화할까 생각했지만 또 찾아와 집을 쪼개놓은 설계도를 들이밀까 싶어 마음을 접었다. 장 영감은 나희의 글 밑에 답글을 달아놓았다.

우리 집은 연남동 주민 센터를 끼고 돌면 있는 파란 대문 집이란다. 언제든 강아지가 보고 싶으면 엄마와 함께 오렴. 강아지 이름은 진돌이란다.

◎ ◎ ◎

설익었던 연두색 방울토마토가 빨갛게 변했다. 주방 창가에 화분을 두고 하루에 한 번씩 물을 준 덕분에 줄기도 쑥쑥 자랐다. 나희는 토마토를 볼 때마다 얼른 먹고 싶다고 보챘다. 미라가 설거지를 하다가 붉게 익은 토마토를 보며 중얼거렸다.

"이제는 먹어도 되려나……. 감사하다는 인사는 꼭 하고 싶은데."

그날 이후 미라네 식구는 서로를 더욱 다독여 주었다. 각자의 방법으로. 우철은 그날부터 하루도 거르지 않고 미라에게 사랑한다고 말했다. 처음에는 말하기 부끄러워 메시지로 전하더니 어느새 잠들기 전, "오늘 하루 고생했어. 사랑해."라고 말한 뒤 얼른 등을 돌려 눕곤 했다.

화분을 보고 있는 미라의 얼굴에 작은 미소가 번졌다. 거실이며 주방이며 미리 싸놓은 이삿짐 박스들로 발 디딜 틈 없이 복잡했지만 머릿속은 개운했다. '우리 가족 반드시 행복할 것.'

이 한 문장을 마음에 새기고 이사 준비를 했다.

유치원 수업을 마치고 나희가 집으로 돌아왔다. 스스로 손도 씻고 가방도 제자리에 놓고, 간식 시간 전에 빵을 달라고 보채지도 않았다. 아마 이게 나희 스스로 정한 착한 어린이의 기준인 것 같았다.

"엄마! 오늘은 토마토 딸 수 있어?"

혼자서 집에서 입는 옷으로 갈아입고 나온 나희가 미라에게 물었다.

"토마토가 그렇게 먹고 싶어?"

거실에 앉아서 이삿짐 정리를 하던 미라가 대답했다.

"아니, 사실은……."

"사실은?"

"진돌이 보고 싶어. 방울토마토 따서 할아버지 가져다주면 안 돼? 진돌이도 보고. 할아버지가 다이어리에 집도 알려주셨잖아."

그날 이후 빨래방에 가는 미라의 옆에는 꼭 나희가 붙어 있었다. 특히 자기가 간밤에 오줌 지도를 그린 이불은 자기가 들고, "내일은 꼭 안 싸야지." 하고 주문을 외우며 미라의 뒤를 쫑쫑 따라갔다.

"흠, 그럼 토마토로 반찬 만들고 진돌이 간식도 사서 갈까?"

"좋아!"

침을 꼴깍 삼키며 미라의 대답을 기다리던 나희가 폴짝 뛰었다. 미라가 줄기에 매달린 방울토마토를 톡톡 땄다. 미라의 시범을 본 나희가 조심스럽게 방울토마토를 따고 밝게 웃었다. 자기 입에 넣으려다가 꾹 참고 미라가 들고 있는 작은 바구니에 넣었다.

"참아야 돼. 어제 배웠어. 음식은 어른이 먼저 먹는 거라고."

"우리 나희 착하네. 착한 어린이야. 근데 어른이 먹는 건 드신다고 말하는 거야."

"어른이 먼저 드신다고! 나희는 착한 어린이야!"

한껏 들뜬 나희의 목소리가 집 안을 울렸다. 옷을 입으면서도 진돌이 진돌이 하며 노래를 불렀다. 미라가 방울토마토를 데쳤다. 스르르 껍질이 벗겨진 토마토를 건져 스테인리스 볼에 넣고, 꿀 한 숟갈과 식초 두 숟갈을 넣어 손으로 조물조물 무쳐주었다. 새콤하고 달콤한 냄새가 나는 토마토 무침을 유리 반찬 통에 잘 담았다. 그리고 나희가 색종이에 그린 장 영감과 진돌이 그림을 잘 붙였다.

오월 초였지만 벌써 날씨는 한여름과 같았다. 미라는 나희와 빨래방 다이어리에 쓰여 있던 대로 길을 따라 걸어갔다. 연남동에는 상가로 리모델링하지 않고 기존의 모습을 지키는 집을 찾기가 어려웠다. 그래서 장 영감의 집을 찾는 건 생각보다 쉬웠다.

파란 대문 옆으로 이어진 긴 담이 집을 둘러싸고 있었다. 울창한 나무들이 있는 마당 있는 집이라니. 미라는 대문 앞에서 괜히 기분이 좋았다. 홍대 주변에 이런 집이 몇 채나 있을까. 세월을 지켜온 자부심이 느껴지는 집이었다. 초인종 위에 "장용"이라고 적힌 나무 명패가 반듯하고 올곧게 걸려 있었다.

나희가 초인종을 누르려는 찰나에 진돌이가 먼저 짖었다. 진돌이가 집에 있다는 건 장 영감이 집에 있다는 의미이기도 한 것 같아 얼른 초인종을 눌렀다. 미라가 뿌듯한 얼굴로 들고 있는 반찬 통과 진돌이의 간식을 보았다. 하지만 기다리던 응답이 없다. 진돌이가 짖는 소리만 점점 커졌다.

"어디 가셨나? 안 계신 것 같은데……."

"엄마, 진돌이가 계속 짖어!"

대문 틈으로 마당을 들여다보던 나희가 말했다. 그리고 바닥에 몸을 웅크려 안을 더 들여다보다가 소리쳤다.

"엄마! 할아버지가 누워 있어! 바닥에!"

"뭐?"

미라가 대문을 두드리며 장 영감을 불렀다. 나희도 따라서 대문을 두드렸다.

"할아버지! 할아버지!"

"어르신! 괜찮으세요?"

생각할 겨를이 없었다. 시간을 지체했다가 큰일이 벌어질까 봐 두려운 마음이 들었다. 미라는 얼른 휴대폰을 꺼내 119를 누르고 구급대원에게 집 주소를 말했다. 오 분이 채 되기도 전에 구급차가 도착했다. 구급대원이 담을 넘고 들어가 문을 열었다. 열린 문으로 미라와 나희도 마당에 들어갔다.

장 영감이 마당에 쓰러져 있었다. 진돌이가 계속 앞발로 장 영감의 머리를 치고 배를 누르며 있는 힘껏 깨우고 있었다. 장 영감의 주위를 돌며 다 쉰 목소리로 왈왈 짖었다. 구급대원이 장 영감의 동공반사를 확인했다.

"뇌출혈인 것 같습니다. 바로 병원으로 이송하겠습니다. 보호자이십니까?"

"보호자는 아니지만…… 같이 갈게요!"

사이렌 소리가 차도에 울리자 차들이 길을 터주었다. 미라는 구급차 침대에 누워 있는 장 영감을 보고 있자니 마음이 불안했다. '언제부터 쓰러져 계셨던 걸까, 일어나실 수는 있을까, 이대로 잘못되진 않겠지.' 미라가 초조한 듯 나희의 손을 힘주어 잡았다. 나희는 무서운지 작은 가슴을 들썩거렸다.

"엄마, 할아버지 죽어?"

"나희야, 아니야. 지금 병원 가니까 괜찮을 거야. 나희가 기도해주자."

미라의 말이 떨어지기 무섭게 나희가 눈을 꼭 감고 두 손을 모았다. 그리고 작은 입술로 중얼중얼 기도를 시작했다.

"보호자 연락처는 아십니까?"

구급대원이 미라에게 물었다.

"아니요."

미라가 고개를 젓자 구급대원이 장 영감의 주머니를 뒤졌다. 다행히 바지 주머니에 항상 가지고 다니는 신분증이 있었다. 장 영감은 혹시라도 고령인 자신에게 무슨 일이 생기면 신분 확인이 먼저라는 것을 알고 있었다. 그래서 늘 신분증을 뒷주머니에 넣어놓았다. 구급대원이 이름과 생년월일을 말하며 "신분 확인 바람, 보호자 연락 바람." 하고 무전을 넣었다. 하지만 들려오는 무전에서는 "등본상 호적 확인, 보호자 연락 안 됨." 하는 말뿐이었다. 미라는 마른침을 삼켰다. 그리고 오늘은 자신이 장 영감의 보호자가 되어줄 것이라고 다짐했다.

구급차 안에서의 시간이 길게 느껴졌지만 십 분도 채 되지 않아 응급실에 도착했다. 구급대원들이 장 영감이 누워 있던 간이침대를 내리자, 대기하고 있던 응급의학과 의사들이 재빠

르게 침대를 옮겨 수술실로 향했다. 미라와 나희도 조금이라
도 힘이 되고자 함께 침대를 밀었다.

장 영감이 수술실에 들어갔다. 곧 수술 중 사인이 켜지고 복
도 끝에서 하얀 가운을 입은 의사가 뛰어왔다. 그는 기도하는
나희와 초조한 얼굴로 앉아 있는 미라를 번갈아 보았다.

"누구시죠?"

의사가 미라에게 차가운 말투로 물었다.

"아, 저는 임시 보호자⋯⋯."

"임시 보호자요?"

이마를 긁으며 답답한 한숨을 토해내는 남자의 가운에 적힌
이름이 보였다. '성형외과 장대주.' 미라는 직감적으로 이 사람
이 장 영감의 아들이라는 것을 알았다.

"우리가 제일 처음 봤어요. 할아버지가 마당에 쓰러져 있었
어요!"

나희가 자리에서 일어나 눈을 동그랗게 뜨고 말했다.

"마당에서요? 우리 집을 아세요?"

"그게, 동네에서 알게 되었는데 반찬 가져다드리려고⋯⋯."

남자는 마른세수를 몇 번 하고 고개를 들었다.

"감사합니다. 일찍 발견된 게 천운이라고 하네요. 아, 저는
아들 장대주입니다."

"정말 다행이네요."

미라가 잿빛 얼굴을 하고 수술실을 쳐다보는 대주에게 대답했다. 그리고 자신과 장 영감이 알게 된 사연에 대해 말해주었다. 대주는 자신이 잘못해서 아버지가 쓰러지신 것 같다고 자책했다. 미라에게 직접적으로 말하지 않았지만 설계도 때문이라고 가슴을 부여잡으며 혼잣말을 했다.

곧이어 대주의 아내로 보이는 여자가 왔다.

"여보! 아버님은?"

"수술 중이야."

"수찬이 학부모 모임 갔다가 연락받고 바로 왔어. 수찬이는 학원에 보냈고."

대주가 누군지 궁금하다는 표정으로 미라를 보는 아내에게 소개를 했다.

"아버지 쓰러지신 거 발견하신 분. 동네 이웃이래."

"안녕하세요. 정말 감사해요. 동네 이웃이 발견하기도 쉽지 않은데…….."

"저희도 운이 좋았다고 생각해요."

미라가 입을 열었다.

"이제 제가 있으니까 가셔도 돼요. 고맙습니다."

"아니에요, 발이 안 떨어지네요. 조금 더 있을게요."

미라는 차마 자리를 뜰 수 없었다. 아직 마당에 혼자 있을 진돌이가 걱정이었지만 조금만 더 지켜보고 싶었다.

두 시간 정도가 지나고 수술실 문이 열렸다. 의사는 다행히 빨리 발견해서 수술이 잘 끝났고 의식만 잘 회복하면 후유증도 없을 것이라고 말했다. 대주와 며느리 그리고 미라와 나희는 동시에 안도의 한숨을 내쉬었다. 미라는 이세 마음 편히 집으로 돌아갈 수 있을 것 같았다.

"엄마! 우리가 빨리 전화해서 할아버지 괜찮다는 거 맞지?"

나희가 들뜬 목소리로 소리쳤다.

"응, 맞아. 할아버지 괜찮으실 거래."

"엄마, 근데 진돌이 혼자 있어서 밥은 누가 줘? 진돌이 배고플 것 같은데……."

곧 저녁 시간이었다. 미라가 조심스럽게 입을 열었다.

"정신 없으실 텐데, 저희가 가서 진돌이 밥 챙겨줄까요?"

"그렇게 해주시면 너무 감사하죠."

대주가 선뜻 대답했다. 그러자 아내가 그를 쿡 찔렀다.

"그래도 모르는 사람한테 열쇠 주는 건……."

"그럼 당신이 갈래?"

"조기 유학 학부모 모임 하다가 중간에 나왔어. 얼른 다시 가봐야해."

◎ ◎ ◎

미라와 나희가 다시 파란 대문 앞에 섰다. 진돌이의 긴 울음소리가 들렸다. 대주가 준 열쇠를 열쇠 구멍에 꽂아 오른쪽으로 반 정도 돌리자 딸깍 소리가 나며 문이 열렸다. 난생처음 들어와 보는 이 층 전원주택에 나희가 입을 벌렸다.

"우와, 엄마 이층집이다. 집 위에 또 집이 있어!"

"그러네, 집 예쁘다."

"공주님이 사는 성 같아!"

문 앞에서 종일 서 있던 진돌이가 다시 긴 울음을 토해냈다.

"진돌아, 할아버지 곧 오실 거야."

혼자서 제자리를 빙빙 돌며 할아버지를 찾았을 진돌이를 보자 미라도 마음이 아렸다.

"맞아, 진돌아. 할아버지 꼭 금방 오실 거야."

미라가 대주에게 전화를 걸었다. 집에 잘 들어왔고 밥만 챙겨주고 가겠다고 하자 대주는 사례를 하고 싶다고 했다. 미라는 기어코 마음만 받겠다는 말을 남기고 전화를 끊었다.

대주가 알려준 도어 록 비밀번호를 누르자 현관문이 열렸다. 관리가 잘된 마당처럼 안에도 정리가 잘되어 있었다. 세월의 흔적은 있어 보이지만 깨끗한 가죽 소파와 짙은 체리색 나무 식탁이 특히 눈에 들어왔다.

장 영감은 유독 그 식탁을 좋아했다. 식탁은 호두나무로 만들어져 원목 무늬가 화려한 느낌을 주면서도 결이 단정했다. 의자 등받이는 왕관을 씌워놓은 것처럼 화려했지만 세월의 흐름에 따라 벗겨진 곳이 있었다.

식탁 옆에 진돌이의 식기가 놓여 있었다. 기가 큰 진돌이를 위해 높낮이가 조절되는 밥그릇을 설치한 장 영감의 배려가 돋보였다. 미라가 옆에 있는 사료 봉지를 열어 그릇에 사료를 가득 담고 물도 새것으로 바꿔주었다. 진돌이가 나희의 다리에 머리를 문지르고 물을 할짝할짝 마셨다.

"엄마, 진돌이 혼자 자면 무서울 것 같아. 집으로 데려가면 안 돼?"

미라도 내심 진돌이 혼자 이 큰 집에 두는 게 마음이 쓰였다. 그래서 대주에게 전화를 걸어 진돌이를 집으로 데려가도 되겠냐고 물었고 대주는 흔쾌히 좋다고 했다.

미라와 나희, 진돌이는 연남동 숲길을 따라 걸었다. 미라가 진돌이의 가슴 줄을 쥐고 나희는 사료 봉지를 들고 있었다. 장 영감의 집에서 혼자 울던 진돌이는 따뜻한 미라의 손길에 안심하고 그들을 따라나섰다. 따뜻한 공기가 세 사람을 감싸주었다.

"엄마, 줄 잘 잡네. 못할 줄 알았는데."

신기하다는 듯 나희가 말했다.

"엄마 어릴 때, 이렇게 하얀 진돗개 키웠다? 어릴 때 살던 집에 장 할아버지 집처럼 마당이 있었거든. 그래서 그때 하얀 진돗개를 키웠어. 부산 할아버지가 어디서 데려왔는데 진돌이처럼 눈이 까맣고 반짝였어."

"진짜? 근데 왜 나희는 강아지 못 키우게 했어?"

"나희 강아지가 그렇게 키우고 싶어?"

"응! 지후가 자기네 강아지 자랑해서 나도 곧 키울 거라고 했는데 너희 집은 좁아서 못 키운다고 놀렸어. 우리 집 좁아서 못 키우는 거야?"

미라가 걸음을 멈추고 무릎을 굽혔다. 나희의 까만 눈동자를 보았다.

"지후가 그랬어?"

"응! 그래서 내가 아니라고 했는데 지후가 나희 밀었어!"

"……."

"그래서 나희도 지후 때렸어. 엄마가 친구랑은 사이좋게 지내야 된다고 했는데. 미안."

"엄마가 미안해. 우리 나희 말 안 믿어줘서 엄마가 미안해.

지후가 정말 나희 때렸어?"

"응, 미끄럼틀 밑에서. 그런데 아무도 안 믿어서 나희 슬펐어. 아니, 억울했어!"

미라가 조용히 나희를 끌어안았다. 그때의 억울함이 생각났는지 작은 가슴이 부풀었다가 한숨을 토해내는 게 느껴졌다. 진돌이가 웅크린 미라의 등에 얼굴을 비볐다. 진돌이의 체온이 사람의 온기처럼 따뜻했다.

◎ ◎ ◎

장 영감이 오랜 잠에서 깨어났다. 눈을 뜨자마자 진돌이가 먼저 떠올랐다. 의식을 잃기 전 자신의 몸 위에서 펄쩍펄쩍 뛰며 큰 소리로 짖던 진돌이의 모습이 마지막 기억이었다. 대주는 장 영감에게 미라가 빨리 발견해서 다행히 수술도 잘되었고 후유증도 크게 없을 거라고 말해주며 그분 아니었으면 큰일 났을 것이라고 했다. 진돌이도 미라의 집에서 보살피고 있다는 이야기를 듣자 장 영감은 안심이 되었다.

대주가 신경 써서 일인 병실을 잡았지만 장 영감은 적적했다. 집에서도 그렇듯 이곳에서도 혼자였다. 참 자식들은 부모 마음을 이렇게도 모른다고 생각하며 장 영감이 혀를 끌끌 찼다. 진돌이마저 데리고 들어오지 못하니 말할 상대는 더더욱 없었다. 가습기가 물을 뿜는 소리마저 들릴 정도로 고요했다. 그래도 대주의 태도가 예전과는 달랐다. 곰살맞지 못한 성격이라 긴 이야기를 하진 못하지만 식사 시간에 맞춰 장 영감을 꼬박꼬박 찾아왔다.

오늘은 미라가 오는 날이었다. 장 영감이 세면대 앞에 섰다. 손에 물을 묻혀 머리를 단정하게 옆으로 넘겼다. 간호해 줄 사람이 없는 바람에 이렇게라도 머리를 감아야 했다.

똑똑.

"네, 들어와요."

문이 열리고 음료 상자를 들고 있는 미라와 밝게 미소 짓고 있는 나희가 들어왔다.

"할아버지! 이제 괜찮아요?"

"여기서 보는구나."

"안녕하세요, 어르신. 이제 좀 괜찮으신 건가요?"

침대 옆에 있는 둥근 탁자에 세 사람이 둘러앉았다. 미라는 삼 주 동안 많이 야윈 장 영감을 보고 안타까운 마음을 숨길 수 없었다. 그래도 회복세가 좋아 다행이라고 생각했다.

"진돌이도 돌봐주고 고마워요. 그 녀석이 화장실 때문에 산책도 자주 시켜줘야 되는데."

"나희가 잘하고 있어요. 연남동 산책 나가면 진돌이가 쉬도 싸고 똥도 싸요. 그럼 나희가 일회용 장갑을 끼고 봉지에다가 넣어서 집에 와서 버려요!"

"선수가 다 됐네. 고마워요."

"진돌이도 나희를 좋아해요!"

나희가 입술 사이로 이를 드러내며 환히 웃었다.

"퇴원은 언제 하세요? 저희가 이제 슬슬 이사를 가야 해서요."

미라가 조심스럽게 입을 열었다.

"안 그래도 만나면 그 이야기를 하고 싶었어요."

"네?"

"아기 엄마가 떠난다고 글을 남겼을 때, 마음이 아주 안 좋아 보였거든."

"떠나고 싶어서 가는 건 아니고, 어쩔 수 없는 상황이어서요……."

미라가 시선을 떨어트리고 탁자 위에 있는 사과 주스 병만 응시했다. 그때 장 영감이 결심한 듯 입을 열었다.

"우리 집을 리모델링해서 여기에 전세 사는 건 어때요?"

"네?"

갑작스러운 제안에 놀란 미라의 눈이 나희를 향했다.

"엄마! 나희는 너무 좋아! 마당도 있고 진돌이도 있고!"

"우리 집이 일 층에 방 세 개, 이 층에 방 세 개가 있어요. 위에 화장실도 있고 주방이랑 거실도 있고요. 우리 아내 꿈이 아들이 결혼하면 같이 한집에서 사는 거였어요. 그래서 위층에 보일러도 화장실에까지 다 설치하고 새시도 그 당시 최고급으로 했어요."

"그래도 어떻게 저희가……."

"일 층에서 이 층으로 가는 계단을 수납장으로 만들어서 이동 안 되게 하고, 바깥으로 계단을 빼줄게요. 나희가 다녀야 하니까 낮은 높이로 어때요? 이사 갈 집에 이미 계약금 넣은 건 아니죠?"

"마침 오늘 마지막으로 보고 결정하려고 했는데……."

장 영감이 탁자를 탁 치며 환히 웃었다.

"거, 잘됐네요!"

"아니에요. 마음만 받을게요, 어르신."

"우리 아들한테 들었어요. 사례금도 안 받겠다고 했다면서요. 마음만 받겠다고. 요즘 사람들은 마음보다 물질 더 좋아하는데, 아기 엄마는 옛날 사람인가 봐요. 그럼 어른 말도 잘 들을 테니까 내 말 들어요. 공사는 이 주도 안 걸릴 거예요. 오늘 아들이 소개해 준 건축 사무소에서 견적도 다 받았어요. 내 소원이라 생각해요. 생명의 은인님."

장 영감이 여전히 고개를 떨어트리고 있는 미라의 등을 토닥였다.

"내가 예전부터 우리 아내한테 그렇게 딸 하나 낳자고, 아들 하나만 있으면 노년에 외로울 거라고 했었는데. 오늘 딸도 생기고 손녀도 생겼네요."

"고맙습니다."

원형 탁자에 미라의 눈물이 떨어졌다. 아무도 없는 깜깜한 바다 위에서 등대를 만난 것 같았다. 짧은 숨이 터져 나왔다. 머리끝까지 차올랐던 그간의 긴장이 풀리는 순간이었다.

"정말 감사합니다."

◎ ◎ ◎

화단에 열린 방울토마토가 빨갛게 익은 초여름, 오늘은 파란 대문 집에 뿌리내린 나무와 꽃들이 영양을 섭취하는 날이다. 밀짚모자를 쓴 장 영감과 우철이 먼저 대추나무에 비료를 뿌렸다.

"어르신, 가을이 오면 대추나무 잎으로 차 끓여 마실까요?"

우철이 목에 두른 수건으로 땀을 닦으며 말했다.

"대추차도 대추차인데, 말려놨다가 당귀랑 천궁이랑 이것저 것 섞어서 쌍화탕 끓이면 겨울에 뜨끈하게 마시기 얼마나 좋 은지 몰라요. 고단한 피로를 다 녹여준다니까!"

"대추 쌍화탕이요?"

"우리 집 대추가 유독 달아. 달콤한게 끓여 마시면 감기가 얼씬도 못 해요."

"겨울도 기대되는데요?"

장 영감의 얼굴 위로 흐뭇한 미소가 드리웠을 때 이 층에서 내려오는 나희의 목소리가 들렸다.

"할아버지, 이거 드시고 하세요."

오징어, 새우, 바지락이 푸짐하게 들어간 반죽 위에 쪽파를 잔뜩 올려 만든 해물파전과 막걸리 한 병을 가져온 미라가 평 상 위에 접시를 올려놓았다.

"당신도 와서 들어요."

"안 그래도 막걸리 한잔하고 싶었는데……. 시원하게 한잔 마셔보지."

장 영감의 호주머니에서 휴대폰이 울렸다. 미국에서 온 전 화였다. 통화 버튼을 누르자, 수찬이의 얼굴이 보였다.

"할아버지! 보고 싶어요. 이번 베이케이션 때는 할아버지 집에 가서 저도 진돌이랑 같이 놀고 싶어요. 미스 유 그랜파."

장 영감이 함박웃음을 지으며 고개를 끄덕였다. 진돌이가 자신의 이름을 부르는 수찬이의 목소리에 어느새 평상에 올라와 자리를 잡고 앉았다.

똑똑똑. 대문을 두드리는 소리가 들렸다. 미라가 반가운 얼굴로 입을 열었다.

"엄마야?"

"어, 아빠도 같이 왔어."

"저희 아버지 항암 끝나서, 오늘 저희 부모님 오시기로 했었거든요."

"아이고, 그래. 나도 인사해야지."

장 영감이 자리에서 일어나 옷매무새를 가다듬었다. 미라가 대문을 열었다. 미라의 엄마 아빠가 들어오자 진돌이가 반가운 듯 왈왈거리며 짖었다. 한걸음에 달려와 둘의 주위를 돌며 꼬리를 살랑살랑 흔들었다.

"아이고, 그때 저 택시 태워주신……."

"어머야, 맞네예. 그때 다리 다친 강아지!"

"이런 우연이 있습니까. 진돌아, 너 살려주신 은인 왔다."

"아닙니다. 은인은요. 주인 할아버지가 우리 애들 은인이지요. 이 좋은 집을 그 가격에 세주시고……."

눈물을 훔치는 미라의 엄마 옆에서 미라의 아빠가 입을 열었다.

"그라모 쌤쌤 하입시다. 부산에서 회 떠 왔습니다. 싱싱하니까 같이 드시지예. 아이구, 마침 막걸리도 있네예."

월월!

진돌이도 꼬리를 흔들며 평상으로 따라갔다. 모두가 둘러앉은 평상 뒤 빨랫줄에 걸려 있는 이불에서 연남동 빙굴빙굴 빨래방의 코튼 향이 났다. 바람에 실려 온 빨래방 냄새에 장 영감이 문득 다시금 연두색 다이어리에 그려져 있던 사내의 얼굴을 떠올렸다.

'분명 어디서 만난 적이 있는데…….'

2

한여름의 연애

입구부터 먼지 한 점 없이 깔끔하게 정리된 작업실에 들어섰다. 먼저 거실 창문을 열고 환기를 했다. 거실과 마주 보고 있는 주방 창문을 열자 초여름의 새벽 공기가 양쪽에서 불어와 거실 중간에서 부딪쳤다. 작업실 곳곳에 바람이 닿았다. 공원 길가에 피어 있는 라일락 꽃향기가 창을 통해 들어왔다. 별다른 방향제가 없어도 창문을 열어두면 이곳은 향긋했다.

거실 벽면에 낮게 설치된 책장. 빼곡하게 꽂혀 있는 책과 빨간색, 노란색, 파란색의 대본집. 표지 겉면이 낡아서 굵은 종이가 말려 올라가기도 했지만 온 정성이 묻어 있는 영광스러운 작품집이다. 대본집 위에 굵은 글씨로 쓰여 있는 '극본 오경희'. 괜히 한번 이름을 쓸어보았다. 그리고 여름은 바람이 시작되는 창가 앞 가장 구석 자리에 가서 앉았다. 그렇다. 여기는 보조 작가 한여름의 자리다.

여름이 베란다에서 햇빛에 잘 마른 걸레를 가지고 나왔다. 그리고 드라마 작가 경희의 작업 공간인 가장 큰 방으로 들어갔다. 방 안에는 하얀 암막 커튼을 등지고 있는 베이지색의 가죽 의자와 따스한 회색빛의 넓은 책상이 있고, 책상 위에는 하얀색 노트북과 밝기 조절이 다섯 단계로 되는 흰 스탠드, 하얀 도기 재질의 연필꽂이가 있었다. 연필꽂이 안에는 지우개가 달린 연필 세 자루가 날카로운 연필심을 뽐냈다.

마른걸레로 살살 문지르며 노트북 위의 먼지를 닦고 노트북과 연결된 저소음 키보드를 덮은 플라스틱 케이스에 얇게 쌓인 먼지를 털어냈다. 그리고 키보드 케이스를 벗기고 키보드를 물티슈로 한 번 닦은 후 다시 물 자국이 남지 않게 마른걸레로 문지르며 물기를 닦아냈다.

"여름이 벌써 왔니?"

하얀 남방에 청바지를 입은 중년의 여자, 스타 작가인 경희가 문을 열고 들어오며 말했다.

"네! 선생님, 오셨어요?"

"오늘 눈이 일찍 떠져서 일찍 왔어. 오면서 빵 좀 사 왔는데 같이 먹자."

경희가 여러 가지 빵이 들어 있는 투명한 비닐을 여름에게 건넸다.

"와, 크루아상이네요?"

"여름이가 좋아하잖아, 크루아상. 여긴 특별히 크루아상 맛집이래."

"감사합니다. 우유랑 드실 거예요? 커피로 준비할까요?"

"모닝커피로 할까?"

경희의 말이 떨어지고 여름은 주방으로 향했다.

경희는 서른세 살에 당선되어 입봉한 후 지금까지 삼 년에 한 번씩 꾸준히 히트작을 내놓고 있었다. 방송국 드라마국 국장과 독대를 하며 편성을 논할 만큼의 스타 작가였다. 그만큼 무거운 계약금과 원고료를 받고 있어 강남에 작업실을 세팅할까 생각도 했지만 경희는 회사 빌딩들에 둘러싸인 강남보단 홍대가 좋다고 했다. 특히 연남동은 작업실을 오가며 젊은 사람들을 볼 수 있어 자기도 젊어지는 느낌이라고 말했다. 게다가 신선한 영감이 떠오를 때도 있다고 했다.

여름은 경희를 존경했다. 날카로운 스토리와 섬세한 감정선을 잘 다루었기에 그저 그런 주제여도 경희의 대본은 강렬하고 새로웠다. 다만, 경희의 결벽증은 여름을 힘들게 했다. 여름뿐만 아니라 두 명 더 있는 보조 작가들도 버거워했다. 오죽

하면 자기들끼리는 유독 하얀색 옷과 순결 무구함을 추구하는 경희의 인테리어 취향을 두고 앙드레 경희라고 별명을 붙이기도 하였다.

조심스럽게 투명 비닐에 담긴 플레인 크루아상과 앙버터 크루아상 그리고 하얀 생크림과 딸기가 들어간 크루아상을 꺼내 빵 칼로 썰었다. 여름은 테두리에 하늘색 리본이 그려진 하얀 접시 위에 빵을 종류별로 하나씩 담았다.

여름이 식탁에 접시를 올리고 찻잔에 헤이즐넛 티백을 넣었다. 그리고 커피포트로 끓인 뜨거운 물을 조금씩 부었다. 커피 향이 번지자 경희가 작업실에서 나와 식탁에 앉았다.

"커피 향 좋다. 이번에 공모전 넣었지?"

접시 옆에 떨어진 크루아상의 부스러기들을 하얀 티슈로 닦아내며 경희가 입을 열었다.

"네, 근데 잘 모르겠어요……."

평소 여름과는 거리가 먼 기어들어 가는 목소리였다.

"넌 필 거야. 네 계절에. 넌 분명 꽃이거든."

"안 그래도 요즘 싱숭생숭했는데 감사해요, 선생님."

"여름아, 생각보다 봄은 일찍 온다? 내가 볼 때 넌 딱 봄 그 직전이야. 근데 봄이 오기 전에 반드시 꽃샘추위는 와. 그래도 그깟 시샘하는 추위에 꺾이지 마. 오케이?"

경희가 확신에 찬 눈빛으로 보았다. 여름이 하얀 크림이 든 크루아상을 한 입 크게 베어 물었다.

"너무 맛있어요."

"많이 먹어. 오늘내일 방송국에서 아마 전화 돌릴 거야. 속이 든든해야지. 어떤 결과든 받아들이려면?"

특유의 코를 찡긋거리는 미소를 지으며 경희가 말했다.

오늘은 공모전 발표 날이었다. 방송국 홈페이지에 결과가 올라오기 전에 이미 최종 면접을 위해 일 배수로 선발된 작가들에게 전화를 거는 날. 블라인드였지만 이미 작가 지망생들끼리 공유하는 커뮤니티에 누군가가 전화를 받았다고 글을 올렸고, 그럼 보통 한 시간 내로 최종 면접 심사 통보 전화는 끝난다. 여름이 입가에 묻은 크루아상을 털어내며 휴대폰을 들여다봤다. 여론조사며 보험 가입, 대출, 이번 주 로또 번호까지 알려주겠다며 끊임없이 울리던 휴대폰이 오늘따라 한 번을 울리지 않았다.

여름의 엉덩이가 들썩거렸다. 괜히 화장실을 두어 번 왔다 갔다 하며 시계를 보았다. 다른 보조 작가들도 마찬가지였다. 그때 책상 위에 올려져 있는 세 개의 휴대폰 중 하나의 전화기에서 진동이 울렸다. 여름의 것이었다! 지역번호 02로 시작하는 번호로 전화가 왔다. 여의도인가? 상암동인가? 드디어 나를 찾는 전화벨이 울리는 것인가! 여름이 큼큼 목소리를 가다듬고 전화를 받았다.

"여보세요?"

"예, 여기는 서부지법 검찰청인데요. 한여름 씨의 계좌로 대포 통장이 개설되어 경제 범죄에 사용되었다는 자금 출처를 확인하게 되었습니다."

돈이 꽉 찬 대포 통장이 자신한테 있었다면 자신이 먼저 알았을 일. 이건 뭐 차라리 어젯밤 술 취해서 오돌 뼈 집에 외상값을 달아놓았으니 갚으라는 뻥을 믿지. 순간 김이 팍 샜다.

"대포 쏘기 전에 끊으세요."

여름이 담담하게 작은 목소리로 말했다. 유창한 말투로 한자어를 구사하던 상대가 당황하자 여름은 가차 없이 전화를 끊었다. 모두 여름을 보고 있던 터라 보이스 피싱 전화라고 말하기가 부끄러웠다. 그 순간 다시 드르륵 책상 위의 휴대폰이 울렸다.

"여보세요? 감사합니다! 정말 감사합니다!"

여름의 앞자리에 앉아 있던 미진이 귀에 전화를 댄 채 연신 고개를 숙였다.

"방송국?"

여름이 입을 열었다. 미진은 고개를 끄덕이며 환한 미소를 지었다.

"고마워요, 언니. 언니도 곧 전화 올 거예요. 지금부터 돌리기 시작한 것 같아요. 저 일단 부모님께 전화 좀 드리고 올게요."

"그래, 얼른 부모님께 알려드려. 너무 좋아하시겠다."

여름이 부러운 마음을 숨기고 웃었다.

"잘됐다, 미진아."

아쉬운 얼굴의 보영이 미진에게 말을 건넸다.

"보영이 너도 전화 잘 붙잡고 있어. 전화 곧 올 거야."

싱긋 웃는 얼굴을 하고 미진이 화장실로 들어갔다. 여름은 화장실 밖으로 들려오는 웃음소리가 그저 부러웠다. 엄마가 좋아하는 소리. 아빠가 딸을 자랑스러워하는 소리. 말소리는 들리지 않았지만 마치 들리는 것 같았다. 여름의 귓가에는 자신의 엄마와 아빠의 목소리가 들려왔다. '장하다. 기특하다. 그렇게 기를 쓰고 하더니 결국 되는구나. 거봐라. 우리 딸은 된다고 하지 않았냐. 이천 대 일쯤이야 가뿐하게 통과할 거라고 했지.'

하지만 더 이상 전화는 울리지 않았고 경희는 이후 작업실에서 나오지 않았다. 다만 미진을 불러 축하 봉투를 전해줬다. 가족과 함께 외식하고 꼭 인증 사진을 찍어 오라고 했다. 그리고 미진을 배려하여 다음 보조 작가를 구할 때까지만 출근하라는 말을 덧붙였다.

　모두가 퇴근하고 여름과 경희만 남았다. 여름의 책상 앞에 경희가 섰다.

　"삼켜내기 힘든 하루가 있잖아. 그럼 퉤 뱉어버려. 굳이 그렇게 쓴 걸 꾸역꾸역 삼켜낼 필요는 없어. 마음도 체한다, 여름아."

　경희가 여름의 어깨를 따뜻한 손으로 쓸어주고 방으로 들어갔다. 입을 앙다물고 있던 여름이 몸을 일으켰다. 시킨 사람은 없지만, 거실에 달린 하얀 커튼을 빨아 오겠다고 나섰다. 커튼을 빼다가 핀에 찔려 붉은 피가 한 방울 뚝 떨어졌지만 약지를 입에 꾹 물고 밖으로 나왔다.

　연남동은 오늘도 싱그러웠다. 작업실에서 나와 둘러보니 공원에는 데이트를 즐기는 사람들이 걸어 다니고, 누군가의 손에는 작은 꽃다발이 들려 있기도 하고, 하얀 진돗개와 함께 산책을 즐기는 노신사도 있었다. 사람들의 얼굴에는 웃음이 묻어 있었다. '치, 나만 빼고 다 행복해. 이번에는 방송국에서 전화가 올 줄 알았는데…….' 눈물이 차올랐지만 여름은 앞을 보고 꿋꿋하게 걸었다. 한 손에는 에코 백에 잘 접어 넣은 커튼을 들고.

매번 느끼는 거지만 연남동 빙굴빙굴 빨래방에 들어가면 라벤더 향 비슷한, 편안하고 은은한 코튼 향에 한결 기분이 나아졌다. 키오스크 앞에 서서 빨래를 돌릴 세탁기를 선택한 뒤 생활용품이나 간식, 빨래 등을 결제할 때 쓰는 경희의 카드를 꺼냈다. 창밖으로 지나가는 사람들의 웃음을 보고 있자니 괜히 서러웠다. '드라마 작가는 인간을 사랑해야 하고 인간에 대해 써야 한다는데, 난 아직 멀었나 보다. 내 속엔 아직 내가 너무도 많지. 그렇지.'

여름이 먹먹한 눈빛으로 허공을 보았다. 비참했다. 보조 작가를 오 년 동안 했는데 글을 쓰겠다고 한 지 이 년도 채 안 된 후배가 먼저 당선이 되다니⋯⋯. 진심으로 축하하지 못하는 자신의 얄팍한 시기심 또한 부끄러웠다.

빨래가 돌아가는 동안 테이블 앞에 놓여 있는 다이어리를 보았다. '지난번에도 있더니 아직도 안 가져갔네.' 생각하며 여름이 다이어리를 펼쳤다. 살기 싫다는 말부터 방울토마토 화분을 키워보라는 조언까지 다양한 이야기가 적혀 있었다. 초등학생이 쓴 것처럼 투박한 글씨체의 글이 여름의 눈에 띄었다. 언뜻 보아도 남자가 쓴 것 같았다.

관객 없는 버스킹을 하는 것에 너무 지쳤습니다. 어떤 노래를 불러야 사람들이 제 목소리를 들어줄까요?

관객 없는 버스킹을 한다는 이 사람에게 묘한 동질감이 들었다. 독자 없는 글을 쓰는 소설가, 아무도 듣지 않는 노래를 부르는 가수, 영상화되지 않는 대본을 쓰는 드라마 작가. 여름이 한숨을 푹 내쉬었다. 그리고 지금 자신이 듣고 싶은 노래를 적었다.

이렇게 푸릇푸릇한 초여름에는 어울리지 않지만 '같이 걷자' 어때요? 저에게 오늘 같은 여름날은 겨울보다 춥네요. 정말 오늘은 누군가가 같이 걸어줬으면 하는 하루입니다. 내가 뭘 하고 있는지도 모르겠고, 이 길이 맞는지도 모르겠고, 걷다 보면 원하는 곳에 갈 수 있는지도 모르겠는 막막한 하루거든요. from. 선곡 요정

선곡 요정이라고 적고 보니, 스스로가 작고 소중한 이미지와는 거리가 멀어 헛웃음이 나왔다. 뭐, 어때 볼 일도 없는데! 여름이 입을 삐죽이며 새침한 웃음을 지었다. 자신과 같은 처지인 사람에게 속마음을 털어놓으니, 신기하게도 양푼 비빔밥을 싹싹 긁어 먹은 것처럼 기분이 든든했다. 마치 내 편이라도

생긴 듯이.

작업실에 들어왔을 때는 아무도 없었다. 깨끗하게 잘 세탁
된 커튼을 다시 핀에 꽂았다. 혼자 있는 작업실에서 '같이 걷
자'를 흥얼거려 보고 땅속까지 가라앉아 있던 기분을 다시금
끌어 올려 보았다. 낮에 경희가 해준 말처럼 꽃샘추위에 결코
꺾이지 않겠다 다짐하며 작업실을 나왔다.

밖은 어두웠지만 싱그럽게 흔들리는 이름 모를 나뭇잎들 덕
분에 주변이 환한 느낌이 들었다. 연남동부터 걸어서 동교동
삼거리를 지나 신촌역에 가기 전 현대백화점 옆길로 들어섰
다. 오늘은 왠지 조금 더 걷고 싶었다. 여름의 발걸음이 신촌
현대백화점 별관 앞, 잠수경이라고 불리는 빨간 파이프 모양
의 조형물이 있는 광장으로 향했다.

지지직거리는 싸구려 앰프에서 크게 들려오는 댄스음악에
맞춰 젊은 청춘들이 춤을 추고 있었다. 사람들은 그들을 둘러
싸고 박수를 치며 휴대폰으로 동영상을 찍었다. 사람들의 환
호성에 보답하듯 더욱 강렬한 비트가 나오고 남자 일곱 명으로
이루어진 비보잉 그룹이 무대를 이어갔다. 여름은 사람들 틈
을 비집고 지나갔다. 그때 허스키한 목소리로 허밍을 넣는 남
자의 목소리가 들렸다. 시끄러운 환호성 사이로 들려오는 낮
고 차분한 남자의 음성에 홀린 듯 그곳을 향했다. 무언가에 이

끌린 듯 발을 내디딘 여름은 신촌역 3번 출구 앞에 도착했다.

"같이 걷자, 오늘 밤엔 우리가 같이 걷자, 떨어지는 별을 보면서 저 끝까지 걸어가 보자, 늘 옆엔 내가 있을게."

여름의 이어폰에서 흐르던 노래가 누군가의 목소리로 흐르고 있었다. 작고 네모난 앰프 한 대, 외롭게 서 있는 스탠드에 꽂혀 있는 마이크 하나. 기타 케이스에 자신의 유튜브 채널명 '하준'을 써놓은 피켓을 올려놓고 혼자 기타를 치며 덤덤히 노래를 부르는 남자.

그의 앞에서 여름은 멈출 수밖에 없었다. 마치 영화 속 화면이 정지된 것처럼.

여름은 하준이라는 남자의 노래가 끝날 때까지 가만히 서 있었다. 머리 위로 오늘 하루가 주마등처럼 지나갔다. 그 끝에는 공모전을 준비하는 동안 매일 새벽까지 노트북 앞에서 씨름하며 고스란히 밤을 지새우던 여름이 있었다. 볼 위로 눈물이 톡 떨어졌다. 여름은 얼른 손으로 눈물을 닦았다. 정신을 차리고 에코 백에서 지갑을 꺼냈다. 지니고 있으면 돈이 많이 들어온다고 선물 받았던 빨간 지갑에는 달랑 만 원짜리 지폐 한 장이 남아 있었다. 하준의 목소리로 위로를 받은 몇 분에 대한 값을 치르고 싶었다. 더불어 응원도 해주고 싶었다.

'여기 당신과 함께 걷고 싶은 사람이 있어요!' 여름이 과감하게 만 원짜리 지폐를 꺼냈다. 기타 케이스까지 걸어가는 몇 걸음 동안 무수히 많은 생각이 스쳤다. 그중에 몇 가지를 꼽자면, 만 원이면 다코야키가 서른 알이고, 편의점 샌드위치를 세 번은 사 먹을 수 있고, 밤샘 작업한 뒤 진짜 힘든 날엔 집까지 편안하게 타고 갈 수 있는 택시비이기도 하다는 것이었다. 과감했던 마음은 쪼그라들고 어느새 여름의 손은 떨리고 있었다. 그래서 주문을 외우듯 스스로 혼잣말을 되뇌었다.

"만 원이다. 십만 원도 아니고 백만 원도 아니고 딱 만 원짜리 한 장이다! 가난한 예술인들끼리 돕고 사는 건 자랑스러운 일이다! 절대 남자 얼굴에 홀려서 돈을 쓰는 게 아니다!"

노래를 부르는 하준 곁으로 여름이 다가가자 잔잔한 바람이 불었다. 잠시 움찔하는 하준을 보고 여름이 생각했다. '뭐야, 내가 그렇게 위협적이야? 나 그 정도는 아닌데.' 살짝 기분이 상할 뻔했지만, 날카로운 콧대 아래 고운 입술로 노래를 부르는 하준의 얼굴을 보고 다시 그러한 감정이 수그러졌다. 아니 마음이 피어났다는 표현이 맞았다.

여름이 눈을 질끈 감고 기타 케이스에 만 원짜리 한 장을 넣었다. 하준은 여름과 눈을 맞추며 가볍게 고개를 숙여 감사의 인사를 했다. 그리고 다시 아무도 없는 거리에 대고 노래를 불렀다. 그의 무심한 듯 툭 던지는 눈빛에 여름의 심장이 쿵 내려앉는 듯했다. 여름은 발그레해진 얼굴을 들킬까 봐 얼른 몸을 돌려 곧장 신촌역으로 뛰어 들어갔다. 하준 때문인지 뛰어서인지 심장이 계속해서 쿵쾅거렸다.

"어우, 더워. 어우, 심장 왜 이렇게 뛰니. 아니, 나 지금 누구랑 얘기하니."

얼굴에 손부채질을 했다. 그리고 개찰구로 들어가기 위해 지갑을 대는데 띠딕 소리가 들렸다.

— 잔액이 부족합니다. 충전 후 다시 이용하여 주시기 바랍니다.

"응? 무슨 뜻이야?"

여름이 지갑에 있는 카드 두 장을 꺼내 확인했지만, 교통 카드 기능이 없었다. 여름은 얼른 모바일 뱅킹을 열어 계좌를 확인했다. 오늘 오후 정확히 미진이가 방송국 공모전 당선 전화를 받은 그즈음에 통장에서는 여름이 지난달에 먹은 국물 떡볶이와 오돌 뼈와 치킨과 그와 함께 먹은 술값이 카드값으로 청구되어 신랄하게 빠져나가고 있었다.

"아, 한여름 진짜 많이도 처먹었네."

통장에는 딱 구백 원이 남아 있었다. 하필이면 비상금이 들어 있는 체크카드는 책상 서랍 속에 고이고이 봉인시켜 둔 상태였다. 급한 대로 엄마에게 전화를 걸어 혹시 모르니 수수료까지 만천 원만 입금해 달라고 부탁하려고 했지만 경고음을 울리던 휴대폰 전원이 꺼졌다.

"응? 진짜 나한테 왜 이래? 제발 제발……."

하준과 눈이 마주쳤을 때보다 심장은 더욱 빠르게 뛰었다. 손에 힘을 꾹 주어 휴대폰 전원 버튼을 눌렀지만 야속하게도 액정 위로 사과 로고는 떠오르지 않았다. 여름은 공중전화를 찾아보았지만 그건 이미 박물관에서나 볼 수 있을 정도로 희귀해졌다. 지나가는 사람을 세 명이나 붙잡고 휴대폰을 빌려 달라고 부탁했지만 그마저도 거절당했다. 여름에게 다른 선택지는 없었다. 다시 계단 위로 올라갔다.

"그래, 돈을 다 가져오는 게 아니라 오천 원만 돌려달라고 하자. 거스름돈 가져오는 거야. 괜찮아, 괜찮아. 그럴 수도 있지. 아씨, 쪽팔려……."

머리를 헝클어트리며 계단 위로 올라간 여름은 여전히 관객 없이 노래를 부르고 있는 하준을 보았다. 침을 한번 크게 삼키고 살금살금 기타 케이스 앞으로 다가갔다. 여름을 다시 본 하준은 눈웃음을 짓고 반가움을 표시했다. 여름도 어정쩡한 눈웃음을 지으며 몸을 숙이고 얼른 오천 원짜리를 꺼내 걸음을 돌렸다.

"어, 저기요! 돈을 그렇게 가져가시면!"

당황한 하준이 노래를 부르다 말고 스탠드 마이크에 소리를 내어 여름을 멈춰 세웠다. 사람들이 가던 걸음을 멈추고 하준과 여름의 주변으로 웅성웅성 몰려들었다.

"죄송해요. 제가 아까 제 분수를 모르고 돈을 너무 많이 넣었어요……. 잔돈 바꿔 간다 생각해 주세요!"

여름이 몸을 돌린 채 창피해서 얼굴도 못 들고 우물쭈물 말하자 하준이 다시 입을 열었다.

"뭐라고요? 아무리 제 노래가 마음에 안 든다고 해도 줬다 뺏으면……. 제 노래가 그렇게 별로인가요?"

여름이 두 눈을 질끈 감고 뒤돌아선 채로 말을 이어갔다.

"지난달 술값이 많이 나와서 카드값으로 다 빠져나간 것도 모르고 저한테 남은 만 원을 그쪽한테 드렸네요. 그래서 지금 지하철을 못 타서 집에도 못 가는 신세가 되었고요. 저도 줬다 뺏는 건 싫으니 딱 반, 오천 원만 가져갈게요. 노래가 이 값을 못 한다는 건 절대 절대 아닙니다!"

그제야 상황을 파악한 하준이 솔직하고 당찬 여름이 귀엽다는 듯 옅은 미소를 지으며 고개를 끄덕였다. 둘을 둘러싸고 있던 사람들은 웃음을 터트렸고 웃음거리가 된 여름은 오천 원을 손에 꼭 쥐고 다시 지하철역으로 돌아갔다.

◎ ◎ ◎

하준이 연남동 골목 모퉁이에 위치한 옥탑방 문을 열고 나왔다. 쏟아지는 햇빛을 받으며 기지개를 켜는 하준의 모습은 청춘 드라마의 주인공처럼 청량했다. 하지만 현실의 옥탑방은 드라마에 나오는 것과는 달랐다. 루프톱 술집처럼 꾸며놓은 알전구도 없었고 기타를 치며 낭만을 즐길 만한 매끈한 평상도 없었다. 매끈한 것은 고사하고 앉으면 나무의 잔가시가 박히는 애물단지 평상만 자리를 차지하고 있었다. 그리고 지금은 생각만 해도 무시무시하고 지긋지긋한 여름님이 오고 계셨다.

빨래가 담긴 비닐을 들고 나온 하준이 계단을 내려갔다. 연남동 빙굴빙굴 빨래방에서 삼백 원을 주고 산 비닐 봉투인데 제법 쓸 만해서 꽤 오래 쓰고 있는 중이었다.

하준이 빨래방에 도착했을 때 어제도 하와이 노래방에서 마주쳤던 세웅이 있었다. 어찌나 목소리가 크던지 하준의 칸까지 세웅이 부르는 버즈의 '남자를 몰라'가 새어 들어왔다. 코인 노래방에서도 빨래방에서도 몇 번을 마주치자 세웅이 먼저 가볍게 고개를 숙여 인사했다. 그러자 하준도 어색하게 웃으며 인사를 했다.

세웅은 며칠 전, 몇 년간 목에 걸려 있던 사원증을 반납하고 회사를 나왔다. 말이 좋아 반납이지 강제 수거를 당한 셈이다. 직장인이 숫자 기입을 좀 잘못한 걸 가지고 해고까지 당하는 건 심한 것 아닌가 싶었지만 세웅의 직장은 증권사였다. 어딜 가든 숫자 앞에서 늘 긴장하고 한 번 더 의심하라는 부장님의 호통 섞인 조언을 끝으로 여의도 증권 맨에서 다시 취준생 신세가 되어 평일 낮에 한가하게 코인 노래방에서 노래를 부르고 빨래를 하기도 했다. 쭈뼛쭈뼛하던 세웅은 빈손으로 빨래방을 나가서 샤인빌 201호로 향했다.

빨래를 안 했나? 하준이 고개를 갸우뚱거리고 익숙한 손놀림으로 키오스크를 눌렀다. 그리고 빙굴빙굴 빨래방만의 시그니처 섬유 유연제 시트를 선택했다. 앰버 향과 따뜻한 섬유 향이 조화롭게 섞인 기분 좋은 냄새였다.

동그란 세탁기 유리문 안으로 미지근한 물이 차오르는 것이 보였다. 옷가지가 몇 번 뒹굴뒹굴 구르자 거품이 나기 시작했다. 세제가 투입되는 시점인 것이다. 그제야 안심한 듯 하준이 테이블에 앉아 연두색 다이어리를 펼쳤다. 자신이 써놓았던 고민 아래 '같이 걷자'를 불러보라고 적혀 있는 글을 보니 어젯밤 보았던 여자가 떠올랐다. 이름도 나이도 모르는 그저 얼굴만 아는 여자가 머릿속에 불현듯 스쳐 지나갔다. 하준이 픽 웃음을 터트렸다.

"집에는 잘 갔으려나. 그래도 어떻게 카드에 오천 원이 없어."

띵동. 때마침 하준의 휴대폰이 울렸다. 카드값이 인출되었다는 문자였다.

"여기 또 있네, 돈 없는 사람."

하준이 씁쓸한 미소를 지으며 유튜브 앱을 클릭했다. 자신의 채널에 들어가 보았지만 구독자 수는 그대로 열두 명이었다. 어제도 버스킹을 나갔는데 늘 같은 것을 보면 정말 자신의 목소리에 문제가 있거나 선곡에 문제가 있거나 자신에게 스타성이 없어서다. 그렇게 고민하는 사이 구독자 수가 한 명이 늘었다. 하준의 눈빛이 반짝했다.

"그래, 한 명씩 한 명씩 모이다 보면 나도 실버 버튼 받을 날이 오겠지! 온다! 그럼 에어컨 있는 집으로 이사 간다!"

한바탕 기합을 넣은 하준이 연두색 다이어리를 가까이 가져왔다. 하준은 자신이 써놓았던 선곡 고민 글에 선곡 요정이라며 적어 준 사람에게 답글을 적었다.

어떤 여름은 활기차죠. 또 어떤 여름은 설레고요. 근데 저에게도 여름은 잔인합니다. 버틸 수 없을 만큼 뜨겁고 따갑고, 잠 못 드는 서울의 열대야는 차가운 물에 사는 푸른 물고기가 자기 주제도 모르고 화려한 도시에 온 것처럼 갈 곳을 잃은 기분마저 느끼게 해요.

하지만 선곡 요정님 덕분에 어제는 모처럼 스스로 만족할 수 있는 노래를 불렀어요. 인기 있는 노래보다 이렇게 내 마음을 표현할 수 있는 노래를 부르는 기쁨을 알게 해줘서 고마워요. 그리고 어제 재미있는 관객도 만났어요. 나중에 만날 기회가 있다면 어제 에피소드를 얘기해 주고 싶네요. 다시 한번 고마워요. 나의 선곡 요정님!

◎　◎　◎

여름은 공모전에 당선되어 떠난 미진의 빈자리를 보고 있었다. 후임으로 들어오기로 했던 보조 작가는 며칠 출근한 뒤 의욕에 못 미치는 체력 때문에 다크서클을 숨기지 못하더니 결국 이틀째 잠수를 타는 중이었다. 그렇다. 글은 체력으로 쓰는 것이다. 여름은 자신의 책상 앞에 놓인 초콜릿을 까먹으며 스스로에게 말했다.

"카카오 백 퍼센트는 살 안 쪄."

모두 점심 식사를 하러 가고 속이 안 좋아 점심을 거르겠다던 여름은 벌써 몇 개의 초콜릿과 과자 봉지를 깠다.

"이럴 거면 그냥 밥을 드세요."

여름이 스스로에게 말을 걸었다. 혼자 있는 작업실은 조용해서 좋았다. 가끔 다른 보조 작가들과 키보드 치는 소리가 겹치는데, 그럴때면 그것에 신경이 쓰여 글을 쓰는 리듬이 살지 않았다. 여름뿐만이 아니라 다른 보조 작가들도 그럴 거라고 생각했다. 역시 예민한 사람들…… 그래서 다들 귀에 이어폰을 꽂고 작업을 했다. 여름도 마찬가지였다.

문득 하준이 떠오른 여름이 기타 케이스 위의 종이에 적혀 있던 유튜브 채널을 검색했다. 자신보다 하얗고 머릿결도 좋아 보이는 하준의 모습이 썸네일에 걸려 있었다. 제목은 '신촌역 버스킹, 같이 걷자'. 여름이 오천 원을 거슬러 간 그날이었다. 혹시나 해서 영상 맨 끝부분으로 가보았지만 여름이 나온 부분은 모두 편집되었다. 안도의 한숨을 내쉬었다. 그 일까지 업로드되었다면 자신은 아마 얼굴 들고 신촌역을 걸어 다닐 수 없을 것이라고 생각했다.

여름은 하준에게 고마운 마음이 들었다. '버스킹 팁 박스에 돈 줬다 뺐는 거지 관객' 같은 제목을 붙여 흔히 말하는 어그로를 끌어 조회 수를 늘리거나 구독자 수를 늘릴 수도 있는데 자신의 무대를 깔끔하게 편집하고 담백하게 노래만 올린 그의 진솔함이 고마웠다. 고마운 마음에 구독 버튼을 눌러주고 다시 처음부터 재생 버튼을 눌렀다. 아무리 보아도 빨간 파이프

같지만 이름은 잠수경인 그 조형물이 있는 광장에서 여름이 댄스 공연을 보느라 놓쳤던 버스킹의 앞부분부터 영상이 시작되었다.

"오늘은 제가 선곡 추천을 받은 곡을 들려드릴 건데요. 누군가가 그러더라고요. 분명 여름인데 겨울처럼 추운 날이라고. 오늘은 꼭 같이 걷고 싶은 하루라고. 세가 그 하루에 위로를 해주고 싶습니다."

"어머! 어머!"

여름이 입을 턱 막았다. 연남동 빙글빙글 빨래방에 자신이 써놓았던 글이 떠올랐다. 점심시간이 이십 분 남았지만 빨래를 하러 간다고 하면 경희가 흔쾌히 오케이 할 것이기에 의자 위에 놓여 있는 푹 꺼진 방석들을 챙겨 서둘러 작업실을 나왔다.

그 시각 하준의 빨래가 들어 있는 건조기가 완료를 알리며 알림음을 냈다. 하준이 콧노래를 흥얼거리며 봉투에 빨래를 담았다. 여름은 무엇을 기대하는지 모르겠지만 설레는 마음으로 점점 더 걸음을 재촉했다. 무수히 많은 사람이 오가는 토요일 점심의 연남동 공원 길을 직선으로 빠르게 걸어갔다. 그 사이 하준은 편의점 아르바이트를 하러 가기 위해 옥탑방을 향해 빠르게 걸어갔다. 그렇게 그 둘은 마주치지 못했다.

여름이 연남동 빙굴빙굴 빨래방의 문을 열었을 때는 아무도 없었다. 대신 방금 전 누군가가 건조기를 돌렸는지 온기와 포근한 향이 느껴졌고, 연두색 다이어리에 새로운 글이 쓰여 있었다. 여름은 자신이 답글을 써놓았던 글 아래 새로 적힌 글을 보고, 하준이 이 글을 쓴 사람임을 확신했다. 여름은 바로 냉수성 어류 푸른 물고기를 검색해 보았고, 청어라는 물고기를 알게 되었다. 고개가 끄덕여졌다. 화려한 도시의 뜨거운 열대야, 그 안에서 갈 곳을 못 찾는 푸른 물고기. 그가 궁금해졌다. 하지만 동시에 "나의 선곡 요정님"이라고 쓰인 문장에서 자꾸 방지 턱에 걸리는 기분이 들었다. '요정, 요정……. 하, 너무 질러버렸다.'

"와, 인연이야? 운명이야? 진짜 이 사람이 그 사람이라고? 그럼 뭐 해. 나를 오천 원도 없는 여자라고 생각할 텐데!"

여름은 자신의 머리를 한 대 콩 쥐어박고 펜을 들었다. 뭐라고 써야 서로의 이야기가 계속해서 연결될까 고민했다. 괜히 배 속이 간지러운 것 같으면서도 오랜만에 찾아온 이 감정이 좋았다. 여름이 입꼬리를 내리고 다이어리 위에 글씨를 쓰려고 하는 순간 휴대폰이 울렸다.

"어, 보영아."

"언니, 선생님이랑 밥 먹고 오니까 작업실에 없네요? 어디예요?"

"아, 나 여기 빨래방 왔어. 보니까 선생님이랑 우리 방석들이 다 너무 지저분하더라고. 쾌속으로 돌리고 얼른 갈게."

"네, 선생님께 그렇게 말씀드릴게요."

보영의 목소리 뒤로 경희의 차분한 음성이 들려왔다.

"점심도 제대로 안 먹었으니까 빨래 놀려놓고 뭐 좀 먹으라고 그래. 내 카드로."

"언니, 들으셨죠?"

"어, 알겠어. 감사하다고 전해드려."

여름이 급히 전화를 끊었다. 결벽증이 있는 경희가 납득할 수밖에 없을 변명을 내세워 합법적 농땡이를 부리고 있는 것 같아 마음이 무거웠지만 심장은 너무나 두근거렸다. 여름은 하준의 글씨 밑으로 삐뚤어지지 않게 가지런히 글을 써 내려갔다.

푸른 물고기를 말씀해 주시니, 괜히 제 별자리가 물고기자리라는 TMI를 알려주고 싶네요. 물고기자리는 그나마 가장 밝은 별도 4등성이어서 발견하기 어려운 자리래요. 그래서 저도 아직까지 한 번도 두 개의 물고기를 이은 모양이라는 제 별자리를 하늘에서 찾아본 적이 없어요. 하지만 언젠가는 볼 수 있겠죠? 그리고 또 언젠가는 다른 사람들도 제 글을 알아봐 주겠죠?

여기서 또 TMI! 저는 글을 쓰는 사람이에요. ㅎㅎ 가장 밝은 별이 4등성이어서 발견하긴 어렵다지만 그래도 별은 별이니까 언젠가 저를 알아봐 줄 거라고 믿어요. 그래서 오늘의 노래는 바로 '별'입니다! from. 선곡 요정!

처음 자신을 선곡 요정이라고 칭할 때는 아무런 생각이 들지 않았다. 당연히 모르는 사람에게 자신이 예쁜지 요정처럼 귀여운지 설명할 일 따위는 생기지 않을 테니까. 하지만 이제는 다르다. 혹시 나중에 나를 봤을 때 요정 맞냐고 비웃는 거 아니야? 여름은 혹시나 서로를 알아볼지도 모른다는 걱정과 일말의 기대감에 부끄러운 마음이 들었다. 그래도 뭐 요정이 팅커벨만 있나. 몇백 년을 사골처럼 우려먹어도 빵빵 터지는 플롯의 《신데렐라》! 그 진정한 히로인 요정 할머니도 푸짐한 사이즈였다, 이 말씀이야! 여름은 꿋꿋하게 선곡 요정 끝에 느낌표를 콕 찍었다.

◎ ◎ ◎

경희에게 늘 로맨스 장르에 약하다는 지적을 받았던 여름이 어느새 달라졌다. 주인공 둘이 붙는 씬을 쓸 때 사랑의 감정을 비틀기도 하고 뒤집기도 하고 관계에 반전을 주기도 했다. 요 며칠간 표정부터 밝아진 여름을 보며 경희는 연애하냐고 묻기도 했다. 여름은 그저 수줍게 고개를 저었다.

여름은 방석에 묻은 작은 커피 자국에도 빨래방을 다녀와야 겠다고 했고 하얀 암막 커튼 위에 내려앉은 먼지를 보고도 빨래를 하러 갔다. 경희는 자신보다 더 깔끔한 체를 하는 여름을 보며 결벽증이 옮는 것일까 진지한 걱정을 했지만, 사실 여름은 틈만 나면 빨래방에 갈 핑계를 만들고 있었다. 오늘은 애써 무릎 담요가 지저분하다는 핑계를 대고 빨래방에 왔지만 자신의 글 밑으로 하준의 글씨는 보이지 않았다. 벌써 일주일째 깜깜무소식이었다.

그때, 껌을 질겅질겅 씹으며 세웅이 들어왔다. 큼지막한 야자수잎이 그려진 민소매를 입고 있었다.

여름이 조용히 혼잣말을 했다.

"많이 바쁜가. 벌써 일주일이 지났는데. 아무리 못해도 일주일에 한 번은 빨래를 하잖아. 이제 재미없어진 건가?"

입을 내밀고 시무룩한 표정을 짓던 여름이 혹시나 하는 마음에 다음 장으로 넘겨보았다. 그런데 종이를 찢은 흔적이 있었다. 찢어진 부분 위로 'ㅏ'와 'ㅕ'와 같은 모음의 끄트머리가 남아 있었다.

"뭐야! 이거 딱 보니까 껌 씹다가 종이 찢어서 버린 사이즈 인데! 혹시 여기에 써놓은 거 아니야? 아, 맞는 것 같은데! 아 는 뭐야, 여는 또 뭐야!"

풍선껌을 후 불어 펑 터트리는 소리를 내며 건조기에서 빨 래를 꺼내는 세웅에게로 여름의 시선이 꽂혔다.

"혹시 여기, 이 페이지, 이거 종이 찢어서 껌 버리셨어요?"

눈에 힘을 잔뜩 주고 째려보는 여름의 눈빛에 당황한 세웅 의 입술에 껌이 그대로 붙었다.

"아, 아니에요! 하던 거 마저 하세요, 아저씨."

"아저씨? 저 이제 서른 넘었는데요, 아줌마. 근데 그 다이어 리는 뭐예요?"

"뭐요? 아줌마? 그냥 할머니라고 부르시지 왜? 그쪽 볼일 보세요."

그때 여름의 휴대폰 알림이 울렸다. 하준이 영상을 업로드 했다는 소식이었다. 얼른 유튜브를 켰다. 하준이 부른 '별' 영 상을 보며 괜히 또 심장이 두근거리기도 했지만 찢어진 종이 를 보니, 무슨 내용이 쓰여 있었을지 더욱 궁금해졌다. 여름이 껌을 씹으며 빨래를 개고 있는 세웅을 향해 눈을 흘기고 콧김 을 뿜었다. 흥.

하준이 썼다는 보장도 없는 글에 또 선곡 이야기를 하며 글을 남기기가 민망해서 여름은 펜을 들지 않았다. 건조가 완료된 담요만 가지고 작업실로 향했다.

◎ ◎ ◎

여름이 돌렸던 세탁기의 열기가 식기 전, 하준이 설레는 마음으로 테이블 위에 있는 다이어리를 펼쳤지만 요정의 글씨는 보이지 않았다. 자신이 써놓은 글에 대한 대답이 없는 요정에게 밀려오는 서운함을 뒤로하고 하준은 요정의 소식을 궁금해하며 다시 한번 다이어리를 넘겼다 펼쳤다 하다가 자신이 글을 써놓은 장이 찢어져 있는 것을 발견했다.

"뭐야! 누가 찢은 거야……!"

찢어진 종이를 애써 손으로 펴보았지만 자신이 써놓았던 글은 내용을 전혀 알아볼 수 없었다.

"진짜 큰맘 먹고 적은 건데……."

하준이 괜히 침을 삼켰다.

"그래, 이렇게 찢어져 있으니까 답글을 안 남긴 거겠지? 보고도 안 남긴 건 아니겠지?"

초조한 마음이 든 하준은 자신이 적은 내용이 너무 앞서간 건 아니었는지 곰곰이 생각해 보았다. 그리고 고개를 절레절레 저었다.

"또 적는 건 부담스러울 거야. 완전 오바지. 아니야! 못 봤을 수도 있잖아? 읽기 전에 누가 찢어버렸을 수도 있지. 아니야, 읽고 나서 부담스러워서 찢어버린 거면?"

하준도 모르는 사이 몸속에서 피어난 연애 세포들이 서로 충돌했다. 선곡 요정이라는 사람이 추천해 준 두 곡은 버스킹을 할 때 좋은 호응을 이끌어냈다. 그리고 구독자 수도 서른 명 정도가 늘어났다. 하준은 선곡 요정에게 고맙다는 인사를 하고 싶었다. 물론 이 삐뚤삐뚤 악필이 아닌 입으로. 솔직히 말하자면 요정이 보고 싶었다. 그래서 얼마 전에 왔을 때 다이어리에 "안녕하세요, 요정님. 연락처를 물어봐도 될까요?" 라고 남기고 갔다. 하지만 지금 누군가가 찢어버린 그 종이를 보자 다시금 용기가 솟지 않았다. 혹시나 요정님이 노하신 건 아닌지 걱정부터 되었다.

건조기가 완료되기까지 삼 분이 남았을 무렵 하준은 부랴부랴 펜을 들었다. 그리고 찢어진 장의 다음 장에 또박또박 글씨를 써 내려갔다.

혹시 찢어진 쪽에 적혀 있던 제 글 보셨나요? "안녕하세요, 요정님. 연락처를 물어봐도 될까요?"라고 써놓았었습니다. 못 보셨을 것 같아 다시 한번 물어보고 싶어요. 연락처 물어봐도 되나요? 커피 한잔하고 싶어요.

묵직하고 투박하게 써 내려간 문장들로 하준은 자신의 마음을 표현했다. 선조기가 종료되었다는 일림음이 울리고 자신의 빨래들을 가지고 집으로 돌아갔다. 물론 설레는 마음은 남겨둔 채로.

◎ ◎ ◎

하준은 네 시간 동안의 편의점 아르바이트를 마치고 집으로 돌아와 버스킹을 하러 갈 준비를 마쳤다. 오늘은 선곡을 하지 못했다. 요정이 알려주었던 곡들을 또 부를까 했지만 유튜브에 새로운 영상을 업데이트해야 했기에 다른 노래를 부르기로 했다. 경의선숲길이라고 적힌 조형물 앞으로 나와 동교동 삼거리로 방향을 틀었다. 머릿속으로는 어떤 노래를 할까 고민을 하면서 기타 가방을 메고 한 손에는 앰프 손잡이를 들고 걸었다.

신촌역 3번 출구 앞에 도착한 하준은 스탠드 마이크를 고정했다. 마이크의 높낮이를 조절하고 "아, 아, 마이크 테스트, 하나, 둘, 셋." 하며 음향 체크도 마쳤다. 기타 케이스를 앞에 열어두고 유튜브 채널명이 적힌 피켓도 세워두었다. 그리고 피식 웃음을 지었다. 순간 자신의 팁 박스에서 오천 원을 가져가던 여자가 생각났다. 하준은 그날 이후로 자신에게 좋은 기운이 오는 것 같았다. 그래서 팁 박스에 여자가 넣었던 만 원짜리를 지갑에 고이 넣어두었다. 마치 부적이라도 되는 것처럼 지폐에 날짜까지 새겨서.

여덟 시가 되고 하준은 기타 줄을 한 번 튕겼다. 목소리도 한번 가다듬었다. 손을 오므리고 기타를 네 번 쿵쿵쿵쿵 쳤다. 그리고 노래를 시작했다.

"이름을 모르는 그대가 생각나요. 어쩌면 얼굴은 알 것 같죠. 요정처럼 작고 귀여운 그대를 만났어요. 나의 팅커벨, 나를 어디로 데려가 줄래요. 깊은 밤을 함께 날아가요. 내 손을 잡아줘요."

유튜브 라이브를 틀어놓고 버스킹을 시작한 하준이 무작정 요정을 생각하며 떠오르는 대로 노래를 불렀다. 기타 코드를 잡고 있던 왼손이 저절로 움직였다. 오른손도 덩달아 줄 위에서 춤을 추듯 부드럽게 줄을 쓸어내리다가 튕기기를 반복했다. 서서히 사람들이 모여들었다. 하준의 입술 사이에서 나오는 달콤한 노랫말에 길을 가던 사람들이 발걸음을 멈추었다. 하준은 눈을 감고 노래를 불렀다. 짙은 눈썹 아래 질끈 감은 두 눈과 높게 뻗어 있는 콧대. 그의 외모는 노래가 아니어도 충분히 사람들의 걸음을 멈추게 할 만큼 매력적이었다.

"좋은 향기만 남기고 떠나가는 그대를 뭐라고 부를까요. 나의 요정 이제는 이름을 가르쳐줘요. 얼굴을 보여줘요. 그대에게서 나는 코튼 향 말고는 나는 아무것도 몰라요. 아무것도."

노래를 마치고 눈을 뜨자 하준의 눈앞에는 지금까지 버스킹을 할 때 모였던 관객들을 합친 것보다 더 많은 사람들이 모여 있었다. 어둑해진 밤하늘 아래에서 플래시를 터트리며 사진을 찍거나 동영상을 찍는 사람들이 많았다. 그리고 그 사이에서 얼굴을 반쯤 가리고 노래를 듣고 있는, 오천 원이 없었던 여자가 눈에 들어왔다. 괜히 반가워 피식 웃음이 났다.

"반가워요."

하준의 입을 열었다.

"앵콜 앵콜!"

사람들이 앵콜을 외쳤다. 팁 박스에 오천 원짜리 지폐와 만원짜리 지폐가 수북하게 쌓였다. 하준은 돈을 번 것보다 사람들이 자신의 목소리에 귀 기울여 주었다는 사실이 좋았다. 이제야 제대로 된 공연을 한 것처럼 뿌듯했다. 사람들 한 명 한

명을 눈에 담았다. 그때 오천 원이 없었던 여자가 팁 박스로 다가와 만 원짜리 지폐를 넣었다.

"지난달은 술 많이 안 먹었나 봐요?"

하준이 여름을 향해 말을 걸었다.

"지난달은 인생이 쓰지 않았거든요. 꽤 달콤하기도 했어요."

흠칫 놀랐지만 당황한 기색을 비치지 않고 여름이 대답했다. 솔직한 여름의 대답에 하준이 가지런한 하얀 이를 드러내며 웃었다. '뭐야, 이렇게 잘생긴 얼굴로 이렇게 가까이에서 나를 보고 웃으면 어쩌라고.'

"네?"

하준이 의아해하며 물었다.

"제가 말을 했나요?"

"아니요, 무슨 말 하려고 한 거 아니에요?"

"아니요! 전혀요? 저 더블로 갚은 겁니다? 아니! 저 더블로 음, 잘 들었어요."

자기도 모르게 얼굴이 붉어진 여름이 급하게 자리를 피했다. 하준은 그런 여름의 뒷모습을 보며 이번엔 소리 내어 웃음을 터트렸다. 오천 원이 없었던 여자가 귀여워 보였다. '뭐야, 저 여자 왜 이렇게 귀여워?'

사람들의 앵콜 요청에 화답하기 위해 하준이 다시 기타 줄을 튕겼다. 이전에 빨래방 요정이 선곡해 준 곡들이었다. 그날 버스킹은 성공적이었다. 스마트폰을 보며 바쁘게 걸음을 재촉하는 사람들, 음악 소리에 힐끗 쳐다보고는 다시 갈 길을 가는 차가운 표정의 얼굴들, 그 사이에서 부서지고 흩어지기만 하던 자신의 목소리가 사람들에게 닿은 것 같아 하준은 잠드는 순간까지 눈을 감고 그 순간을 기억했다.

조용한 관객으로 노래를 듣고 싶었던 여름의 계획은 모두 실패했다. 하준이 자작곡으로 소개한 '요정'이란 곡을 듣고 팁 박스에 가지 않을 수가 없었다. 그 전의 자신의 실수도 모두 만회하고 싶었다. 그리고 자신을 보고 환하게 웃는 하준을 보고 쿵 심장이 어디 떨어진 것처럼 또다시 배 속까지 간지러운 기분이 들었다.

하준의 자작곡이 끝나자마자 여름은 버스 정류장을 향해 뛰어갔다. 발걸음이 빨라졌다. 하준이 요정을 생각하는 마음을 담아 만들었다고 한 그 노래가 어떠한 의미를 담은 것인지 확인하고 싶었다. 사실 그 무엇보다 지금 어딘가로 가고 싶었고, 그곳은 하준은 모르지만 하준과 자신의 글이 남아 있는 연남동 빙굴빙굴 빨래방이었다.

여름이 버스에 몸을 실었다. 심장이 쿵쾅거렸다. 하준의 목소리가 자꾸만 귓가에 닿는 것 같았다. 퇴근 시간이 지났는데도 홍대로 가는 버스는 사람들로 붐볐다. 문득 창문에 비치는 자신의 모습이 보였다.

그래도 다행히 오늘 아침에 머리를 감았다. 하지만 진주 같은 머릿결은 고사하고 잔뜩 상처받은 듯 갈라지고 푸석해 보이는 반곱슬은 그렇게 요정답지 못했다. 아래로 내려와서 동글고 도톰한 이마는 복이 들어온다고 엄마가 침이 마르게 칭찬하곤 했다. 엄마의 말로는 천연기념물감이라나……. 코는 반 버선 모양으로 오똑했다. 하지만 보조 작가를 하는 오 년 동안 찐 십 킬로에 묻혀 그렇게 오똑해 보이지는 않았다. 양 볼은 사탕을 물고 있는 것처럼 빵빵했다. 지난여름 사촌 결혼식에서 만났던 외할머니는 복스러우니 살을 빼지 말라고 했지만 이것 또한 전혀 요정답지 않았다.

그래 눈! 고등학교 졸업 선물로 하게 된 쌍꺼풀 수술과 함께 자신감을 찾은 두 눈에는 아웃라인의 큰 쌍꺼풀이 있었다. 돈을 들여서인지 얼굴 중에 제일 자신 있는 부분이었다. 하지만 날카로운 칼로 그어 만든, 언제나 그대로일 것 같았던 쌍꺼풀조차, 살이 찌니 쌍꺼풀 선과 눈 사이에 오동통한 소시지가 누워 있는 것처럼 별로였다. '이게 요정이냐. 엘프냐고. 그냥 먹방 요정이지.'

여름의 마음속에 차올랐던 설렘은 누가 종료 버튼을 누른 것처럼 순식간에 힘없이 푹 내려앉았다.

여름이 연남동 빙굴빙굴 빨래방에 들어섰다. 안에는 진돗개와 함께 빨래를 돌리고 있는 할아버지가 있었다. 할아버지는 연세가 꽤 있으신 듯 보이는데도 키오스크를 능숙하게 조작했다. 테이블 옆에 앉아 있던 하얀 진돗개도 꼬리를 흔들며 여름을 반겼다. 덕분에 여름의 얼굴에 미소가 지어졌다.

"얼른 비켜줄게요."

점잖은 할아버지가 포인트 적립을 하며 말했다.

"천천히 하셔도 돼요. 제가, 빨래를, 안 가지고 왔네요? 왜 왔죠, 여기를?"

"잠시 쉬었다 가도 좋죠. 여기에도 그렇게 쓰여 있잖아요. 여기 주인을 한 번도 못 뵜는데 좋은 분 같아요."

할아버지가 영어로 "Notice"라고 적혀 있는 게시판을 가리켰다. 에이포 용지 반 정도 크기에 정갈한 궁서체로 "잠시 쉬어가도 좋아요."라고 적혀 있는 공지가 보였다.

"그러게요, 참 좋은 분 같아요."

인자한 미소를 짓고 할아버지가 진돗개와 함께 나갔다. 머리 잘 식히고 가라는 말을 인사말로 남겼다.

여름은 다이어리를 펼쳤다가 하준이 써놓은 글을 보고 다시 다이어리를 닫았다. 페이지를 넘긴 게 아니라 다이어리를 완전히 닫아버렸다. '무슨 자신감으로 요정이라고 한 거니.' 스스로에게 물었다.

"당연히 볼 일 없을 줄 알았지!"

스스로에게도 화가 났다. 보조 작가를 한다는 핑계로 몸에 안 좋은 인스턴트를 때려 넣고, 그것도 모자라 투 샷은 기본으로 들어간 아메리카노와 초콜릿을 수혈하듯 몸에 부었으니 몸이 안 불고 배길 수 없었다. 여름이 옆구리 살을 꼬집었다.

"악! 엄청 아프네. 그래, 미안해. 너도 난데 자꾸 미워만 해서 미안해. 그래, 이건 살이 아니고 책상머리에 앉아 쌓아온 나의 글발이다! 하준? 만나도 되지. 이 정도면 나쁘지 않지. 못난이 인형도 사랑스럽다고 하는 사람들이 있잖아?"

할아버지가 돌려놓고 간 세탁기가 완료까지 십 분이 남았을 무렵 여름은 펜을 들었다. 그때 휴대폰 메시지 알림음이 울렸다. 여름이 펜을 내려놓고 액정에 뜬 메시지 내용을 확인했다.

ㅡ왜 작가가 안 됐어요?

새롭게 들어간 작품에 필요한 취재를 위해 오전에 인터뷰를 요청해 놓은 그에게서 온 메시지였다. 그는 오 년 전 보조 작가 일을 시작한 여름이 첫 취재 상대로 만났던 신인 야구 선수였다. 또래인 그와의 유쾌한 취재 시간이 끝나고 그 분위기 그대로 맥주를 몇 번 마셨었다.

　손가락으로 세기 어려울 정도로 여러 차례 밥도 먹고 술도 마시고 가끔 만나서 영화를 보기도 했다. 남자가 여름에게 연애 시그널을 보내왔지만 여름은 그럴 때면 지금은 연애보다 자기 일에 집중해야 한다며 은근히 발을 빼는 태도를 보였다. 그리고 오 년 만에 다시 스포츠 관련 취재가 필요해 그 사람에게 연락한 것이다.

　오 년 동안 그는 많이 달라져 있었다. 유난히 칠리소스가 맛있었던 어느 술집에서 감자튀김 세트와 생맥주 두 잔을 놓고 하하 호호 웃던 신인 시절의 그는 없었다. 올 시즌 MVP로 뽑히고 고액의 연봉 협상에 성공하며, 호텔 라운지나 청담동에 있는 고급 와인 바에 발레파킹을 맡기고 차 키를 건네는 게 자연스러운 사람이 되었다. 그렇게 그는 5년 동안 신인이라는 꼬리표에서 벗어났다. 그런데 나는? 지문이 닳도록 쓰고 또 썼는데 아직 내 이름을 걸고 작품을 쓴 진짜 작가가 되지도 못했네. 그래도 그렇지 이렇게 무례한 질문을 한다고? 순간 멍해졌다.

　여름이 "네?"라고 짧은 메시지를 보내자 금방 답장이 왔다.

　　─왜 아직 보조 작가 한여름이냐고요. 글 쓴다고 나랑 연애도 안 한다더니. ㅋㅋㅋ

이놈 봐라? 지금 나랑 싸우자는 거지? 여름이 기합을 넣듯 한숨을 팍 내쉬고 글발을 동원해 그 사람에게 답장을 쓰려고 했지만 마땅한 단어가 생각이 나질 않았다. 자신은 왜 아직 보조 작가이며, 오 년 동안 단막극 당선도 한 번이 안 되었는지, 그 이유를 알 수 없었다. 그래서 연애도, 청춘도 모두 포기하고 마우스 커서가 깜빡거리는 빈 한글 화면을 보며 사계절 내내 책상머리에서 방석이 푹 꺼질 때까지 앉아 있었던 게 아니었나? 자신은 왜 아직 작가가 안 되었나. 뭐라고 답장을 보내야 할지 알 수 없었다. 여름은 하준의 글 밑에 자신의 번호를 남겨놓으려고 했다는 사실도 잊어버렸다. 이러는 순간도 자신에게는 사치 같았다.

요정은 사실 동화에서나 나오는 거잖아요. 현실에서는 요술 지팡이를 한번 휘두르면 호박이 마차가 되는 그런 근사한 일은 없죠. 그래서 요정은 동화 속에서만 존재하겠죠?

우리가 서로 얼굴을 보는 순간 시로 깨달을걸요? 우린 케이크 굽는 냄새가 풍기는 달콤한 동화가 아니라 짠맛 나는 다큐 속에 살고 있다는 걸요. 현실은 너무…… 짜요. 인생은 컬러풀한 디즈니가 아니라 퍽퍽한 흑백영화 같으니까요.

다이어리를 덮어놓고 나오는 여름의 발걸음이 무거웠다. 어쩌면 하준은 영감의 요정 뮤즈를 찾고 있었는지도 모르는데……. 다시 발걸음을 돌리고 싶었지만 이미 연남동 끝에 와 있었다.

편의점 앞 파라솔 테이블에 앉아 맥주 한 캔을 열었다. 맥주의 알싸한 맛과 시원한 탄산을 느끼며 맥주 한 캔을 한입에 털어 넣었다. '아, 개운해. 다 포기해도 캔 맥주는 포기 못 하지.' 빈 캔을 테이블에 올려놓자, 맥주 네 캔이 올려졌다.

"더 마실래요?"

여름이 고개를 들자 세웅이 서 있었다. 오늘도 야자수 잎이 그려진 민소매 차림이었다.

"두 캔은 냉장고에 킵해달라고 해요. 미지근해지면 맛없어요."

연남동 빙굴빙굴 빨래방에서 같은 세탁기를 공유하고 있어서인지 묘한 동질감에 세웅과의 합석이 어렵지 않았다. 또 뭐 썩 그렇게 좋지도 않았지만 동네 친구로는 부담이 없었다.

"미지근한 게 어때서요."

여름의 앞에 세웅이 앉으며 말했다.

"밍밍하잖아요. 근데 일 안 해요? 맨날 동네 백수처럼 그러고 다녀요? 로또라도 맞았어요?"

"얼마 전에 잘렸어요. 여자 친구한테도 차이고."

"어머! 미안해요. 왜요?"

"미지근한 연애가 싫대요. 돈에 동동거리는 게딱지 수저도 지겹고요. 하, 취업이고 뭐고 다 집어던지고 하와이나 가고 싶다. 학교 다닐 땐 공부하느라 등수에 성적에 토익 점수에 숫자에 치여 살고 취직해서는 그 숫자 앞에서 맨날 굽신굽신 긴장하고……. 근데 이제 또 취업 준비라니. 지겨운 숫자의 노예가 또 되어야죠."

"게딱지 수저요?"

"부모님이 대전에서 게장집 하시거든요."

"픕, 그렇다고 게딱지 수저는 너무했다. 근데 진짜 부럽다. 나 간장게장 킬러인데. 근데 아저씬 꿈이 뭔데요? 무슨 일 하려고요?"

"꿈이요?"

"네, 꿈이요."

여름이 차가운 캔 맥주를 입에 가져다 대며 물었다.

"꿈……. 그건 잘 때나 꾸는 거 아니에요?"

"낭만이 없으시네. 그러니까 미지근하다고 차이지."

해고를 당하고 실연을 당한 건 세웅인데, 세웅이 사 온 맥주 네 캔을 초여름의 초록을 삼키듯 모두 해치운 건 여름이었다.

그리고 가방을 주섬주섬 챙겨 갈지자를 그리며 공원 길을 걸어갔다. 저만치 걷던 여름이 뒤를 돌며, 황당해하는 세웅에게 큰 소리로 외쳤다.

"어이, 아저씨! 고민 있으면 빨래방으로 가요. 연남동 빙굴빙굴 빨래방! 딸꾹. 거기 연두색 다이어리. 해답은 모두 거기에 있어요. 딸꾹!"

그날 저녁, 세웅은 묵은 이불을 들고 빨래방을 찾았다. 매일 무슨 반항이라도 하듯 와이키키 해변에서나 볼 수 있을 법한 큼지막한 야자수 잎이 그려진 민소매만 입고 다닌 탓에 빨랫감이 없었다. 빨랫거리를 찾다 찾다 결국 헤어진 애인의 향수 냄새가 배어 있는 이불을 가지고 샤인빌 201호에서 나왔다.

세탁기를 작동시키고 그간 관심도 없었던 연두색 다이어리를 펼쳤다. 사람의 지문처럼 각각 다른 필체로 쓰인 글이 빼곡했다. 대체 여기에 모든 해답이 있다는 건 무슨 말이지? 무릎팍 도사라도 와서 해결해 주나.

이미 번아웃 상태에 빠져 의욕이라곤 일 퍼센트도 없는 세웅이 밑져야 본전이라는 마음으로 펜을 들었다.

다른 고민은 없고 로또 번호나 알려주세요.

◎ ◎ ◎

　침대 위로 쏟아지는 정오의 햇빛에 여름이 인상을 찡그리며 뒤척였다. 속이 울렁거렸다. 이건 침대 위가 아니라 마치 양양 바다의 거센 파도 위 서핑 보드에 누워 있는 듯한 그런 메슥거림이었다. 누군가가 술병만 보여줘도 변기에 얼굴을 묻고 저승사자와 하이 파이브를 할 것 같았다. 불행 중 다행인 것은 경희가 새로 집필한 드라마가 방송되기 전 마지막 휴가를 주었다는 것이다. 이 숙취의 파도가 가실 때까지 대자로 뻗어 누워 있을 수 있었다. 여름은 열한 시가 다 되어서야 눈을 떴다. 그리고 휴대폰을 보자마자 또 한 번 이불을 발로 찼다.

　"악! 무슨 일이야!"

　여름은 초점이 안 맞는 눈을 애써 비비며 휴대폰 액정을 들여다보았다. 다시 봐도 "안녕하세요, 요정님." 하고 메시지가 와 있었다. 이런, 이게 무슨 일이란 말인가. 어젯밤 여름밤의 취기가 여름에게 불을 지폈다. 맥주 네 캔이 준 용기는 여름을 연남동 빙굴빙굴 빨래방으로 향하게 했고 다이어리를 펼치게 했다. 그리고 자신이 써놓은 글 밑에 호기롭게 숫자 열한 자리를 적어놓게 했다. 010으로 시작하는 그 숫자는 여름의 전화번호였다.

여름은 얼른 메신저 프로필 사진을 확인했다. 보조 작가를 시작하고 외모 관리와 거리가 멀어진 여름은 다행히 자신의 셀카나 앞모습을 올려놓지 않았다. 프로필 사진은 지난번 빨래방 게시판에서 찍어두었던 "잠시 쉬어가도 좋아요."라는 문구였다. 또 프로필로 저장된 사진 대부분이 연남동 공원 풍경이었으며 여름의 사진은 예진에 촬영장에 답시를 나갔을 때 미진이 찍어준 꽤 괜찮게 나온 뒷모습 사진뿐이었다.

휴, 한숨을 돌린 여름이 머리를 부여잡고 헝클어트렸다. 으악! 이게 무슨 일인가. 자신이 요정은 신기루라고, 눈앞에 보이는 순간 요정은 없어진다고 적어놓고선 무슨 생각으로 거기에 전화번호를 적어놓고 왔단 말인가.

그 순간 또 메시지 알림음이 울렸다. 하준이었다.

　－요정님, 혹시…… 아직도 안 일어난 건가요? 얼른 일어나요. 해가 중천이야, 요정님아. 미인은 잠꾸러기라더니, 요정님, 혹시…… 미인인가요? 저 설레네요.

미인이라는 글자에 다시 말문이 턱 막혀버린 여름이 이불을 차고 일어나 침대에 걸터앉았다.

　－오늘 날씨가 설레네요, 참.

　－드디어 일어났네요. 기다렸어요, 계속.

　－왜요?

−고맙다는 말 하고 싶어서요.

−뭘요?

−번호 남겨준 거, 뮤즈가 되어준 거.

−어제 술을 많이 마셔서 홧김에 번호를 적었어요.

−홧김이요? 화가 많으신가요?

−아니요, 그건 아닌데 어제는 좀 화가 났나 봐요.

−왜요?

−그냥 나한테 짜증 나는 날 있잖아요. 그런 날이었어요.

−그래서 어제 또 술 먹고 오늘 늦잠 잔 거예요? 아무리 토요일이어도 그렇지.

−연트럴파크 어디에 돗자리 깔아드려야겠어요.

−일단 먼저 제가 사주는 밥 먹고 돗자리 깔 자리는 차차 알아봐요.

−밥이요?

−요정님께 밥 사야 돼요. 덕분에 유튜브 구독자가 엄청 많아졌어요. 제가 요정님 생각하며 노래를 만들었는데, 그게 터졌어요. 인기가 좋네요!

여름이 눈을 비볐다. 하준의 유튜브로 들어가 보니 구독자 수가 엄청나게 늘어 있었다. 몇 번을 들여다봐도 여름이 보고 있는 숫자가 맞았다. 어제 요정이라는 자작곡을 올린 후 구독자 수가 십만 명이 넘었다. 그뿐만 아니라 인기 동영상으로 상위 게시 글에 올라가 있었다. '이 노래가 나만 좋은 게 아니었다고?' 여름이 하준의 동영상을 클릭했다. 허스키하면서도 낮은 저음의 하준의 목소리와 그와는 다른 부드러운 외모가 반전 매력을 불러일으켰다. 그래서 점점 인기 동영상으로 순위가 올라가고 있었다. 잠시 멍한 상태로 하준의 노래를 듣던 여름은 휴대폰 메시지 알림음에 정신을 차렸다.

ㅡ밥 싫으면 술 살게요. 축하주 살게요!

ㅡ제가 참 무슨 정신으로 그랬는지는 모르겠지만⋯⋯ 만나는 건 어려워요. 부담스러워요. 죄송해요. 제가 괜히 번호 남겨놓고 오는 바람에 기대만 하게 했나 봐요. 정말 미안해요.

여름이 손가락에 힘을 주어 꾸역꾸역 문자를 보냈다. 마음 같아서는 이미 같이 술도 먹고 그다음 진도도 빼고 상견례 때 입을 옷까지도 생각했다. 하지만 진짜 가수로서 한 발 한 발 내딛는 그에 비해, 공모전에 매번 낙방하는 자신은 너무나 볼품없어 보였다. 쇼윈도에 몇 시즌을 올려놔도 안 나가는 옷처럼, 유행 한번 타지 않아 누군가에게 선택되지 않는 상품처럼. 마치 자신이 그런 쓸모 없는 사람이 된 것만 같았다.

'내가 사실 그 요정이에요.'라고 말하는 순간 앞에서 얼굴을 찡그리지도 한숨을 내쉬지도 못하고 어쩔 줄 몰라 할 하준의 얼굴이 그려진 여름은 망설임 끝에 메시지 전송 버튼을 눌렀다. 그리고 한참이 지나도록 답장은 오지 않았다.

◎ ◎ ◎

"투 플러스 원 상품입니다."

하준이 아이스크림콘 바코드를 찍자 포스기에서 안내 음성이 나왔다. 여중생 두 명이 하준의 얼굴을 뚫어지게 쳐다봤다.

"하나 더 가져와요. 투 플러스 원이에요."

아이스크림 모양이 그려진 지갑을 꺼내던 여중생이 조심스럽게 입을 열었다.

"유튜버…… 하준 맞으시죠? 그 요정 남이요!"

"아…… 네."

하준이 쑥스럽게 웃자 여중생 두 명이 까르르 웃었다.

"너무 잘생겼어요. 노래도 진짜 좋아요! 저 구독, 좋아요, 맨날 눌러요!"

"고맙습니다."

부끄럽게 웃는 하준을 보며 여중생이 아이스크림콘 하나를 하준에게 건넸다.

"이건 오빠 드세요!"

하준이 콘을 받아 들자 여중생 두 명이 오두방정을 떨며 편의점을 나갔다. 하준은 자신을 알아보는 사람들이 있는 것이 신기하고 얼떨떨했다. 그때 메일 알림음이 울렸다. 대형 기획사에서 온 제안 메일이었다. 미팅을 위해 소속사에 방문해 달라는 내용이 있었다. '나한테 무슨 일이 일어난 거지? 이거 대박 아니야?' 다음 손님 또한 하준을 알아봤을 때 자신에게 무슨 일이 일어난 건지 점점 실감이 났다.

"됐다. 이제 됐다."

서울에 올라와 연남동 모퉁이에 있는 옥탑방에서 혼자 기타를 치고, 아무 관객도 없이 노래를 부르고, 또 열 명도 채 보지 않는 동영상을 편집하고 업로드하고, 매일 편의점에 와서 바코드를 찍고 테이블 앞에 지저분하게 떨어져 있는 담배꽁초를 줍고……. 또 가끔은 누군가가 버려놓은 빈 소주병과 라면 면발 등이 보이는 토사물을 치우며 버텨온 시간. 그 시간의 종료가 가까워지는 듯했다. 머릿속엔 요정 생각밖에 나질 않았다. 고맙다고 말하고 싶었다. 그리고 덕분에 좋은 일이 생겼다고 제일 먼저 알려주고 싶었다.

◎ ◎ ◎

여름은 힘없이 키보드 앞으로 엎드렸다. 엎드렸다는 말보다는 엎어졌다는 말이 더 맞을 만큼 축 처졌다.

"여름아, 퇴근할래?"

작업실에서 나온 경희의 물음에 여름은 다시 몸을 일으켰다.

"아니요! 다음 주가 첫 방인데 퇴근은요. 커피 한 잔 마시고 올게요."

"그럼 어디 찜질방이라도 가서 지지고 오든지. 보영이랑 은지도 같이 가려면 가. 이따 기획 피디 오기 전까지만 오면 돼. 회의 시간은 알지?"

"정말 그래도 될까요?"

여름이 눈을 동그랗게 뜨고 경희를 쳐다봤다. 맞은편에 앉아 있던 보영과 새로 온 보조 작가 은지도 경희를 쳐다보았다.

"이걸로 식혜도 꼭 사 먹어라. 아, 거기 찜질방 제육 쌈밥 맛있는 거 알지? 미역국도 먹고 계란도 먹고."

경희가 지갑에서 카드를 꺼내주었다.

"감사합니다!"

보조 작가 세 명에게서 나올 수 없는 하이톤의 대답이 튀어나왔다. 그 어느 때보다 밝은 목소리였다.

그들은 서강대역 근처에 있는 여성 전용 찜질방에서 피로를 풀었다. 불가마가 들어왔다 나가는 한증막에서 땀을 빼고 바로 옆에 있는 샤워 부스에서 냉수마찰을 하기를 반복했다. 그리고 제육 쌈밥 맛집으로 소문 난 구내 식당에 들어가 밥을 먹었다.

잘 데친 양배추 쌈 위에 하얀 쌀밥과 고추기름이 흐르는 제육볶음을 올리고 편 마늘을 올렸다. 야무지게 싸 한입에 넣고 함께 나온 미역국을 국그릇째로 한 입 들이켰다. 천국의 맛이었다. 눈을 질끈 감은 여름은 이 행복을 고이 저장이라도 하듯 입을 오물거리며 음미했다.

"언니 방송국 홈페이지에 휴대폰 번호 변경은 다 했어요? 번호 바뀌어서 당선돼도 연락 못 받으면 어떡해요."

아삭한 오이를 한 입 베어 문 보영이 여름에게 말했다.

"그럼 벌써 다 바꿨지. 그리고 제2 전화번호도 남기니까. 내 번호가 없으면 엄마한테 전화 줄 거야. 근데 그런 건 아무 문제가 안 돼. 이천 편이 넘는 대본 속에서 눈에 띄느냐 마느냐가 문제지."

"근데 갑자기 번호는 왜 바꾼 거예요?"

이번에는 앞머리를 일자로 잘라 귀여운 인상을 주는 은지가 물었다.

"음……."

여름이 선뜻 답을 하지 못했다.

"요즘에 번호 바꾸면 진짜 번거롭잖아요. 휴대폰 번호로 인증해 놓은 것들이 워낙 많아서 엄청 불편할 텐데. 통신사를 변경한 것도 아니잖아요. 폰도 그대로인데."

보영이 은지의 말에 힘을 보탰다.

"뭐, 타로 점 봤는데 내 번호가 나랑 안 맞대!"

"타로에 그런 것도 나와요?"

순진한 얼굴로 은지가 물었다.

"당연히 아니지, 순진하기는! 그냥 기다려져서……. 기다리는 느낌이 싫어서…… 그래서 바꿨어."

여름이 힘없이 말끝을 흐렸다.

"공모전 연락 때문에요? 맞아요. 저도 가끔은 번호부터 싹 다 리셋하고 새로 시작하고 싶어요."

쌈장을 입가에 묻힌 보영이 고개를 끄덕이며 맞장구쳤다.

"아, 맞다! 언니, 이 노래 들어봤어요? 요즘 이 가수 인기 장난 아니에요."

휴대폰을 보던 은지가 이야기의 화제를 돌리며 노래를 재생하자 보영이 바로 대답했다.

"하준? 그 요정님? 이 노래 너무 좋아. 듣고 있으면 누가 귀에다가 설탕 뿌리는 것 같아요. 생긴 것도 엄청 잘생겼던데?"

은지의 휴대폰에서 하준의 목소리가 흘러나오자 물을 마시던 여름이 사레가 걸려 컥컥댔다.

"진짜 멋있어요. 이 사람 얼마 전에 대형 기획사 들어갔잖아요. 지금 음원 차트에서도 다 1위예요. 근데 더 대박인 건 이 노래를 만든 사연이에요!"

흥분한 은지의 뒤를 이어 보영이 덧붙였다.

"맞아, 맞아! 빨래방인가? 거기에 무슨 다이어리가 있는데 거기에다가 선곡 좀 해달라고 써놨다가 거기서 서로 필담을 나눴대요! 그 여자가 자기를 요정이라고 했대요. 그래서 그 여자를 생각하면서 즉석으로 만든 노랜데 그게 대박이 난 거예요! 대박이죠, 근데 아직도 그 여자를 못 만났대요. 꼭 만나고 싶다고 어제 인터뷰도 했어요!"

"인터뷰요? 영상 언제 올라왔어요? 못 봤는데……."

눈을 동그랗게 뜬 은지가 보영에게 물었다.

"어제 인터뷰했어. 자기 유튜브 채널에 올렸던데? 꼭 만나고 싶다고, 요정님."

사람들은 하준의 잘생긴 얼굴만큼 자작곡의 사연에 대해서도 관심을 가졌고 특히 요정님의 정체에 대해 궁금해했다. 인터넷에는 연남동에 위치한 셀프 빨래방 리스트를 추려놓고 원정을 다니자고 제안하는 팬들도 있었다.

하준은 더 이상 버스킹을 하지 않았다. 그래서 여름도 구태여 먼 신촌역이 아닌 가까운 홍대입구역에서 지하철을 탔다. 하준의 채널을 소속사에서 관리하기 시작했는지 종종 올라오던 브이로그도 더 이상 올라오지 않았다. 그런데 요정님을 찾고 싶다는 영상만 올린 터라 사람들은 더더욱 폭발적인 관심을 보였다. 조금은 두려운 마음이 들기도 했다. 여름은 자신이 요정인 게 밝혀지면 온 세상 사람들이 실망할 것만 같았다.

"그런데 그 여자는 왜 안 나타나는 걸까요?"

은지가 묻자 보영이 대답했다.

"그야, 부담스러워서? 요즘 SNS에 이름 석 자만 입력해도 모든 게 다 뜨고 구글링만 해도 쫘르륵 흑역사에 졸업 앨범까지 다 뜨는 판국에 선뜻 나서고 싶지 않겠지. 여름 언니는 어떻게 생각해요?"

"자기 자신을 사랑하지 않는 요정인가 보지. 흑역사 졸업 앨범이 어때서? 어차피 그것도 자기 일부잖아. 근데 그게 왜 숨기고 싶겠어. 그때의 자기를 사랑하지 않는 거 아닐까? 아니면 지금 자기 자신을 사랑하지 못해서…… 그래서 숨고 싶은 거 아닐까?"

은지와 보영이 조용히 고개를 끄덕였다. 보영이 다시 입을 열었다.

"그래도 이거 완전 드라마보다 더 드라마 같은 스토리인데! 꼭 나타났으면 좋겠어요."

은지가 다시 고개를 끄덕이며 맞장구쳤다.

"맞아요! 이렇게 영상까지 올렸으니까 분명히 나타날 거예요. 요정은……. 어? 댓글 달렸어요. 자기가 요정이라고. 오늘, 장소로 나가겠다고요!"

놀란 표정으로 여름이 입을 열었다.

"진짜? 요정이 직접 댓글을 달았다고? 버스킹하던 그곳에 나타나겠다고?"

보영은 잔뜩 들뜬 표정으로 휴대폰을 들어 하준의 유튜브 채널에 들어갔다. 그리고 은지도 계속해서 상황을 생중계했다.

"네! 어머 어머, 이 여자 대박이다. 이렇게 공개적으로 자기 밝히는 거잖아요. 댓글 또 달았어요. 더 이상 하준 씨를 기다리게 하고 싶지 않네요. 오늘 저를 위해 노래를 불러주세요. 우리가 처음 만났던 버스킹 그 장소에서 여덟 시에요. 거기에 당신의 요정이 기다릴 거예요."

은지의 말이 끝나자 다시 여름이 되물었다.

"진짜 자기가 요정이래? 그 노래의 주인공?"

"네! 오늘 자기를 밝힌대요. 대박. 오늘 회의 빨리 끝나면 우리도 가봐요!"

보영이 하준이 새로운 영상을 업데이트했다고 말하며 동영상을 재생했다. 설레는 표정의 하준이 "오늘 만나요, 저의 요정님." 하고 말하며 싱긋 웃었다.

여름은 이상하다는 듯 고개를 저었다. '요정은 나인데? 빨래방에서 처음 필담을 나눈 것도 모두 나인데⋯⋯. 여덟 시, 신촌역 3번 출구, 버스킹, 둘이 처음 만났던 곳. 이 여자가 어떻게 모든 걸 알고 있는 거지.'

한참을 멍하니 생각에 잠겨 있는 여름을 보영이 불렀다.

"여름 언니! 우리 이제 가야 돼요. 기획 피디 올 시간. 깐깐한 서 피디!"

보영의 입에서 나온 기획 피디라는 단어에 산통이 깨졌다. 서 피디는 여름과 동갑인 여자였다. 은근히 보조 작가들을 무시하고 가끔은 커피를 사 올 수 있냐며 심부름을 시키기도 했다. 그럴 때마다 여름보다 먼저 경희가 불편한 기색을 드러냈고 눈치챈 기획 피디는 얼른 태도를 바꿨다.

회의에 늦을세라 세 사람이 얼른 탈의실로 향했다.

"여름 씨는 보조 작가 몇 년 차인데, 씬 리스트 하나 정리를 못 해요? 제가 일을 두 번 해야 하겠어요?"

작업실에 들어오자마자 서 피디가 여름에게 말을 쏟아댔다.

동갑이 상사가 된 듯한 느낌도 못마땅했지만 은근히 갑과 을이 된 것처럼 느껴져 기분이 좋지 않았다.

"요즘 제가 정신이……."

"없으면 그래도 돼요? 이러니 프로 소리 못 듣지."

보영과 은지가 긴장감이 감도는 두 사람의 대화를 숨죽여 지켜보고 있었다.

"그러니 만년 보조 작가인 거예요. 그전에 있던 미진 씨는 일 처리도 확실하게 하고 그러니까 금방 당선됐잖아요. 이제 여름 씨 나이도 있는데 언제까지 입봉도 못 하고 이러고 있을 거예요? 후에 들어온 사람들보다 뒤처지는 거 쪽팔리지 않아요? 실력이 없으면 얼른 관두고 다른 일 찾아요. 나이만 차다가 이도 저도 안 되는 사람들 나 여럿 봤어요."

여름이 왈칵 눈물을 쏟았다. 서 피디도 당황한 기색이었다. 이 정도 가시 돋친 말에 눈물을 보일 여름이 아니었다. 늘 받아치거나 시원하게 잘못을 사과하는 씩씩한 성격이었다. 여름의 서러운 울음소리를 듣고 경희가 방에서 나왔다.

"여름아, 무슨 일이야? 서 피디, 뭐니?"

"아니…… 저는 그, 틀린 말 한 건 없는데. 우네요, 여름 씨가."

경희가 여름을 데리고 방으로 들어왔다. 그사이 펑펑 눈물을 흘린 여름의 눈이 퉁퉁 부어 있었다.

"틀린 말이 없어요. 서 피디 말이 하나같이 다 맞아요. 전 왜 아직도 이 모양 이 꼴인 걸까요, 선생님."

"여름아, 그래 울어, 좀 울자. 대신 그치면 말해줘. 너 요즘, 무슨 일 있는 거 맞지?"

여름은 한참을 울었다. 속에 있는 먹구름이 비가 되어 쏟아져 내리는 것처럼 엉엉 울고 나니 조금은 후련해졌다. 그리고 조심스럽게 입을 열었다.

"선생님, 그게……."

여름은 경희에게 빠짐없이 털어놓았다. 연남동 빙굴빙굴 빨래방 다이어리에 처음 답글을 남긴 그 순간부터 요정을 찾고 있는 하준 앞에 나서지 못하고 램프 속에 꽁꽁 갇혀 있게 된 지금, 새로운 요정이 여덟 시에 나타난다고 한 일까지. 경희는 여름의 이야기를 가만히 들어주다가 등을 쓸어주었다. 눈물이 여름의 뺨을 타고 흘러 바닥에 토독 토독 떨어졌다.

"저 원래 이런 성격 아닌데…… 제가 너무 작은 사람 같아요. 제가 너무 작아져요. 볼품없어 보여요. 그 사람 앞에서 뭘 내세워야 할지도 모르겠어요. 그래서 이렇게 숨어 있는데 숨어 있다고 괜찮은 것도 아니에요. 내가 왜 계속 숨어야만 하는지 나는 왜 나를 밝히지 못하는지 제 자신한테 화가 나요. 또 나한테 미안해요……."

여름을 지그시 보던 경희가 따뜻하게 말했다.

"아직 작가가 안 된 네 모습이 영 네 맘엔 안 들어? 내가 아는 한여름 맞니? 이름값 참 못 하네, 오늘. 내가 아는 넌, 누구보다 뜨거운 사람인데. 뜨겁게 달려가. 그리고 말해. 네가 한여름이고 네가 그 요정이라고!"

어깨를 들썩이며 눈물을 흘리던 여름이 손바닥으로 얼굴을 닦아냈다.

"저 같은 요정이 어디 있겠어요."

"너 같은 사람을 요정이라고 하는 거야. 보면 기분이 좋아지는 사람. 그게 요정이 아니면 뭐니. 얼른 가! 한여름."

경희는 자신이 다시 돌아가지 못할 그 시절 그 순간에 두고 왔던 남자를 떠올리며 여름을 부추겼다. 여름도 나이가 들어 본인처럼 하얀 옷과 하얀 노트북 하얀색에 집착하게 하고 싶지 않았다.

◎ ◎ ◎

여름이 경희 앞에서 눈물을 쏟는 동안 하준은 버스킹을 준비하고 있었다. 하준이 대형 기획사와 계약을 하면서 필사적으로 사수한 조건은 바로 연애였다. 그것에 터치하지 않는 것. 하지만 누구보다 사생활 관리를 잘할 테니 자신을 믿어달라는 것이었다. 대표는 탐탁지 않았지만 이미 하준을 아이돌이 아니라 회사의 작곡가 겸 싱어송라이터로 활동시킬 생각이었기에 동의했다.

회사에서 마련해 준 역삼동 오피스텔로 이사를 가던 날에도 하준은 요정을 떠올렸다. 어쩌면 얼굴을 알 것 같은, 어쩌면 이미 마주친 것만 같은, 이제는 없는 번호의 주인인 요정을. 연남동을 떠나면 요정과 더 멀어져 버릴 것 같다는 생각이 들었다.

하준이 타고 있는 차량이 신촌역 근처 공영 주차장에 세워졌다. 기타 조율을 하는 하준의 손이 가늘게 떨렸다. 그녀가 나타나 준다니……. 어쩌면 자신보다 더 큰 용기를 내준 그녀에게 고마운 마음이 들었다. 약속한 여덟 시까지 십 분밖에 남질 않았다. 처음 기타를 잡았던 그날처럼 심장이 두근거렸다.

유튜브에 버스킹을 예고한 하준의 영상을 본 팬들은 이미 신촌 연세로 거리를 꽉 채울 만큼 몰려들었다. 모두 신촌역 3번 출구 앞을 둘러싸고 여덟 시가 되기를 기다리고 있었다. 차 안에서도 사람들의 웅성거림이 들려왔다. 아직 오 분이 남았지만 요정보다 먼저 그 자리에 있고 싶어서 하준이 차에서 내렸다. 늘 그랬던 것처럼 어깨에는 기타를 메고 한 손에는 앰프를 들고 등장하는 하준을 보고 사람들은 환호성을 질렀다.

능숙하게 버스킹 장치를 세팅하고 마른침을 한 번 삼킨 뒤 하준이 입을 열었다.

"여러분, 지금 몇 시죠?"

휴대폰 동영상 녹화 버튼을 누르고 무대를 기다리고 있던 사람들이 동시에 외쳤다.

"일곱 시 오십구 분이요!"

다시 심호흡을 크게 한 뒤 하준이 말했다.

"여덟 시에 노래 시작하겠습니다."

하준을 둘러싼 사람들은 환호성과 박수를 동시에 보냈다. 그리고 모두 한마음으로 요정을 기다렸다. "여덟 시에 나타나겠지? 진짜 요정처럼 예쁜 거 아니야?" 사람들의 웅성거림이 하준의 귓가에도 닿았다.

'제발 나타나 줘요. 나타나지 않아도 좋아요. 내 번호는 그대로니까 연락해 줘요.' 하준이 마음속으로 혼잣말을 내뱉었다. 그리고 여덟 시 정각이 되었다. 하준이 부드럽게 기타 줄을 쓸어내렸다. 그녀를 떠올리며 만든 노래를 부르기 시작했다. 주변이 조용해졌다. 노래가 후렴구를 지나도록 요정이라고 할 만한 여자는 나타나지 않았다. 사람들은 누군가가 장난친 거 아니냐며 실망스럽다는 듯 두리번거렸다. 그때, 하늘거리는 하얀 원피스를 입고 허리까지 오는 긴 생머리를 한 하얀 얼굴의 여자가 다가왔다. 누가 봐도 요정 그 자체였다.

"저 오래 기다렸어요? 반가워요."

노래를 멈춘 하준에게 여자가 손을 내밀어 악수를 청했다. 하준은 잠시 멍하니 여자를 바라보았다. 그리고 눈을 감고 숨을 깊게 들이쉬었다. 얕은 바람이 불어왔다. 하준은 더 깊게 숨을 들이마셨다. 여자는 의아하다는 듯 다시 입을 열었다.

"안 반가워요? 나예요."

싱긋 웃는 여자를 보고 하준의 얼굴이 굳었다. 자신을 요정이라고 속이며 이 연극까지 꾸민 여자는 불안한 티를 내지 않기 위해 더 싱긋 웃어 보였다. 그 순간, 앞이 보이지 않을 정도의 장대비가 쏟아졌다. 갑작스러운 비에 당황한 사람들은 모두 손으로 머리를 가리고 지하철 출구 쪽으로 몸을 피하거나 서점 앞에 서서 비를 피했다. 비는 점점 더 세차게 내렸다.

그때 한 여자가 하준의 앞으로 다가왔다. 비 오는 날이면 더 구불거리는 곱슬머리를 하고서, 비엔나소시지가 누워 있는 것처럼 퉁퉁 부은 눈을 하고서, 화장기 하나 없는 민얼굴을 하고서, 비에 다 젖은 청바지에 우중충한 회색 티셔츠를 입고서 여름이 하준의 앞에 섰다.

하준이 여름을 보고 환하게 웃자 사람들은 고개를 갸웃했다. 후줄근한 차림의 여름을 보고 수군거렸다. 큰 결심을 하고 이곳까지 뛰어온 여름이 다시 작아졌다. 하준에게 자신을 당당하게 밝힐 수 있을 거라고 생각했지만 입을 열 수 없었다. 하얀 원피스를 입은 여자가 다시 하준에게 다가왔다. 가방에서 손수건을 꺼내 비에 젖은 하준의 머리를 털어주었다.

하준 앞에 서 있던 여름이 발걸음을 돌렸다. 비가 더 세차게 내렸다. 후두둑. 주변의 모든 소음이 쏴아 내리는 빗소리에 묻혔다. 아무것도 들리지 않았다. 이곳에서 벗어나고 싶었다. '역시 나는 요정과 거리가 멀어. 창피당하기 전에 얼른 돌아가자! 내 자리로! 맨 구석, 보조 작가 한여름 자리로!'

천천히 달리기 시작한 여름의 뒤로 누군가의 발걸음 소리가 들렸다. 여름보다 더 빠른 속도로 빗물을 세차게 밟으면서 하준이 달려왔다. 입고 있던 남방을 벗어 머리 위로 넓게 펼친 하준이 여름의 머리 위로 내리는 비를 막아주었다. 걸음을 멈춘 여름이 하준을 올려다보았다.

"비에 다 젖었네요. 우리 빨래하러 갈래요?"

하준이 싱긋 웃으며 여름에게 물었다.

"네?"

"연남동으로 같이 빨래하러 갈래요?"

의외의 물음에 여름이 다시 한번 물었다.

"네?"

"요정님, 안 들리세요?"

"어, 어떻게 알았어요?"

화들짝 놀란 여름이 하준에게 물었다.

"어떻게 몰라요. 우리한테 같은 냄새 나잖아요. 연남동 빙굴빙굴 빨래방, 그 향이요."

여름이 자신의 옷 냄새를 맡았다. 빨래방 특유의 시그니처 코튼 향이 더 짙게 배어났다.

"언제부터 알았어요?"

동그랗게 눈을 뜬 여름이 귀엽다는 듯 하준이 대답했다.

"오천 원 거슬러 갔을 때는 의심, 더블로 만 원 넣었을 때는 확신이요."

하준은 이미 알고 있었다, 여름이 요정인 것을. 팁 박스에서 오천 원을 거슬러 갔을 때부터 자신과 같은 냄새가 나는 여름을 알아봤다. 그리고 요정이란 곡을 제일 처음 불렀을 때 만 원을 넣는 여름에게서 나는 그 향으로 확신했다. 이 사람이 요정이구나!

여름은 얼떨떨했다. 결국 이 곱슬머리 한 올 한 올도 모두 자신인데 그걸 미워하고 부정하고 부끄러워하고 숨었던 자신이 창피했다. 오 년간 방석이 푹 꺼질 때까지 자리에 앉아 글을 쓴 스스로의 열정을 부정한 것도 부끄러웠다. 그리고 스스로에게 미안했다.

"나라는 거 알고, 실망 안 했어요?"

자신만 하준의 정체를 알고 있는 줄 알았는데 하준도 자신의 성체를 알고 있었다니 약간의 심술이 오른 여름이 뾰로통하게 물었다.

"비가 언제 그치려나. 감기 걸리면 안 되는데."

"말 돌리는 것 봐. 내가 요정인 거 알고 실망했구나!"

여름이 새침하게 눈을 떴다. 하준이 헛기침을 몇 번 하고 입을 열었다.

"우리 같이 걸을래요?"

첫눈이 올 때까지 손톱에 간직하면 사랑이 이루어진다는 봉숭아 물처럼 여름의 뺨이 붉게 물들었다. 둘만의 우산을 쓰고 토독 토독 내리는 빗속으로 두 사람은 걸어갔다.

"근데 우리 진짜 어디 가요?"

"빨래방이요. 빨래해야죠. 옷 다 젖었잖아요."

하준을 여름을, 여름은 하준의 눈동자에 비친 머리가 곱슬거리는 요정을 보며 환하게 웃었다.

3

우
산

지이잉. 카페 테이블 위에 놓여 있던 휴대폰에서 진동이 울렸다. 그 옆에 놓인 투명 포장지에 싸여 있는 장미꽃 한 송이도 덩달아 흔들렸다. 연우가 깜빡거리는 액정 화면을 보았다. 진동은 계속되었다. 연속적으로 메시지가 왔지만 끊임없는 진동에 얼핏 전화가 온 건가 싶기도 했다. 화장실을 간 경호의 휴대폰이 자꾸 울리자 연우의 신경은 온통 테이블 위의 휴대폰으로 쏠렸다.

'누구지? 급한 일인가? 그럼 전화를 할 텐데……. 전화 왔는데 몰랐었나? 혹시 오빠 대학원에서 연락 온 거 아니야?' 연우의 머릿속의 물음표가 느낌표로 바뀌는 순간 아이스 아메리카노가 든 유리컵을 들고 있던 손은 곧장 휴대폰으로 향했다. 액정을 두드리자 비밀번호를 입력하라는 메시지가 나왔다. 연우는 거침없이 둘의 기념일인 비밀번호를 눌렀다. 0505. 비밀번호를 입력하자 곧바로 채팅 창이 보였다. 끊임없이 울리던 메시지의 발신인은 경호의 동기 재만이었다.

－오늘도 호구랑 놀아주고 있냐?

눈앞에 펼쳐진 채딩 칭 말풍선에 심장이 쿵 하고 떨어졌다. 반사적으로 엄지를 움직여 이전 메시지들도 보았다. 호구, 잠자리, 게임 아이템, 헌팅, 클럽, 원나잇까지. 여러 가지 이야기가 오갔고 연우와 함께했던 데이트 후기나 잠자리에 관한 이야기들이 말풍선에 갇혀 공중을 떠돌고 있었다. 연우의 손이 미세하게 떨렸다. 시야가 흐릿해지고 구역질이 올라왔다. 이 메시지를 보낸 게 정말 경호가 맞는지 생각에 잠겼을 때 경호의 목소리가 들렸다.

"야, 정연우, 뭐 하나?"

연우가 보고 있던 휴대폰을 가슴 쪽으로 끌어안았다.

"오빠, 이게 무슨 말이야……. 내가 호구야?"

당황한 얼굴로 휴대폰을 빼앗으려던 경호가 소리쳤다.

"내놔! 왜 남의 휴대폰을 봐!"

앉은 자리에서 몸을 뒤로 피하며 연우가 입술을 바르르 떨었다.

"처음부터 일부러 본 게 아니라, 대학원에서 연락 왔을까 봐……. 연락 못 받으면 안 되니까 그래서 받은 건데……."

"내놔, 내 휴대폰! 왜 남의 걸 함부로 봐? 너 원래 그런 애 아니잖아!"

화가 나 쏘아붙인 몇 마디에 금세 주눅이 든 연우가 곧 휴대폰을 경호에게 빼앗겼다. 경호가 채팅 창과 메시지, 사진첩을 살피면서 연우를 쏘아보았다.

"다른 거 또 뭐 봤어?"

잠시 멍하니 테이블 위에 놓여 있는 장미에 초점을 맞추고 있던 연우가 입을 열었다.

"……보여줘."

"뭘 보여줘. 애들이 장난친 거 가지고!"

괜히 휴대폰만 만지작거리던 경호가 연우의 시선을 피했다.

"장난인지 아닌지는 내가 판단할 테니까 보여달라고!"

연우의 떨리는 목소리가 높아지자 당황한 경호가 달래듯 목소리를 낮췄다.

"애들끼리 장난친 거야. 나는 그냥 보태기만 한 거고. 진짜 의미 없어. 응? 연우야, 너답지 않게 왜 그래. 너 오빠 잘 믿잖아. 아니, 우리 둘은 서로를 믿잖아. 그래서 이렇게 일 년 동안 만난 거잖아, 응? 오빠 봐봐, 화 가라앉히고. 오해야."

오해라고? 오해라고 하기엔 너무나 분명했다. 그가 보낸 메시지들은 사랑이라는 말로 감쌀 수 있는 포장 따위는 전혀 없었다. 연우를 말 그대로 발가벗겨 놓고 이야기하고 있었다. 이를테면 가슴 사이즈가 어떤지 절정에 이르렀을 때는 어떤 소리를 내는지. 연인인 둘만 아는 이야기를 서슴지 않고 말풍선 위에 띄워 보냈다. 대학 선배들 세 명이 들어 있는 방에.

일 년을 만나면서 이렇게 흥분한 연우의 모습을 보지 못했던 경호가 먼저 선수 치듯 입을 열었다.

"오늘, 김 다 샜다, 너 때문에. 내 휴대폰을 왜 봐."

"진짜…… 정말로 대학원에서 급한 연락 온 줄 알고 본 거라고…….."

얼굴을 구기며 한숨을 푹 쉬고 경호가 말했다.

"그냥 집에 갈 거지? 호텔 예약한 건 어떡해? 당일이라 취소도 안 되고. 일주년이라고 호텔로 예약했더니…….. 그냥 가던 모텔이나 갈걸. 괜히 돈 날리게 생겼네."

연우는 자리에서 일어나며 경호를 경멸하는 눈빛으로 쳐다봤다.

"그 돈 내가 줄까?"

"아니, 그 말이 아니고. 네가 지금 괜히 오해해서……."

더 들을 것도 없었다. 연우가 자리를 떠났다. 카페 문을 열고 나가자 장대비가 쏟아지고 있었다. 연우를 쫓아 나온 경호의 손에 장미꽃 한 송이와 살이 두꺼운 검정 장우산이 들려 있었다.

"이거 쓰고 가."

"아니야, 됐어. 그냥 갈게."

빗속으로 뛰어들려는 연우를 붙잡아 세운 경호가 미간을 찌푸렸다.

"그러니까 왜 남의 휴대폰을 봐서 일을 크게 만들어. 네가 안 봤으면 아무 일도 없었을 거고, 우리 예약한 호텔에 가서 케이크에 촛불도 켜고 좋은 시간 보냈을 거 아니야."

"오빠는 지금 내 머릿속에 무슨 생각이 드는지 알아?"

"뭔데."

연우가 여전히 부들부들 떨리는 손을 꼭 쥐고 한 글자씩 또박또박 내뱉었다.

"내가 일 년 동안 만난 사람이 누구였는지도 모르겠어. 복잡하고 무서워. 내가 알던 오빠가 아닌 것 같아. 근데 뭐? 내가 안 봤으면? 아니, 오빠가 그런 말 안 했으면 이런 일도 없었지. 호구랑 놀아주네. 가슴이 작네……. 오빠 휴대폰 줘. 보여 줘. 확인하고 싶어. 내가 다시 읽어보고 싶어."

굵은 빗방울을 뚫고 나오는 연우의 목소리에 경호가 당황한 듯 휴대폰이 들어 있는 바지 주머니를 만졌다. 평소와는 다른 표정의 연우가 경호의 주머니를 잡아끌었다. 무슨 일이 있어도 오늘 확인하고 싶었다. 21세기판 판도라 상자에는 뭐가 담겨 있을지.

지나가던 사람들이 힐끔힐끔 둘을 쳐다보며 수군댔다. 연우는 사람들의 말소리에 아랑곳하지 않고 계속해서 경호를 나그쳤다.

"얼른."

머리가 지끈거린다는 듯 신경질적인 표정을 하며 경호가 말했다.

"아, 쪽팔려."

"그러니까 보여줘. 그냥 휴대폰 한번 보여주면 되잖아."

처음 보는 연우의 단호한 모습에 적잖게 당황한 경호가 더 큰소리쳤다.

"그만하라고 했다! 정연우."

"휴대폰 내놓을 때까지 그만 못 해. 오빠가…… 오빠가 그렇게 큰소리칠 정도로 떳떳하면 보여줄래?"

마지막 말이 끝나기 무섭게 연우가 기습적으로 경호의 주머니에 손을 뻗었고 당황한 경호가 몸을 휘청거렸다. 비가 들이쳐 미끄러워진 바닥에 발목을 살짝 삐긋한 경호가 연우의 어깨를 밀쳤다.

"야, 정연우. 정신 차려."

"지금 나 친 거야?"

"친 게 아니고 너도 봤잖아, 나 넘어질 뻔한 거. 이제 그만하라고. 너 그냥 집에 가. 호텔이고 뭐고 그냥 돈 날렸다고 생각하면 되니까 그냥 가라고."

경호의 입에서 호텔이라는 단어가 나오자 연우의 눈이 다시 한번 번뜩였다.

"……넌 지금도 머릿속에 호텔 생각뿐이야?"

"너? 지금 너라고 했어? 연우야, 너 이런 애 아니잖아. 얌전하고 조신한 여자잖아. 학교 축제 때도 술도 못 마셔서 내가 흑기사 다 해주고. 너 원래 이런 애였어? 이렇게 말 함부로 하는 애였냐고."

"그래, 너! 오빠, 너 정말 나빠."

"알았어, 내가 미안해. 이제 됐지. 그러니까 그만해!"

허공을 보며 씩씩대는 경호를 보고 다시 한번 주머니에 있는 휴대폰을 가져오기 위한 기습을 감행한 연우는 곧장 자신의 몸을 딱딱하고 긴 막대기가 내려치는 것을 느꼈다. 경호의 손에 들려 있던 검정 장우산이었다.

둘이 쓰기에도 충분한 우산이 바닥에 나뒹굴었다. 경호의 손에 들려 있던 곱게 포장된 장미꽃 한 송이도 바닥으로 떨어졌다. 영원한 사랑이라는 꽃말이 무색하게 꽃잎은 빗물에 떨어지고 그마저도 성큼성큼 뒤돌아 가는 경호의 발에 짓밟혀 꽃잎인지 쓰레기 조각인지 알아볼 수 없는 형태가 되어버렸다. 아주 지저분하고 더러웠다.

습한 날씨에 불쾌지수가 구십팔 퍼센트라는 기상청의 예보가 적중한 날이었다. 9월 1일. 초가을이라는 날씨가 무색하게 기온은 치솟았다. 우산에 맞은 팔뚝이 욱신거리고 열감이 느껴졌다. 경호가 떠난 자리에서 멍하니 서 있던 연우가 바닥에 떨어진 우산을 주웠다. 그리고 그 비를 다 맞으며 검정 우산을 질질 끌고 샤인빌 입구까지 걸어갔다. 더 이상 이 우산은 비를 막아주는 물건이 아니었다. 손 대기도 싫은 고물일 뿐이었다.

샤인빌 301호 현관문을 열었다. 경호와 있을 때면 비좁게 느껴졌던 원룸이 텅 빈 것처럼 넓게 느껴졌다. 빗물에 젖은 그대로 들어가 침대 앞에 놓인 러그에 앉았다. 현관 앞에 서 있는 검정 장우산에서 물이 뚝뚝 떨어졌다. 침대 밑에 기대앉아 있던 연우가 몸을 웅크렸다. 여전히 머리 위로 비가 쏟아지는 듯했다. 무릎을 끌어안고 그 위에 머리를 묻었다.

깜깜한 밤이 가고 새벽이 왔다. 한참을 생각하다가 잠이 들

었다가 다시 그 카페 그 의자에 앉아 있는 꿈을 꾸었다가 깨어
나기를 반복했다. 그때 내가 휴대폰을 보지 않았다면 뭐가 달
라졌을까? 연우가 다시 고개를 숙였다. 우산이 몸에 닿는 순
간 들렸던 쩍 소리는 우산살이 부러지는 소리가 아니라 마음
속에 있는 무언가가 갈라진 소리였다.

연우가 주섬주섬 휴대폰을 집어 들었다. 그리고 아무 전화
도 메시지도 없는 액정 화면을 확인했다. 야속하게도 화면 속
에 웃고 있는 경호와 연우의 얼굴이 보였다. 모르겠다. 박경호
란 사람의 진짜 얼굴이 어떤 얼굴인지…… 내가 뭘 그렇게 잘
못했지. 나도 모르게 많이 서운하게 했나. 그래서 친구들한테
이야기하면서 푼 건가. 어쨌든 함부로 휴대폰을 본 건 내 잘못
이니까 내가 사과해야 되는 걸까. 연우의 머릿속이 복잡하게
뒤엉켰다. 배신감으로 구멍 났던 마음이 점점 쓸데없는 자기
반성으로 채워졌다.

연우가 오늘을 위해 아르바이트 월급의 반을 투자해 사 입
은 검정 퍼프 원피스에서도 빗물이 뚝뚝 떨어졌다. 고개를 절
레절레 저었다. 다시 머리가 숙여졌다. 무거웠다. 머리카락도
머릿속도…….

◎ ◎ ◎

개강 첫날, 미대 캠퍼스를 둘러싼 이슈는 단연 연우와 경호의 이별 소식이었다. 처음 둘이 공식적으로 캠퍼스 커플이 되었다고 선언했을 때도 그랬다. 과에 있는 듯 없는 듯 조용했던 연우와 학생회 일이며 각종 행사를 앞에 나서서 도맡아 하는 경호의 조합이 같은 과 사람들에게 신선한 충격으로 다가왔었다. 그런데 그때보다 더 큰 이슈가 생긴 것이다. 바로 둘의 이별. 입에서 입으로 전해진 이별의 이유에 대한 진실, 그 호기심은 마치 이스트를 넣은 반죽처럼 부풀었고 점점 미대의 좁은 건물을 가득 채웠다. 건물 복도를 걸어가던 연우에게까지 그 쉰내 나는 반죽의 냄새가 풍겨왔다.

"진짜 경호 선배 휴대폰 몰래 훔쳐보다 걸렸대? 그래서 차인 거라던데……."

"원래도 의심이 엄청 많았대. 혹시 의부증 아니야? 다른 선배들이 그렇게 말하던데. 경호 선배 밀고 난리도 아니었대. 그러다 쟤도 부딪혔다던데."

평소에 눈인사 정도만 하던 연우와 같은 학번인 동기 둘이 수군거리며 떠들었다.

의부증이라니. 자신에게 의부증이 있었나? 아무리 이별의 이유는 당사자만이 안다지만 주변인들의 입에서 나오는 소리를 참을 수 없었다.

"선배와 내 이야기를 얼마나 알아서 그렇게 말해?"

평소 조용하기로 소문난 연우가 먼저 와서 말을 걸자 동기들이 놀라며 눈을 동그랗게 떴다. 연우는 꼿꼿하게 복도를 가로질러 가며 가방에서 이어폰을 꺼내 귀에 꽂았다. 아무 노래도 나오지 않았다. 세상을 향한 일종의 음 소거 행위였다.

신경을 쓰지 않으려고 했지만 동기 둘이 말한 '다른 선배들'은 분명 경호와 같은 단톡방에 있던 사람들일 거라고 확신했다. 스스로만 떳떳하면 된다고 생각했던 연우가 동기 둘에게 참지 못하고 말을 한 건 나름 애틋했던 일 년의 시간에 똥물을 끼얹은, 그 지저분한 이별의 순간까지도 모두 떠벌렸을 경호의 얇은 입술이 생각났기 때문이다.

연우가 침묵할수록 쉰내 나는 반죽은 점점 더 부풀어갔다. 속은 텅 비고 몸집만 큰 공갈빵 같은 소문은 캠퍼스를 둥실둥실 떠돌았다. 개강 이후 삼 일 뒤 금요일에 열린 이학기 개강 총회를 기점으로 연우는 사람들의 머릿속에서 맞을 만하니까 맞은 여자가 되었다. 단톡방에 있던 사람들이 오죽하면 경호가 연우를 우산으로 때렸겠냐고 술 냄새가 풀풀 풍기는 입으로 떠든 덕분이었다. 그 배경에는 자신들이 말풍선에 실어 보낸, 과 여학생들의 외모 평가와 같은 치졸하고 저급한 이야기들을 들킬까 봐 연우를 아예 이상한 여자로 만들어버리기로 한 얄팍한 수가 있었다는 것을 다른 학생들은 알지 못했다.

이를 알 리 없는 학생들은 연우가 맞았다는 것에 초점을 맞춘 게 아니라 "왜 맞았대?" 또는 "학회장까지 지낸 경호 선배가 왜 때렸대?"라는 화두에 꽂혀 입에서 입으로 지미디의 갖가지 추측을 쏟아냈다. 그리고 늘 이야기의 끝에는 연우의 조용한 성격과 예민한 습관들을 꼬투리 잡으며 함부로 둘의 이별에 판결을 내렸다.

아무 약속도 없는 토요일 저녁, 창문에 빗방울이 부딪혔다. 뉴스에서는 가을 태풍이 오고 있다고 했다. 그날 이후로 연우는 비 오는 날이 싫었다. 우산을 쳐다보는 것도 싫었다. 우산 손잡이를 잡을 때 그 특유의 차가운 재질이 손에 닿을 때면, 자꾸만 카페 앞 그 거리가 생각났다. 경호가 짓밟고 간 꽃잎과 점점 젖어가던 자신과 또 그럼에도 불구하고 계속해서 내리던 굵은 빗방울까지.

연우가 학교 홈페이지에 접속했다. 학번과 비밀번호를 입력하고 로그인하자 재학 관리 카테고리가 열렸다. 그중에 휴학 신청을 클릭했다. 고작 삼 일밖에 안 나간 학교에 휴학계를 내고 싶었다. 일 년 정도 학교를 떠난다면 사람들의 입방아가 멈출까. 아니면 또 새로운 공갈빵의 등장으로 자신의 이야기는 잊힐까 싶었다. 연우가 노트북 모니터에 대고 한숨을 푹 쉬었다. 땅속으로 꺼져가는 기분은 걷잡을 수 없어져 환기가 필요했다.

책상에서 몸을 일으켜 창문을 열었다. 비가 멈추고 바람이 불기 시작했다. 삼 층 창밖으로 보이는 연남동 공원의 나무들이 강한 바람에 이리로 저리로 힘없이 휘청대고 있었다. 방 안에 시원한 바람이 들어오자 한결 기분이 나아졌다. 그래, 나가자. 빨래도 하고 떡볶이도 사 오자. 여기 있다가는 보이지 않는 먹구름에 잡아먹힐 게 뻔하니까.

연우가 다른 옷들까지 눅눅하게 적시는 검정 원피스가 든 빨래 바구니를 챙겨 집을 나섰다.

공원 길 옆에 세워놓은 카페의 입간판들이 바람에 넘어지면서 둔탁한 소리를 냈다.

"쟤 정연우 아니야?"

"맞네, 정연우 맞아."

길을 가던 연우의 걸음을 멈추게 한 건 경호의 단톡방 멤버들이었다. 등 뒤에서 들리는 소리에 연우는 자기도 모르게 뒤를 돌아보았다. 인사를 해야 할지 안 해야 할지 모르겠는 상황이었다. 학교 선배이니 인사는 해야 할 것 같았지만 그렇게 반가운 얼굴들은 아니었으므로 가볍게 고개만 숙였다.

"연우야, 괜찮아? 어제도 학교 안 왔다며. 아니 우리끼리 한 얘기 가지고……. 우리가 단톡방에 무슨 대단한 얘길 한 것도 아니고, 뭘 그거 가지고 그랬어."

다시 몸을 돌려 걷던 연우의 등 뒤에 대고 남자 선배가 말했다. 미동이 없자 옆에 있던 회색 티셔츠를 입은 남자 선배가 말을 덧붙였다.

"그래, 그냥 우리끼리 한 얘기인데. 너 경호가 첫 연애라고 했지? 원래 처음은 다 서툰 거다. 술 당기고 그럼 말해. 우리가 사줄게."

처음 연우를 알아본 선배는 큰 목소리로 연우를 불러 세웠다.

"야! 선배가 말을 하면 좀 듣는 시늉이라도 해야지. 대답이라도 하든지. 우린 다 널 위해서 얘기해 주는 건데."

연우가 걸음을 멈췄다. 단단해진 얼굴 근육 위로 뜨거운 열감이 올라왔다. 회색 티셔츠를 입은 남자 선배도 걸음을 멈추고 말을 이어갔다.

"경호도 좋은 놈이야. 너무 미워하진 마. 솔직히 네 얼굴에 대고 직접 얘기한 것도 아니잖아. 그러게 휴대폰은 왜 뒤졌어. 아무튼 가던 길 잘 가고. 또 보자."

"……."

입을 앙다문 연우가 시선을 피했다. 그리고 멀리서 그들에게 걸어오는 경호가 보였다. 연우가 서둘러 연남동 빙굴빙굴 빨래방을 향해 걸었다. 연애를 할 때는 서로의 자취방이 가까운 게 축복이었지만 이별 후엔 재앙이었다. '우연'과 '마주치다'라는 단어는 그 자체로 설렘을 내포하고 있지만 헤어진 연인과의 우연한 마주침은 아스팔트 위에 누군가가 뱉어놓은 가래를 보는 것처럼 더럽고 불쾌했다.

휴학도 하고 이사도 가야 되나……. 그 사람이 대학원 다니면 계속 여기서 자취할 텐데 그럼 계속 이렇게 불쑥불쑥 마주쳐야 된다고? 그날의 온도와 냄새와 습도 그리고 배신감까지 묻어 있는 것 같은 이 검정 원피스를 한시라도 빨리 세탁기에 넣고 싶었다.

빨래방에 발을 들이자 끓던 속이 차분해졌다. 평소 디퓨저와 향수에 관심이 많던 연우는 이곳에서 나는 냄새가 앰버 라벤더와 코튼 향을 조합한 향이란 걸 알 수 있었다. 이 냄새가 너무 좋아 집 곳곳에도 같은 향의 디퓨저를 놓았지만 여기에서 맡는 냄새와는 달랐다. 이곳에 오면 포근하고 따뜻한 느낌이 들었다. 꼭 '조금 얼룩이 졌으면 어때. 내가 다 깨끗하게 지워 줄게.'라고 말해주는 것 같았다. 그만큼 마음이 편안해지는 곳이었다.

다행히 세탁기 한 대가 비어 있는 덕분에 기다리지 않고 사용할 수 있었다. 세탁기 문을 열고 깜깜한 시간이 배어 있는 검정 원피스를 넣었다. 옷에 묻어 있는 배신감의 무게를 감지하듯 세탁기 통이 좌우로 조금씩 움직이다가 미지근한 온수가 차올랐다. 세탁기 유리창에 비치는 연우의 얼굴에 옅은 미소가 번졌다. 무수히 많은 하얀 거품이 방울방울 올라오자 연우가 조그마한 입술을 움직였다.

"다 깨끗해져라……."

세탁에서 헹굼 모드로 넘어가 빠르게 돌아가는 세탁기를 뒤로하고 창가 쪽에 있는 테이블 앞에 앉았다. 오늘도 연두색 다이어리는 테이블 위에 있었다. 가끔씩 빨래를 기다릴 때 훑어본 다이어리에는 "아, 똥 마렵다. 빨래 언제 끝나." 등과 같은 낙서도 종종 볼 수 있었다. 그래서 연우는 다이어리에 손을 대지 않았다. 소심한 성격 탓인지 갈겨 쓴 낙서라도 남의 이야기를 허락 없이 읽는 것 또한 마음이 불편했기 때문이다.

그런데 오늘은 달랐다. 내뱉지 않아 생기는 불안이 더 컸다. 이 종이라도 붙잡고 하소연하고 싶었다. 꾹 참고 또 참았던 마음이 점점 곪아가고 있었고 제대로 처치해 주지 않으면 곧 염

증이 곪아 터져버릴 것 같았다. 세탁을 마친 원피스를 건조기에 넣고, 연우가 조심스럽게 펜을 들었다. 아무도 내가 쓴 줄모를 테니까. 나라고는 아무도 생각 못 할 테니까⋯⋯. 로또번호를 알려달라는, 갈겨쓴 것 같지만 꽤 진심이 묻어나는 글이 있는 장의 뒷장에 작고 반듯한 글씨를 꾹꾹 눌러썼다. 고민을 쓰면서도 혹시 누군가가 이 글을 읽고 자신을 유추해 낼까봐 고심하며 적어 내려갔다.

일주년 기념일에 제 스스로 판도라의 상자를 열었습니다. 우연히 남자 친구의 휴대폰을 보게 되었어요. 분명 일부러 그런 건 아니었는데. 어쨌든 제가 먼저 판도라의 상자를 열어버렸습니다. 거기에는 제 흉을 보는 말도 있었고 정말 제 남자 친구의 입에서 나온 말이 맞는지 의심스러운 이야기들도 있었어요. 그래서 헤어지게 되었어요.

학교에서 떠도는 소문의 주인공이 된 것도 싫고 학교에 가기도 싫어요. 휴학은 하겠지만 이사는 정말 가기 싫은데⋯⋯ 저는 이 동네가 너무 좋아요. 연트럴파크에 나와 산책을 하며 맡는 풀냄새, 나무 냄새가 좋고 봄에는 벚꽃이 떨어지는 이 길을 혼자 걸으며 홀짝홀짝 핫초코를 마시는 것도 너무 좋습니다. 저는 이제 어떻게 해야 할까요. 판도라의 상자를 연 사람이 저이니, 도망도 제 몫일까요?

혹시 제가 누군지 알 것 같아도 여기에 글을 쓴 건 정말 비밀로 해주셨으면 좋겠습니다. 부탁드려요. 더 이상 가십거리가 되고 싶지 않아요.

마지막 글자를 쓰고 나자 원피스를 넣어두었던 건조기에서 완료 알림음이 울렸다. 한참을 고심한 끝에 쓴 자신의 고민이 또 누군가의 가십거리가 되지 않길 바라며 연우가 다이어리를 가지런하게 닫았다.

건조기에서 원피스를 꺼냈다. 빙굴빙굴 빨래방의 시그니처 향이 따뜻한 섬유 위로 올라왔다. 잠시 코를 묻었다. 옅은 미소가 번진 연우가 유리문을 열고 밖으로 나왔다. 그러자 기다렸다는 듯 후드득후드득 비가 쏟아졌다. 머리 위로 떨어지는 빗방울에 놀란 연우가 다시 빨래방 안으로 들어왔다. 그리고 그 틈에 하얀 몸통 군데군데에 노란 무늬가 있는 고양이 한 마리가 같이 들어왔다.

미야옹. 미야옹.

고양이는 베이지색 컨버스 운동화를 신은 연우의 발목에 얼굴을 비비며 그르렁그르렁 소리를 냈다. 손바닥보다 조금 더 큰 고양이의 보드라운 털에 연우의 기분이 좋아졌다.

"너도 비 피해서 들어온 거야? 엄마는 어디 있어?"

야옹야옹.

고양이의 울음소리는 아기 울음처럼 작고 여리지만 유리 구슬이 부딪치는 것처럼 청아하고 선명했다. 연우가 앉아서 머리를 쓰다듬자 고양이는 라디오 주파수 소리 같은 그르렁 소리를 내며 어느새 무릎 위로 올라와 앉았다. 그리고 연우의 품을 파고들었다.

"혹시 배고프니?"

새끼 고양이들이 먹는 사료와 우유가 따로 있다는 광고를 본 적 있는 연우가 고민을 하기 시작했다.

"그럼 언니랑 가자. 아, 언니인지 누나인지 모르지만 나랑 가자!"

야옹. 야옹.

"음…… 아직 성별은 모르지만, 이름은 메아리 어때? 성은 메, 이름은 아리. 어때? 태풍 메아리가 널 데려다줬으니까."

말을 알아듣는 것처럼 고양이는 까만 눈동자를 반짝 빛내며 울었다. 연우가 급한 대로 아직 건조기의 온기가 남아 있는 검정 원피스를 메아리에게 둘렀다. 따뜻한 느낌이 좋은지 고양이는 더 크게 그르렁 소리를 냈다. 문제는 연우였다. 점점 세차게 내리치는 비를 막아줄 우산이 없었다. 맞고 갈까. 뛰어가면 금방 도착할 것 같은데……. 하나, 둘, 셋! 품에 메아리를 안고 문을 열었다. 차가운 비가 정수리 위로 떨어질 거라고 예감한 순간 연우의 머리 위로 하얀 우산이 펼쳐졌다.

"비가 차가워요. 이제 구월이고, 맞으면 아플 텐데……."

연우가 하얀 우산을 들고 있는 사람의 얼굴을 보았다. 베이지색 블라우스에 슬랙스를 입고 있는 삼십 대 후반의 여자였다. 차분한 말투에서 고상한 분위기가 풍겼다.

"앗, 감사합니다."

"이거 쓰고 가요. 내 작업실은 가까워서 잠깐 비 멈췄을 때 얼른 가면 돼요."

여자는 들고 있던 우산을 건넸다.

"아니요, 정말 감사한데…… 저도 여기 샤인빌이에요. 바로 근처요."

"어머, 샤인빌 살아요? 몇 호요? 반가워요, 제가 거기 임대인인데. 아마 그때 드라마 온에어 중이라 부동산 사장님이 대리로 계약해 줘서 제가 얼굴을 못 봤나 봐요."

"아, 그 드라마 작가님이라는……. 안녕하세요, 저는 301호에 사는 정연우라고 합니다."

"안녕하세요, 저는 오경희예요. 우리 세입자라니까 더 아프면 안 되겠네. 그리고 연우 씨는 둘이잖아요. 이거 쓰고 가요. 둘 다 감기 걸리면 큰일 나요."

경희가 연우의 품에 안겨 있는 고양이 아리를 눈짓으로 가리키며 우산을 건넸다. 흰색 우산이라 그런지 머리 위를 덮고 있어도 답답하다는 느낌이 들지 않았다. 연우는 경희가 건넨 우산의 손잡이를 잡았다. 따듯했다. 손잡이에 남아 있는 경희의 온기가 연우의 손에 전해졌다. 연우가 고개를 숙여 인사했다.

"고맙습니다. 제가 집에 가서 우산 가지고 다시 나올게요. 작가님도 비 맞지 마세요. 감기 걸리시면 큰일 나요."

경희가 입꼬리를 위로 올려 미소 지으며 대답했다.

"아니에요, 나는 여기서 빨래 기다리는 동안 비 구경도 하고 공짜 커피도 한 잔 마시고 하면서 좀 더 있다가 갈 거예요. 얼른 가요. 새끼 고양이 감기 걸리겠어요. 그리고 우산은 선물이 에요."

"제가 받아도 되는 건 아닌 것 같은데……. 정말 감사합니다. 고맙습니다."

코를 찡긋하며 웃어 보이고 빨래방으로 들어가는 경희를 보고 연우도 발걸음을 돌렸다. 우산 손잡이가 따듯했다. 마치 자신의 손을 따듯하게 잡아주는 것 같았다. 걷다가 걸음을 멈춰 다시 한번 경희가 들어간 빨래방을 보았다. 연우의 얼굴 위로 해사한 미소가 번졌다. 정말 좋은 분이네. 따듯해. 어떤 글을 쓰실까? 한번 이름을 검색해 봐야겠다.

○　○　○

　　순한 이름과 달리 밤새 요란한 천둥과 번개를 동반한 태풍 메아리가 한반도에서 점점 더 세력을 키우고 있었다. 아침이 되어도 여전히 세찬 비가 내렸다. 연우는 밖에 나가기 무서웠지만 얼마 동안이나 길에서 지냈는지 모르는 아리의 건강 상태를 확인하기 위해서는 동물 병원에 가야 했다.

　　연우가 침대에 누워 있는 아리에게 말했다.

　　"이제 가볼까?"

　　밤에 주문해도 새벽에 문 앞에 가져다주는 하루 배송 서비스 덕분에 연우는 보라색 동물 이동장을 받을 수 있었다. 매일 맛있는 밥을 먹을 수 있게 해주는 농부 아저씨 다음으로 감사한 사람은 택배 아저씨다. 역시 대한민국. 배달 강국!

　　연우가 이동장 문을 열자 아리가 꼬리를 바짝 세우면서 슬금슬금 이동장 안으로 들어갔다.

　　"아리야, 어디 가는지 알아? 언니랑 다녀오자. 아 참, 내가 언니인지 누나인지도 확인해 보자!"

　　호기심을 보이며 이동장을 탐색하던 아리는 이동장의 문이 닫히자 불안한 듯 짧은 울음을 계속 터트렸다. 연우가 아리를 달래기 위해 무릎 담요로 밖이 안 보이게 이동장을 덮었다. 밤새 고양이 키우는 법에 대한 영상들을 본 덕에 고양이의 불안을 최소화하는 방법도 익혀두었다. 그래서인지 연우는 밤새 경호에 관한 생각 대신 아리와 함께할 앞으로에 대해 생각할 수 있었다. 여러모로 참 고마웠다. 손바닥보다 조금 큰 털북숭이 고양이가 어느새 머릿속을 꽉 채워주다니…….

한 손으로 이동장 손잡이를 잡고 한 손에는 어제 경희가 선물해 준 우산을 들었다. 여전히 경희의 우산 손잡이는 따뜻하게 느껴졌다. 이동장에 담요를 덮어준 덕분인지 택시에서도 얌전하게 있는 아리와 동물 병원에 수월하게 도착할 수 있었다.

연우는 신촌역 앞에 내려 난생처음 동물 병원의 문을 열었다. 어릴 때부터 스물셋인 지금까지 단 한 번도 반려동물을 키워본 적이 없는 연우는 데스크에서 간호사가 준 초진 진료지를 보고 당황했다. 반려동물의 품종, 성별, 나이, 배식 중인 사료, 마지막 건강검진일, 스케일링 횟수, 중성화 여부 등 매우 꼼꼼하게 내용을 적어야 했다. 연우는 어제 마주한 아리에 대해 아무런 정보가 없으므로 간호사에게 말했다.

"어제 길에서 처음 만났어요. 몇 살인지, 성별이 어떻게 되는지는 저도 잘 몰라서요. 이름만 지었는데 그것만 쓰면 되나요?"

"네, 길냥이 입양하신 거죠? 일단 그렇게 체크해서 선생님께 기록지 보내드릴게요. 앉아서 잠시만 기다려주세요."

연우가 대기 의자에 앉자 낯선 공간이라 불안했는지 아리가 울기 시작했다.

미야옹. 야옹야옹.

"아리야, 괜찮아. 어디 아픈 데 없는지 체크만 할 거야. 괜찮아, 무서운 곳 아니야. 여긴 널 치료해 주는 곳이야."

이동장 위를 손으로 살살 두드려주자 아리의 울음소리가 조금 잦아들었다. 진료 순서를 기다리고 있는데 동물 병원 문이 열리고 하얀 진돗개를 데리고 온 할아버지가 들어왔다. 간호사는 반갑다는 얼굴로 인사를 건넸다.

"진돌이 보호자님, 오셨어요. 오늘 건강검진 날인가요?"

"안녕하세요. 네, 오늘 진돌이 건강검진 날이어서 데리고 왔어요."

할아버지가 체크무늬 셔츠 왼쪽에 있는 주머니에서 손수건을 꺼내 머리에 묻은 빗방울을 털어냈다.

"비가 꽤 오는데 걸어오셨어요?"

"아니요, 고맙게도 우리 윗집에 사는 세입자가 차로 데려다줬어요. 덕분에 편하게 왔네요. 바람이 몰아치니까 고 잠깐 사이에도 비가 튀어서……."

"고마운 분이네요. 진돌이 건강검진 접수해 드릴게요. 앉아서 조금만 기다려주세요."

친절한 목소리로 안내를 마친 간호사가 데스크에 있는 컴퓨터 키보드를 두드렸다. 연우가 앉아 있던 대기 의자 한 켠에 장 영감이 앉았다. 진돌이도 장 영감의 다리에 바짝 붙어 의젓하게 앉아서 순서를 기다렸다. 연우가 진돌이를 쳐다보다가 장 영감과 눈이 마주치자 장 영감이 가볍게 눈인사를 했다.

야옹.

아리가 대신 대답이라도 하듯 이동장 안에서 작은 소리를 냈다.

"새끼 고양이인가 봐요."

생각만 해도 귀엽다는 듯 손주를 보는 것처럼 미소를 띤 장 영감이 입을 열었다.

"……네, 어제 길에서 만났어요."

처음 본 사람과 대화를 하는 게 익숙하지 않은 연우가 조심스럽게 대답했다.

"고양이는 고양이 스스로 주인을 선택한다는데, 어제 간택을 당했군요!"

"간택이요?"

"요즘 길냥이 키우는 젊은 사람들이 그런 말을 많이 쓰더라고요."

작고 조그마한 솜뭉치 같은 아리가 정말 주인으로 자신을 선택한 걸까 싶어 연우는 괜히 더 신기하고 기분이 좋아졌다. 연우의 입가에 작은 미소가 떠올랐다.

"예전에는 강아지나 고양이를 애완동물이라고 불렀어요. 사람에게 즐거움을 주기 위해 기르는 동물이라는 뜻으로. 근데 이제 그 말을 쓰면 아주 무식한 꼰대라는 말 들어요. 강아지나 고양이는 반려동물이니까요. 반려동물의 한자가 짝, 반 자에 벗, 려 자를 쓰는데, 짝이자 동반자이자 벗이라는 뜻인 거죠, 서로 의지하는. 둘이 한번 좋은 친구가 되어봐요."

좋은 친구? 여태껏 제대로 된 친구 한 명 없었던 연우는 친구라는 표현이 어색했지만 좋았다. 다시 한번 신기한 인연이라고 생각하며 아리를 쓰다듬는 연우를 간호사가 불렀다.

"아리 보호자님, 일 진료실로 들어가세요."

진료실에는 파란색 수술복을 입고 있는 남자 수의사가 앉아 있었다. 하얀 얼굴에 가지런히 넘긴 머리가 잘 어울렸다.

"안녕하세요. 어제 길에서 만나셨다고요? 먼저 아리를 좀 만나볼까요?"

낮은 음성이었지만 다정하고 친절했다. 신뢰감을 느끼게 해주는 수의사 덕분에 낯선 공간에 둘이 있는 게 불편했던 연우도 곧 마음을 편하게 가질 수 있었다. 아기를 달래듯 "괜찮아,

괜찮아." 하고 말하며 아리의 이빨과 귀를 살펴보는 수의사를 보며 연우는 지금 태풍의 한가운데에 있다는 사실을 잠시 잊었다.

아리는 수컷이었고 생후 2개월 정도로 보인다고 했다. 아마도 길고양이인 엄마를 잃어버렸거나 새끼 중에 가장 약해서 어미 고양이가 아리를 두고 간 것일 수도 있다는 말도 했다. 귀도, 이빨도 피부 상태도 모두 양호하다고 하며 새끼 고양이의 사료와 우유는 간호사가 알려줄 것이라고 말했다.

진료를 마치고 대기실로 나왔을 때 진돌이와 장 영감은 없었다. 대신에 털이 복슬복슬한 하얀 비숑과 귀가 쫑긋한 웰시코기를 데리고 온 보호자들이 각각 대기 의자에 앉아 있었다.

연우는 진돌이 주인 할아버지에게 제대로 인사를 못 한 것이 못내 마음에 걸렸다. 좋은 친구가 되어 보라는 덕담을 해주셨는데 감사하다는 인사도 드리지 못했네. 다음에 또 뵐 기회가 있으면 좋겠다. 진돌이의 얼굴을 떠올리며 개와 고양이가 친구가 될 수 있을지 생각하던 연우를 간호사가 불렀다. 새끼 고양이 사료와 우유 그리고 오늘의 진료비를 결제하면 된다고 했다.

반려동물은 마음으로 낳아 지갑으로 기른다고 하던데, 얼마나 나왔으려나. 슬쩍 긴장감이 몰려온 연우가 생각보다 적은 진료 금액을 보고 눈을 동그랗게 떴다.

"이 금액이 맞아요?"

"네, 저희 원장님이 길냥이나 유기견 데려오시면 초진은 그렇게 봐주세요. 덜컥 만난 아이들한테 좋은 보호자가 되려는 분들인데 덜컥 겁주기 싫으시다고요. 대신 아파서 오면 비싸니까 아프지 않게 잘 돌봐주세요."

간호사가 싱긋 웃고는 결제가 끝난 연우의 카드를 돌려주었다.

집에 온 연우가 이동장을 열자 기다렸다는 듯 아리가 튀어나왔다. 몸이 찌뿌둥하다는 것을 표현하듯 두 앞발을 쭉 늘려 기지개를 켜고 머리를 몇 번 털면서 다시 탐색의 시간을 가졌다. 아리는 침대와 러그의 냄새를 조심스럽게 맡은 다음 연우의 다리에 얼굴을 비볐다.

갸르릉 갸르릉.

"기분 좋아졌어? 이제 안심이 된 거야? 언니가 우유 줄게. 앗! 아니, 누나가 우유 줄게."

그릇에 우유를 따라 주자 아리가 새끼손톱보다 작은 분홍색 혀를 내밀고 열심히 할짝거렸다. 이 귀여움은 그냥 넘길 수가 없지. 연우가 책상에서 두꺼운 질감의 스케치 노트를 꺼냈다. 눈썹을 그리는 아이브로우 펜슬과 브러쉬 사이에 꽂혀 있는

4B연필도 뽑아와 쓱쓱 그림을 그리기 시작했다. 곡선 하나를 먼저 그려놓고 선에 선을 더하자 우유를 핥고 있는 아리가 순식간에 완성되었다. 뿌듯한 얼굴을 한 연우가 아리를 보며 싱긋 웃어 보였다.

"이거 너야, 아리야. 마음에 들어?"

연우가 서랍에서 주황색 마스킹 테이프를 꺼내 책장 벽에 아리의 그림을 붙여놓았다.

"꼭 사진 같다. 너무 똑같은데?"

아리도 마음에 드는지 빙그르르 굴렀다. 코 옆으로 보이는 작은 수염과 턱 밑에 조그맣게 자라난 수염까지 섬세하게 그린 그림이었다. 아? 나 미대생이었지? 휴학계를 던져놓고 자체 휴강을 하며 공강을 포함해 삼 일째 학교에 가지 않는 상태였지만 다시 연필이 잡고 싶어졌다. 유화 냄새가 그득하게 나는 작업실에서 캔버스에 붓 터치를 하고 그 위에 다시 역하지만 그림의 마무리가 되는 젯소 칠을 하며 넘어가는 노을을 보던 날이 생각났다.

'물감 냄새 맡고 싶다.' 태풍이 멀어져 잔바람만 부는 창밖을 보며, 연우가 생각에 잠겼다. 연남동 빙굴빙굴 빨래방에 남겨두고 온 내 고민을 누구라도 읽었을까? 하긴 나도 다른 글들에 관심도 없었는데 누가 내 이야기에 귀 기울여 주겠어. 그래도, 그래도 누군가는 읽어보지 않았을까……. 나도 평소에 관심 좀 가져볼걸…….

연우는 침대밑에 작은 몸을 기대어 새근새근 잠을 자고 있는 아리를 확인한 뒤 집을 나섰다. 이제 더는 비가 내리지 않았으므로 연우의 손에는 우산 대신 부모님이 베트남 여행을 다녀오며 사 왔다고 보내준 망고 젤리 한 봉지가 들려 있었다. 엊그제와는 다른 걸음걸이였다. 손에 축축한 검정 원피스를 들고 있지도 않았다. 망고 젤리가 담겨 있는 노란 비닐에는 보기만 해도 입 안에 달콤함이 감도는 망고 그림이 그려져 있었다. 그리고 봉지 위에는 연우의 손 글씨가 쓰여 있는 포스트잇이 붙어 있었다.

누가 내 이야기를 읽어줬다면 이 문제에 정답을 알려준다면, 오랜 시간이 걸릴 것 같은 이 시간을 끝내준다면, 참 좋겠다. 연우가 더욱 힘차게 발을 내디뎠다. 그곳에 가면 이 모든 문제를 풀어줄 열쇠가 있을 것 같았다.

연우가 땅에 도장을 찍듯 꾹꾹 힘주어 연남동 빙굴빙굴 빨래방에 오고 있을 때, 그곳에는 오늘도 하와이를 그리워하며 야자수 티를 입고 기대에 찬 얼굴로 로또 당첨 번호를 확인하는 세웅이 있었다. 밑져야 본전이라며 로또 번호나 알려달라고 쓴 글 밑에 누군가가 번호를 적어놓고 갔었다. 세웅은 이것도 밑져야 본전이라며 그 번호 그대로 로또를 샀다. 그리고 주머니에 로또를 넣어둔 채 까맣게 잊고 지내다가 오늘 세탁기에 옷을 넣기 전에 발견한 것이다! 왠지 예감이 좋았다. 생각지도 못했던 행운이 다가온 것처럼 심장이 먼저 반응했다. 두근두근. 종일 빳빳하게 긴장된 목을 들고 모니터 화면에 어지럽게 돌아가는 숫자를 봐야 하는 적성에도 안 맞는 직장인으로 돌아가지 않아도 될 기회일지도 모른다. 숫자 여섯 개가 인생을 역전시켜 줄지도, 나에게 주신 신의 동아줄일지도……!

숫자 여섯 개가 모두 같았다. 로또에 당첨되었다! 심장이 멎는 것 같았다. 대전에서 게장집을 하고 계신 부모님에게 전화를 걸까 하다가 다른 사람을 떠올렸다. 보이스 피싱에 당한 이백만 원 때문에 창밖으로 뛰어내렸다는 직장 동료의 동생 이야기를 하며, 맨날 돈 때문에 동동거리는 오빠와 연애를 계속하다가는 본인도 그렇게 될지도 모른다고 이별을 고한 전 여자 친구 소영에게 인증샷과 함께 문자를 보냈다. 덕분에 세웅은 매일 밤 유튜브에 보이스 피싱 수법 등을 검색하며 심심하지 않게 시간을 보냈었다.

－오빠 로또 맞았다. 집도 살 수 있어. 우리 이제 기차 여행 말고 퍼스트 타고 하와이도 가자!

전송 버튼을 누르고 세웅이 방방 뛰었다. 왈칵 눈물이 다 났다. 일평생 억센 게 껍질을 손질하느라 찔리고 피 나고 베이며 산 어머니의 짜디짠 손에 쥐여드리고 싶었다. 뛸 듯이 기쁘다는 말을 몸으로 실감하는데 소영에게 답장이 왔다.

　─회차 확인해 봐. 그건 지난 회차 당첨 번호 같은데.

　부웅─ 쿵. 가슴속에서 출발한 하와이행 비행기가 제대로 날지도 못한 채 추락했다. 소영의 말대로 세웅이 들고 있는 로또 회차의 당첨 번호는 달랐다. 안 그래도 지긋지긋하던 숫자가 더욱 꼴 보기 싫어졌다. 숫자 여섯 개에 신이 주신 기회니 뭐니 했던 본인 꼴도 못마땅했다. 인사고과 점수, 연봉, 대출금에 찍힌 숫자에 허우적대던 자신의 모습이 머리를 스쳐 지나갔다. 세웅이 로또 종이를 벅벅 찢었다. 그놈의 숫자. 이젠 내가 너를 떠난다.

　"하, 이게 해답인가 보네. 숫자로부터의 해방. 오늘부터 두 발 쭉 뻗고 잔다! 이 지독한 숫자로부터 나는 해방이다! 하와이 가서 훌라 춤이나 추자! 에라 모르겠다."

　저 멀리 빨래방 유리창 밖에서 한 남자가 우스꽝스러운 훌라 춤을 추며 눈물을 훔치는 세웅을 보고 있었다. 남자는 왼쪽 뺨에 칼에 긁힌 것처럼 긴 상처를 가지고 있었다. 모자를 쓰고 있었지만 상처가 워낙 깊어 한눈에 보였다.

연우가 연남동 빙굴빙굴 빨래방에 도착했을 때는 아무도 없었다. 24시간 문이 열려 있어서인지 사람들은 새벽 시간에도 이곳을 많이 이용하는 것 같았다. 원래 밤길을 무서워하는 연우는 한 번도 늦은 밤에 이곳에 와본 적이 없었지만 이제는 종종 이 시간에 이용해 보고 싶다는 생각도 들었다. 연우는 들고 있던 망고 젤리를 벽면에 있는 커피 머신 옆에 두었다.

하나만 먹어도 기분이 좋아지는 마법의 젤리랍니다.
새끼 고양이 아리가 드립니다용~.

하얀 포스트잇 위에 그린 아리가 윙크를 하고 있는 그림은 더할 나위 없이 귀여웠다. 검정 펜촉으로 부드럽게 그린 곡선, 그 위에 색연필로 군데군데 노랗게 털 색깔을 칠한 모습이 영락없는 코리아 길고양이 아리의 모습이었다. 자신의 그림과 메모를 보고 뿌듯한 표정을 지은 연우가 심호흡을 크게 했다. 이제 보자. 아무것도 없어도 실망하지 말고. 그래, 이제 보자!

테이블 앞에 앉은 연우가 가지런히 놓여 있는 연두색 다이어리를 펼쳤다. 다시 한번 큰 한숨을 내쉬었다. 손으로 종이를 넘길 때마다 설렘과 걱정이 교차했다. 몇 장을 넘기자 연우가 고민을 쓴 장이 나왔다. 함께 고민해 준 흔적이 깃든 긴 손 글씨가 다음 장까지 이어졌다. 꾹꾹 눌러쓴 손 글씨에서 오는 진심에 코끝이 찡했다. 누군가가 자신의 이야기를 들어주고 함께 고민해 준 자체로 너무 감사했다. 그간 입에서 입으로 전해지는 뜬소문만 무성히 몰고 다니던 연우였기에 이런 진심이 더욱 간절했는지도 모른다.

개인 만년필로 쓴 듯 얇은 펜촉으로 쓰인 글씨체는 어른스러운 느낌을 주었다. 모음의 윗부분이 꺾여 있는 고풍스러운 글씨체는 부모님 세대보다 더 나이가 많은 사람의 글씨인 듯 보였다.

혹시 가을에 찾아온 불청객, 태풍 메아리가 다 지나가기 전에 이 글을 보게 될까요? 그렇다면 고개를 들어 창밖을 한번 보세요. 강한 바람에 이리저리 휘둘리는 나무가 보이지요? 백 년을 넘게 산 나무도 바람에 흔들립니다. 그래야 부러지지 않고 꺾이지 않고 살아남아요. 어쩌면 그게 오랜 시간 비바람을 견뎌온 나무들의 지혜일지도 모릅니다.

내가 살던 고향에 아주 큰 미루나무가 있었어요. 미루나무는 잔가지가 많고 이파리들을 많이 만들기로 유명하지요. 크기도 크고 아주 울창해서 다른 나무들을 기죽이곤 했답니다. 하지만 태풍이 한바탕 휘몰아치면 제일 먼저 쓰러지는 놈이 바로 미루나무였어요.

이 나무는 뿌리를 깊게 내리지 못합니다. 잔뿌리들을 옆으로 옆으로 얇고 넓게 펼치는 형태죠. 반면에 우리 동네에서 유독 느리게 자라고 큰 그늘을 빨리 만들지 못했던 밤나무가 있습니다. 미루나무도 넘어갔는데 밤나무라고 괜찮을쏘냐 싶었던 사람들의 생각은 보기 좋게 빗나갔어요. 밤나무는 땅속으로 깊게 깊게 무던히 뿌리를 내린 덕분에 태풍이 와도 이리저리 흔들리기만 할 뿐 그 자리에서 더 오랜 시간 마을을 지켜주었답니다.

우리의 쉼터가 되어주기도 하고, 가끔은 첫사랑과 헤어진 남자 아이들이 몰래 가서 그 나무 아래에서 울기도 했지요. 그러다 설익은 밤송이 하나가 '예끼, 이놈아. 정신 차리고 공부나 해라.' 하고 떨어지는 바람에 밤송이에 머리를 맞고 병원에 실려 가는 남자들도 종종 있었지만요. 밤나무는 조그마했고 천천히 자랐지만 그 나무는 오래도록 그 자리에 있었습니다. 몇 번의 여름, 몇 번의 태풍이 지나간 후에도 말이지요.

글쓴이의 비밀이 탄로 날까 걱정된다고 하시어, 제 비밀도 하나 알려드리지요. 저도 그 밤나무 아래에서 참으로 길게 울었던 적이 있습니다. 가난했던 집 장남으로 태어나 밑으로 동생들이 줄줄이 있었던 저는 연필이 딱 한 자루 있었습니다. 그래서 매일 학교를 늦게 갔지요. 가방 속 철 필통에서 달랑달랑 소리를 내는 요란한 연필 한 자루 소리가 너무 부끄러워서요. 그래서 매일 늦는다며 '막

차'라는 별명도 얻고 선생님에게 많이 혼났습니다. 그래도 어쩔 수 없었어요. 걸을 때마다 달그락달그락 나는 그 소리가 얼마나 창피한지, 걸음을 뗄 때마다 얼굴이 학교 가는 길에 있던 나무에 매달린 사과보다 붉어졌으니까요. 그때는 그 가난이 너무 서러워서 밤나무 아래에서 참으로 많이 울었습니다.

글쓴이의 고민을 읽다 보니 이렇게 우리의 비밀을 간직해 주었던, 또 가을에는 밤 열매를 보내주어 단맛까지 주었던 그 나무가 생각이 납니다. 얕잡아 봤지만 결국 더 깊게 뿌리를 박고 있던 밤나무가요. 그 아래에서 울었던 소년이었던 제 모습도 떠오르네요.

언젠가는 글쓴이도 이렇게 지나가는 바람을 기억하는 날이 올 겁니다. 이 동네가 좋다면 무던히 뿌리를 내려보세요. 연남동에서 가장 가지가 곧고 단단한 나무가 될 겁니다! 큰바람이든 작은 바람이든 어차피 버티면 지나갈 바람일 뿐이니까요.

머릿속을 덮고 있던 안개가 모두 걷힌 기분이었다. 연우가 정성스러운 글자가 빼곡히 적힌 종이를 손으로 쓸어내렸다. 감사했다. 마음이 찡했다. 고작 망고 젤리가 아니라 진짜 망고라도 선물하고 싶은 심정이었다.

고개를 들어 창밖을 보자, 바람에 이리저리 나무가 흔들리고 있었다. 바람에 머리채를 잡힌 듯 휘둘리는 모습이 자신과도 같아 바보 같기도 했지만 다이어리에 누군가가 써준 말대로 뿌리를 내리는 과정이라고 생각해 보기로 했다. 그렇게 다짐하니 이름을 알 수 없는 여러 가지 마음이 얹혀 체한 듯 더부룩한 속이 뚫리는 것 같았다. 역시 모든 건 마음의 문제였다.

흐렸던 시야가 선명해졌다. 흔들리는 나무를 보고 연우가 혼잣말을 했다.

"너는 뿌리를 깊게 내린 거니, 아니면 뿌리를 내리고 있는 중인 거니. 맞아, 어차피 버티면 지나갈 바람일 뿐인데. 오늘까지만 잘 버텨보자."

어제보다 조금 커진 목소리를 냈다. 그리고 종이를 넘겼다. 다음 장에는 필기체로 갈겨쓴 것 같지만 글씨 자체를 굉장히 많이 써본 사람의 글씨체처럼 보이는 글자가 띄엄띄엄 이어졌다. 띄어쓰기 간격이 다른 사람보다 두 배는 넓었고 시원시원하게 한 번에 쭉 이어서 쓴 글이 연우를 끌어당기는 것 같았다.

글쓴이의 잘못이 아니에요, 절대로. 그건 판도라의 상자가 아니에요. 연인 사이를 갈라놓을 이야기를 담아놓은 상자는 그냥 쓰레기통인 거죠. 글쓴이가 냄새나는 쓰레기통을 열어본 거라고 생각하세요. 함께 만들었던 좋은 기억도 나쁜 기억도 여기 세탁기에 넣고 돌려버린다 생각해요. 말끔하게 지워질 거예요. 벅차면 그냥 하루에 하나씩 잊어가 봐요. 기회가 된다면 내가 뜨거운 핫초코 한 잔 사주고 싶네요!

"감사합니다. 정말 고맙습니다, 두 분 모두."

얼굴도 모르는 누군가에게 듣는 위로가 이렇게 큰 힘이 될 줄 몰랐다. 이럴 줄 알았다면 조금 더 빨리 연남동 빙글빙글 빨래방의 다이어리를 펼쳤을 것이다. 그 위에 한 글자 한 글자 고민을 눌러썼을 것이다. 경호와의 일 이후 마음속 어딘가가 쩍 갈라졌었다면 그 틈에 새살이 돋아나는 것 같았다. 그 갈라진 틈을 메우는 새살이 조금씩 애처롭게 무언가가 피어나듯 그 안을 채워가고 있다는 확신이 들었다. 이렇게 좋은 고민 상담소가 또 있을까? 언제부터 시작된 거지? 이 다이어리 주인이 처음 시작한 건가? 어떻게 연두색 다이어리가 이곳에 뿌리를 내렸는지는 모르겠지만 여기에 고민을 적을 수 있는 건 행운이었다.

올 때와는 달라진 연우였다. 스스로 세탁기에 들어갔다 나온 것처럼 새로운 사람이 된 것 같았다. 배신감과 쓸데없는 자책감이 달라붙어 있는 검정 원피스를 입은 채 축 처진 연우는 없었다. 식도에서 느껴지던 메스꺼움도 사라졌다. 얼른 집으로 가고 싶었다. 빨래방이 선물해 준 아리의 보드라운 털을 쓰다듬고 싶었다.

◎ ◎ ◎

샤인빌 공동 현관 앞에 선 연우가 파란색 로비 폰에 비밀번호를 입력했다. 네 자리 숫자를 입력하자 자동문이 열렸다. 바로 엘리베이터에 탄 연우가 동그란 3층 버튼을 눌렀다. 아리야, 누나 거의 다 왔어. 문을 열면 다리에 보드라운 털 뭉치를 비비며 골골송을 불러줄 아리의 모습을 기대했다.

엘리베이터의 문이 열렸다. 잔뜩 부푼 마음을 안고 있는 연우를 기다리고 있는 건 아리가 아닌 경호였다. 그의 손에는 검정 장우산이 들려 있었다.

"연우야……."

"여긴 무슨 일이야?"

"이렇게 못 끝내겠어. 나 너한테 그렇게 나쁜 사람이었니? 아니잖아. 우리 오해로 헤어진 거잖아."

아리가 기다리고 있을 301호의 문 앞에서 몸이 바닥에 달라붙은 듯 움직이지 않았다. 얼굴 근육도 굳어 목소리도 제대로 나오지 않았다.

"오빠한테…… 술, 술 냄새 나."

"연우 네가 너무 보고 싶어서 한잔 마셨어. 우리 이렇게 끝내야 돼? 일단 들어가서 이야기하자."

경호가 도어 록을 손으로 쓸어 올리자 까맣게 암전되었던 숫자 번호판에 불빛이 들어왔다. 놀란 연우가 황급히 소리쳤다.

"열지 마!"

"오빠 지금 서 있는 것도 너무 힘들어. 너 때문에 술 진짜 많이 마셨어, 너 잊기 너무 힘들어서. 그러니까 들어가서 얘기하자. 잠깐만 눕자."

경호가 도어 록 위에 숫자 버튼을 누르자 연우가 더 큰 목소리로 소리쳤다.

"열지 말라니까!"

큰 목소리와는 다르게 작은 몸을 부르르 떨면서 눈을 질끈 감는 연우의 모습을 보고 경호는 표정을 바꿨다.

"집에 누구 있어? 너 벌써 다른 남자 만나?"

그의 목구멍을 거쳐 입으로 쏟아져 나오는 말이 너무도 역겨워서 연우가 고개를 저었다. 인상을 쓴 연우의 얼굴을 보고 그가 다시 입을 열었다.

"하, 정연우. 헤어진 지 얼마나 됐다고 집에 다른 남자를 들였냐? 문 열어봐."

"제발, 가……."

힘없는 연우의 목소리 뒤로 문 너머에 있는 아리의 울음소리가 들렸다. 야옹야옹. 연우가 문 앞에 있다는 걸 알고 있는지 아리는 더욱 크게 울었다. 목소리가 점점 크고 가까워지는 걸 보니 바로 문 앞에서 울고 있는 것 같았다. 얼른 집으로 들어가 아리를 달래줘야 했다. 경호가 막무가내로 도어 록의 비밀번호를 눌렀다.

연우가 황급히 손을 뻗어 그의 손을 치웠다. 그때 계단에서 누군가가 올라왔다.

"저 밑에 사는 201호인데요, 혹시 무슨 일 있습니까?"

야자수 잎이 큼지막하게 그려진 민소매 티셔츠를 입고 있는 남자, 세웅이었다. 세웅과는 오다가다 마주칠 때 인사를 나누었던 기억이 있었다. 연우가 남자를 돌아봤을 때, 301호 연우의 집 문이 열렸다. 그리고 그 작게 벌어진 틈으로 아리가 나왔다. 문 앞에 나온 아리를 보고 깜짝 놀란 경호가 소리쳤다.

"악, 이거 뭐야! 쥐야?"

큰 소리를 내고 이리저리 뛰며 발버둥을 치는 경호 때문에 놀란 아리가 머리 위로 떨어지는 경호의 발을 피했다. 찰나에 밖으로 나온 작은 아리를 보고 놀란 연우가 아리를 향해 몸을 숙였지만, 발을 쿵쿵 구르며 큰 소리를 내는 경호를 피해 아리는 허겁지겁 계단 밑으로 빠르게 뛰어갔다.

"아리야!"

고양이는 큰 소리에 놀라고 흥분할 수 있으니 침착하게 다가가야 한다는 어느 유튜버의 가르침 따위는 떠오르지 않았다. 계단 밑으로 쏜살같이 내려가는 아리를 보고 연우가 소리쳤다. 계단에서 의심 반 걱정 반인 얼굴로 서 있던 세웅도 지나가는 아리를 잡지 못했다. 아리는 허겁지겁 조그마한 몸을 숨길 쥐구멍을 찾아서 잽싸게 뛰어가 버렸다.

연우가 아리를 따라 계단을 내려갔지만 아리는 더욱더 빠르게 발을 굴렀다. 피할 곳을 찾지 못하고 공동 현관 앞에서 바들바들 떨고 있던 아리에게 연우가 다가가자 야속한 자동문은 사람을 인식하고 문을 열어주었다. 아주 친절하게.

스르륵 열린 자동문 밖으로 아리가 멀리 달아났다. 연우가 곧장 따라갔지만 아리는 주먹만 한 엉덩이를 씰룩씰룩 움직이더니 곧장 필로티 주차장과 이어진 담벼락으로 뛰어올라 옆 건물로 몸을 옮겼다. 연우가 계속해서 아리의 뒤를 따라갔지만 역부족이었다. 그렇게 공원 앞에 있는 골목 두 개를 지나고 아리는 완전히 모습을 숨겨버렸다.

"아리야, 언니야. 아니 누나야. 아리야, 나와봐. 츄르 줄게. 야옹. 아리야."

해가 완전히 기울어 캄캄한 밤이 되었다. 얼마나 불렀는지 연우가 쉰 목소리로 불러보았지만 아리는 반응이 없었다. 어제와는 다르게 쌀쌀해진 날씨가 걱정이었다. 아직 아기인데, 감기라도 걸리면 어떡하지. 아니 영영 못 찾으면 어떡하지.

아리를 마지막으로 본 곳인 빌라 틈을 향해 아리를 불렀다. 너의 이름처럼 메아리쳐 줘, 아리야. 소리 내줘, 제발! 연우가 새끼 고양이가 숨을 만한 좁은 벽틈을 훑어보는 동안, 옷에는 며칠 동안 태풍에 고여 있던 더러운 빗물이 묻어 거뭇한 얼룩이 남았다. 열두 시가 넘은 시간이었다. 허기가 졌다. 하지만 목구멍으로 음식물을 넘기고 싶다는 생각이 들지 않았다. 아니 아무 생각도 나지 않았다. 아리야, 넌 지금 대체 어디 있니. 한숨밖에 나오지 않았다. 박경호 때문에 아리를 잃어버렸어. 연우의 머리가 지끈거렸다. 한 번도 그에게 사과받을 생각을 한 적이 없다. 자신 때문에 일주년 기념일을 망치게 되었고 휴대폰을 본 것도 자신의 잘못이라고 생각했다. 하지만 점점 화가 치밀었다. 이 기분이라면 세탁기가 아니라 쓰레기통에 넣어버릴 연애의 기억이라고 생각했다.

연우는 집에 도착해 도어 록 비밀번호부터 바꿨다. 아리가 돌아오길 바라는 간절한 마음을 담아 비밀번호는 아리와 처음 만난 날짜로 지정했다. 생각해 보니 소름 돋는 일이었다. '집'

이라는 공간은 오롯이 자신 혼자 지내는 공간인데 무슨 생각으로 헤어진 남자 친구가 알고 있는 비밀번호를 버젓이 사용하고 있었나 얼굴을 꼬집었다.

미련해, 바보 같아, 정연우. 혼자 고개를 절레절레 젓고 침대에 몸을 뉘었다. 더러운 옷차림 그대로였다. 베개에 몸을 둥글게 말아 누워 있던 아리가 생각났다. "오늘 밤에 꼭 돌아와 줘, 아리야." 연우가 눈을 감고 간절한 마음으로 말했다.

눈을 떴을 때, 연우의 시선이 현관으로 향했다. 무언가 허전했다. 살이 부러진 검정 장우산이 없어졌다. 휴대폰 진동이 울렸다. 경호에게서 온 메시지였다.

—들어간 김에 내 물건들 챙겨 왔어. 우산이랑, 면도기, 에어프라이어. 너 에어프라이어 없어서 피자 못 해 먹는다고 해서 우리 집에 있던 거 가져갔던 거 기억나지? 서로 잊고 잘 살자. 학교 휴학할 거라고 들었는데 잘 쉬고.

이게 무슨 말인가? 에어프라이어는 우리 집에 두고 쓰라고 인심 쓰듯 말하며 가져왔던 거 아니었나? 그마저도 새것도 아니고 이미 일 년 이상 자기 집에서 썼던 거라 눌어붙은 기름때를 빡빡 문질러 새것 만들어놨더니 그걸 가져가네. 연우가 고개를 저었다. 다시 생각해도 좋은 기억 따위는 만들 줄 모르는 남자였다.

연우가 혀를 끌끌 찼다. 일 년 동안 만나면서 그가 한심하다거나 못나 보였던 적은 없었다. 이래서 어른들이 사람은 끝이 좋아야 한다고 말하나 보다 싶었다. 짜증 섞인 도리질을 하고 난 뒤 칠십만 명이 넘는 회원을 보유한 고양이 관련 카페에 가입했다. 혹시나 아리를 보았다고 하는 사람이 있지는 않을까 하는 생각이 들었다. 하지만 오늘 올라온 글은 없었다. 연우가 다시 천천히 유기 동물 게시판을 살펴보았지만 아리의 흔적은 찾지 못했다.

고양이를 잃어버렸다고 글을 게시하려고 했지만 아리의 사진이 없었다. 급한 대로 책장에 붙여놓은 직접 그린 아리의 그림을 찍어 게시하였다.

생후 2개월 노란 치즈 새끼 고양이를 잃어버렸습니다.

이름 : 메아리 (보통 아리라고 불렀습니다.)

성별 : 수컷

특징 : 사람을 잘 따르고 야옹야옹 소리를 잘 냅니다.

잃어버린 곳 : 연트럴파크 주변, 연남동 주민 센터 방면입니다.

목격하시거나 보호하고 계신 분은 꼭 연락 부탁드립니다.

꼭꼭 부탁드립니다.

연락처 : 010-****-****

양식에 맞게 글을 작성하였다. 연우는 포털 사이트에 잃어버린 고양이 찾는 법과 같은 내용을 검색하다가 우연히 잃어버린 고양이를 찾아준다는 고양이 탐정이라는 직업도 알게 되었다. 일단 글을 올렸으니까 사흘 동안 연락이 없으면 그곳에 의뢰해 볼 생각이었다.

포털 사이트 메인에 "길고양이 학대 후 담벼락에 매달아 놓은 범인 오리무중"이라는 기사가 올라와 있었다. 심장이 두근거려 차마 모자이크되어 있는 고양이의 사진을 클릭해 볼 수 없었다. 순식간에 불안한 기운이 파도치듯 연우를 휩쓸었다. 머릿속에서 고양이 학대 뉴스가 긴 필름처럼 펼쳐졌고, 곧이어 파도처럼 밀려오던 불안은 집채만 한 해일이 되어 연우를 덮쳤다.

연우는 지푸라기라도 잡는 심정으로 동물 병원에 전화를 걸었다.

"여보세요? 안녕하세요. 저 아리 보호자인데요……."

"네, 안녕하세요."

다행히 그 동물 병원은 24시간 응급실을 운영하고 있어서인지 새벽 시간인데도 응답이 빨랐다.

"저, 혹시 그때 아리 봐주셨던 수의사 선생님 계신가요?"

"잠시만요. 반려동물하고 보호자 이름 다시 알려주세요."

간호사는 처음 아리의 진료를 보았을 때보다 사무적인 말투로 물었다.

"고양이고요, 이름은 메아리. 보호자 이름은 정연우예요."

전화기 너머로 키보드 치는 소리가 들렸다. 곧 마우스가 딸깍하는 소리가 몇 번 들린 뒤 간호사가 말했다.

"네, 임재윤 원장님한테 진료 보셨었고…… 차트에는 다른 이상은 없었던 걸로 나오는데 혹시 응급 진료 예정인가요?"

"아니요, 그게 아니고……. 원장님께 도움을 청하고 싶어서요……."

"어떤 도움이요?"

간호사가 당황한 목소리로 되물었다.

"아리를…… 잃어버렸어요."

연우는 아리를 잃어버렸다는 한 문장을 말하기 위해 몇 번이나 눈물을 참고 꾸역꾸역 입을 뗐다.

"잠시만요, 마침 오늘 당직이셔서 전화 연결 도와드릴게요."

"감사합니다."

조금 전과는 달리 간호사는 걱정스러운 말투로 수의사와의 통화 연결을 도와주었다. 전화가 연결되는 동안 통화 연결음으로 슈만의 '유모레스크'가 흘러나왔다. 연우는 짧은 시간 동안 수의사에게 말할 내용을 속으로 한 번 더 되뇌어 보았다.

"네, 임재윤 원장입니다. 아리 보호자님 맞으십니까?"

한 번 진료받은 게 전부였지만 지금은 누구보다 믿을 수 있는 사람인 수의사에게 연우는 쉬지 않고 상황을 설명했다. 아리를 잃어버리게 된 과정과 현재 고양이 커뮤니티에 글을 올린 상태까지. 연우가 속으로 외웠던 내용을 토씨 하나 틀리지 않고 다 말했을 때 잠시 침묵이 흘렀다.

"네, 그런 일이 있었군요. 보호자님도 많이 놀라셨겠어요. 아리가 생후 2개월이 갓 넘어서 생존 능력이 그렇게 뛰어나진 않을 거예요. 일단 빨리 찾는 게 급선무인데⋯⋯."

"네, 그래서 저도 얼른 찾고 싶어서 이렇게라도 도움받고 싶어서 밤늦게 정말 죄송해요."

"죄송하긴요. 일단, 고양이들은 집으로 되돌아오는 경우는 드물긴 해요. 그래도 보통은 영역을 쉽게 바꿀 수 없고 강아지처럼 멀리 갈 수 있진 않기 때문에 잃어버린 곳 근처 또는 제일 처음 아리를 발견했던 곳 근처에 있을 확률이 높죠. 아무래도 그 주변이 가장 안전하다고 판단할 수 있기 때문이에요."

"잃어버린 곳 근처 또는 제일 처음 아리를 발견했던 곳이요?"

"네, 보통 고양이를 잃어버렸다가 찾으신 분들이 그 주변에서 제일 많이 발견하시거든요."

"그럼 저희 집이랑 빨래방 근처를 봐야겠네요?"

"빨래방이요?"

"거기서 아리를 제일 처음 만났거든요."

"그럼 그 근방을 우선순위로 두고 한번 찾아보세요. 고양이 카페에도 글 게시하신 거죠?"

"네, 근데 아리 사진이 없어서 제가 그린 그림으로 대신 올렸어요."

"잘하셨어요. 저희 병원 메일로 내용 보내주시면 병원 게시판에도 붙여놓을게요. 아리는 보호자님을 많이 따르고 좋아하니까, 다시 만날 수 있을 거예요. 너무 걱정 마세요. 또 당장 못 찾는다고 너무 실망하시거나 기운 빠지지 마시고요. 꼭 만날 거니까요. 혹시 찾게 되면 연락 한번 주시고요."

"감사합니다. 정말 감사해요. 물어볼 사람이 없어서 너무 답답하고 무서웠는데……."

다정한 수의사의 음성을 들으니 마음이 한결 편안해졌다. 지금 당장 나가서 다시 찾아볼까 싶었지만 슬리퍼를 신고 다니며 여기저기 긁혀 생채기가 나고 퉁퉁 부은 발을 보고, 내일 운동화 끈을 단단히 매고 다시 찾아 나서기로 했다.

동물 병원 홈페이지에 적힌 메일로 아리의 사진과 함께 전단 내용을 보냈다. 혹시 아리를 처음 발견했던 곳에서 찾을 수도 있으니까 연남동 빙굴빙굴 빨래방에도 전단지를 붙여놔야겠다고 생각했다. 연우는 천근만근인 몸을 일으켜 책상 앞에 앉았다. 노트북을 열고 포토샵 프로그램을 켠 뒤 "고양이를 찾습니다."라는 문장으로 시작하는 전단지를 만들었다. 아리의 사진은 없었기에 인터넷 고양이 카페에 올릴 때 사용했던 것과 같이 연우가 직접 그린 그림을 찍어 만들었다. 전단지를 만들며 연우는 생각했다. 아리를 찾으면 제일 먼저 사진부터 찍어둘 거야. 증명사진처럼 아주 정직하게.

인쇄 매수에 오십이라는 숫자를 넣은 뒤 인쇄하기 버튼을 눌렀다. 마음 같아서는 백 장을 찍고 싶었지만 잉크 잔량이 거기까지 버텨줄지 알 수 없었다. 곧 쓱싹쓱싹 소리가 들리면서 프린트 출력이 시작되었다.

◎ ◎ ◎

자는 둥 마는 둥 여섯 시간 정도 잔 연우가 일어났다. 자는 동안 식은땀을 흘린 탓에 목과 등 언저리가 축축하게 젖어 있었다. 연우가 무거운 몸을 한 번에 일으켰다. 백팩에 어젯밤 출력해 둔 전단지와 청테이프를 챙겼다.

"수의사 선생님 말처럼 너무 실망하지 말 것! 기운 빠지지 말 것! 언젠가 결국 만나게 될 것!"

스스로 주문을 외우듯 연우가 혼잣말로 외쳤다. 현관 앞에서 운동화 끈을 단단히 동여매고 집을 나섰다.

먼저 샤인빌 엘리베이터에 전단지를 붙였다. 공동 현관을 나와 아리가 올라갔던 담벼락과 이어진 건물에도 전단지를 붙였다. 전단지 맨 밑에 "찾으면 스스로 수거 및 정리하겠습니다. 배려 감사합니다."라고 적어두는 것도 잊지 않았다. 연남동 공원까지 이어지는 길목에 있는 전봇대에 두 장씩 붙였다.

연남동 빙굴빙굴 빨래방까지 아직 멀었는데 전단지는 세 장밖에 남아 있지 않았다. 너무 촘촘하게 붙였나. 아리가 다녔을 법한 곳에만 붙인다고 붙인 건데…… 홍대 앞에 위치한 인쇄소에 가서 더 출력을 해야 하나 싶었지만 아무래도 학교 근처로 갔다가는 보기 싫은 얼굴들을 또 마주칠까 꺼려졌다. 일단 빨래방까지만 붙이고 근처에서 인쇄소를 찾아보기로 했다.

"아리야, 누나야. 아리야, 츄르 먹자."

아리에게 할 수 있는 말이라고는 "누나야."와 "츄르 먹자."라는 것뿐이었다. 아직 아리가 좋아하는 것에 대해 아는 것들이 그것뿐이었다. 좋은 친구가 될 수 있을 것이라고 믿었고 이미 첫 만남의 순간부터 좋은 기억만 가져다준 소중한 존재였다. 연우가 상냥한 목소리로 아리를 부르는데, 청바지 뒷주머니에 넣어두었던 휴대폰 진동이 울렸다. 모르는 번호였다. 아리를 찾을지도 모른다는 생각에 얼른 전화를 받았다.

"여보세요?"

"전단지 보고 전화했는데요, 중요한 걸 안 써놓으셨네요."

휴대폰 너머로 젊은 여자의 목소리가 들려왔다. 심드렁한 말투였지만 그건 상관없었다.

"혹시 저희 아리 데리고 계신가요? 찾으셨나요? 아니면 보셨나요?"

"뭐 아직 그런 건 아닌데. 거, 얼마 줘요? 사례금을 안 써놨잖아요."

아리를 본 것도 아니고 데리고 있는 것도 아니라는 말에 김이 새긴 했지만 사례금이라는 단어에 촉각이 곤두섰다.

"아…… 사례금이요. 그건 아직 제가 생각을……."

"사례금 없대."

여자가 옆에 있는 사람한테 말하자 그냥 끊어버리라는 남자의 웅성거림이 어렴풋이 들려왔다.

"그래도 찾으시면 제가 사례를……!"

뚝. 연우가 말을 끝마치기도 전에 전화가 끊겼다.

그 후로도 연남공 공원 길에 길게 이어진 메타세쿼이아 나무들을 마주하고 있는 잔디밭 안쪽을 살폈다. 강아지풀이 무성하게 자란 곳에 대고 계속 아리를 부르는 동안 세 차례 정도 이런 식의 전화가 걸려왔다. 사례금. 사례금이 문제였다. 지금이라도 사례금을 적어야 하나. 하지만 당장 사례금이라고 할 만한 큰돈이 연우에게는 없었다. 기운이 빠졌지만 그 시간에 한 번이라도 더 아리의 이름을 부르기로 했다.

"아리야, 우리 아리 어디 있니."

최대한 상냥하게 불렀다. 자동문이 열리기 전 큰 목소리로 호통치듯 이름을 부르지 않았더라면 지금쯤 아리는 침대 위에서 깃털이 달린 장난감을 가지고 놀고 있었을 것이라는 후회가 밀려왔다. 어떠한 순간에도 침착하리라 스스로 다짐했다. 눈을 감고 마음을 다독이는 연우의 귓가에 작은 소리가 들려왔다.

야옹. 야옹.

번지듯 희미했지만 선명하게 끝 음을 올리는 울음소리가 분명히 아리였다!

"아리야, 우리 아리 어디 있어. 누나 여기 근처에 있어. 다시 한번 목소리 내줄래?"

연우는 강아지풀과 잡초가 뒤엉켜 있는 화단에 들어가 아리를 불렀다. 하지만 소리는 다시 들리지 않았다. 그때 쿵 하는 소리와 동시에 찢어지듯 우는 고양이의 울음소리가 들렸다. 아리에게서는 한 번도 들어보지 못한 소리였다.

"아리 소리 맞지? 아리야!"

화단만 들여다보고 있던 연우가 고개를 돌렸다. 열 발자국 정도 떨어진 곳에서 한 남자가 잡초에 대고 돌을 던지고 있는 게 보였다. 등골이 서늘했다. 제발 저기에 아리가 없기를……. 아리도 다른 고양이도 모두 없기를…….

그 남자가 있는 쪽으로 다가갔다. 심장이 벌렁거렸다. 아리가 있을까 봐 또는 없을까 봐 혹은 다른 고양이가 있을까 봐. 그 남자의 옆을 지나던 사람들이 눈살을 찌푸리며 황급히 자리를 피했다. 연우가 온 길을 되돌아 오른쪽으로 걸었다. 몇 걸음이 되지 않는 그 길이 꽤 길게 느껴졌다. 아리가 있으면 어떡하지.

남자에게 가까워지자 다시 한번 찢어지는 듯한 울음소리가 들렸다. 동시에 연우가 소리쳤다.

"아리야!"

눈을 질끈 감고 있는 연우를 보고 남자는 동요하지 않았다. 남자는 해괴한 무늬가 그려져 있는 검정 반팔 티셔츠에 얇은 검정 초커 목걸이를 하고 있었다. 비쩍 말라 반팔 소매가 바람에 팔랑거렸다. 연우가 벙거지를 쓰고 있는 남자를 바라보았다. 눈매는 가로로 쭉 찢어졌고 동공은 작아서 초점을 어디에 맞추고 있는지 도저히 알 수가 없었다.

"큭큭. 이름이 아리예요? 흠."

현기증이 나고 속이 울렁거렸다. 남자가 던지는 돌을 피해 화단 끄트머리에 숨어 바들바들 떨고 있는 아리가 보였다.

"아리야, 이리 와."

조심스럽게 화단에 발을 들인 연우가 천천히 아리를 품에 안아 들었다. 앞발과 뒷발을 만져보았지만 아파하는 소리를 내지 않는 걸 보니 다행히 돌에 맞은 것 같지는 않았다. 콧등이 뜨거워졌다. 그제야 숨이 좀 쉬어졌다.

"너 언니가 얼마나 찾았는지 알아? 아니, 누나가."

"이름이 아리구나."

품에 안겨 바르르 떨고 있는 아리에게 얼굴을 묻는 연우를 보고 남자가 말했다.

밀려오는 섬뜩함에 연우의 팔에 소름이 돋았다. 평범한 사람 같다는 생각이 들지 않았다. 남자에게서 메마른 듯한 느낌이 들었다. 불에 다 타고 난 뒤의 잿더미에서나 느낄 수 있을 법한 황량함마저 느껴졌다.

"고양이한테 왜 돌을 던지세요?"

남자가 한참을 아무 말 않다가 고개를 갸우뚱하며 연우를 빤히 쳐다보았다.

"시간이 안 가서요."

"뭐라고요?"

"켁켁. 큼……. 얄밉잖아요. 개새끼처럼 오라면 와야지, 오라고 해도 오지도 않고. 이딴 게 뭐가 예쁘다고 사람들은 곳곳에 밥그릇을 놔주는지. 흠."

그가 기분 나쁜 기침 소리를 삼켜가며 끝까지 말을 이어갔다.

연우는 자신도 모르게 입이 벌어졌다. 섬뜩한 기운이 등을 쓸고 갔다. 남자가 수그리고 있던 몸을 일으켰다. 비쩍 마른 몸은 왜소해 보였지만 연우보다 머리 하나 정도는 더 큰 남자가 연우를 내려다봤다. 여전히 초점을 알 수 없는 작은 동공이 서늘했다. 연우는 의식적으로 아리를 감추듯 꼭 안고 남자에게서 비켜섰다.

한마디는 꼭 하고 싶었다. 다리에 힘이 풀릴 것 같지만 용감하게 말하고 싶었다. 자신의 친구 아리를 위협한 대가로 한마디는 꼭 해주고 싶었다. 연우가 입을 벌리려는 찰나 남자가 손을 올렸다. 순간 일주년 기념일 카페 앞에서 경호가 던진 우산이 겹쳐 떠올랐다. 살이 두꺼운 검정 장우산. 연우가 질끈 눈을 감았다. 남자의 손이 연우 가까이 뻗어져 있었다. 한껏 움츠러든 연우가 실눈을 떴을 때 남자가 아리를 향해 손을 흔들었다.

"아리야, 또 보자. 켁켁."

남자가 또 기침을 터트리며 미소를 지었다. 잇몸 사이사이에 누렇고 거뭇하게 끼어 있는 니코틴 때문인지 이가 푸르게 보이기도 했다.

연우는 그날의 기억이 떠오르자 머리가 지끈거렸다. 아리를 찾았다는 안도감에 긴장이 풀려 다리에 힘마저 풀렸다. 주저앉을 뻔한 몸에 간신히 힘을 주고 남자의 반대편으로 걸었다. 혹시나 남자가 뒤따라올까 봐 중간중간 뒤를 돌아보며 걸었다. 이대로 집으로 가기에는 무서웠다. 아리에게 또 보자고 인사한 남자의 말이 영 마음에 걸렸기 때문이었다. 집을 노출하고 싶지 않았다. 집은 아니지만 아리와 함께 안전하게 있을 곳이 필요했다. 그래 거기로 가자. 연우가 아리를 안고 빠르게 걸었다. 여전히 남자는 그 자리에 서서 연우와 아리를 보고 있었다. 햇빛에 반사된 남자의 동공은 보통 사람들보다 더욱 연했다.

야옹. 야옹.

연우와 함께 긴장이 풀린 아리가 몸을 비비며 소리를 냈다.

"아리야, 다 왔어. 일단 여기서 좀 있다가 가자."

유리창 너머로 보이는 빨래방에 여러 대의 세탁기가 돌아가고 있었다. 다행이었다. 사람은 아무도 없었지만 세탁이 완료될 때마다 사람들이 이곳으로 돌아올 것이었으므로 혹시나 그 남자가 뒤쫓아 온다고 해도 혼자는 아니었다. 아리도 함께이니까.

연우가 창가 앞 테이블 위에 아리를 올려주었다. 아리가 라디오 주파수 소리 같은 그르렁 소리를 냈다. 이 소리는 대체 어디서 나는 건지. 코도 아니고 성대도 아니고 머리도 아니라고 하던데. 인터넷에서 본 글처럼 고양이는 정말 외계 생명체일지도 모른다는 생각이 들었다. 사람들의 마음을 훔치고 외계 행성에 있는 종족에게 이 주파수 소리로 교신을 보낸다는 말이 맞는지도 모르겠다고 생각했다.

"다시는 헤어지지 말자."

야옹야옹.

그 뜻을 아는지 아리도 그사이 조금 더 커진 머리를 연우의 손등에 비볐다. 언제 닿아도 좋은 느낌이었다. 아리가 테이블 위에서 몸을 동그랗게 말았다. 하루가 길게 느껴졌지만 이제 갓 점심이 지난 시간이었다. 긴장 때문인지 배가 고프지 않았다.

연우가 손을 뻗어 창가에 세워져 있는 연두색 다이어리를 앞으로 가져왔다. 이제는 누군가에게 위로가 필요하다면 이야기를 들어주는 것만으로도 위로가 되는 것을 배웠다. 더 나아가 자신도 글로 마음을 다독여 줄 수도 있을 것이라는 용기가 생겼다. 연우는 다이어리의 첫 장부터 천천히 글을 읽어 내려갔다.

다이어리 앞쪽에 이름, 전화번호, 주소 등을 적을 수 있는 칸에도 주인을 유추해 볼 만한 단서는 없었다. 모두가 발 뻗고 잘 수 있는 세상? 이건 또 무슨 말이지? 몇 장 더 넘기자 가늘고 긴 실눈과 얇은 입술을 가진 남자의 초상화도 그려져 있었다. 이 사람이 다이어리 주인인가? 생각하던 연우가 고개를 옆으로 기울였다. 그런데 그 얼굴은 바로 조금 전 아리에게 돌을 던지던 남자의 얼굴이었다.

그때 딸랑 소리가 울리고 빨래방 문이 열렸다. 성큼성큼 걸어 들어오는 발걸음 소리에 연우가 긴장했다. 고개를 들어 얼굴을 보았다. 빨래방에 들어온 사람은 바로 동물 병원에서 만났던 할아버지였다. 남자가 뒤쫓아 온 줄 알고 순간 얼어붙었던 연우가 장 영감을 쳐다보았다. 옆에 진돌이도 함께 있었다. 장 영감이 연우가 보고 있던 다이어리의 초상화를 보고 입을 열었다.

"맞아, 이 사내! 이 얼굴이었어!"

연우가 장 영감에게 인사를 하려는 찰나에 빨래방 문이 다시 열렸다. 거친 숨소리를 내며 한 남자가 뛰어 들어왔다. 검정 모자를 쓴 이마 위로 굵은 땀방울이 흘러 뺨으로 떨어졌다. 칼에 긁힌 것처럼 왼쪽 뺨에 있는 긴 흉터는 보는 사람도 저절로 시선을 피하게 만들었다. 남자가 분실물 보관함을 뒤졌다. 안에는 사람들이 두고 간 신용카드, 머리 끈 같은 잡동사니들이 들어 있었다. 남자가 바구니를 바닥에 탈탈 털었다. 찾는 물건이 없는지 시선을 이리저리 돌렸다. 남자의 눈에는 아무도 보이지 않는 것 같았다. 연우와 장 영감이 숨죽이고 남자를 보았다.

남자가 알 수 없는 표정으로 성큼성큼 연우의 곁으로 다가왔다. 흠칫 놀란 연우가 아리를 품에 안았다. 미세한 떨림이 느껴졌다. 남자가 연우 앞에 펼쳐져 있던 연두색 다이어리를 집어 들었다. 그리고 입을 열었다.

"찾았다."

—

4

분실물 보관함

유난히 날이 좋았다. 마치 하늘에 있는 동생 유열이 말을 걸어오는 것처럼. 바람이 잔잔하게 불다가 웬일로 해가 잘 들지 않는 거실 창에도 따스한 햇볕이 들었다. 재열이 가만히 창밖을 보다가 고개를 돌렸다. 마주하기 힘든 기억이 스쳐 갔다. 텅 빈 집의 적막을 깬 건 휴대폰 진동이었다. 액정에 "경찰청"이라는 글자가 떠올랐다. 오래도록 기다리고 있던 전화였다. 재열의 심장이 뛰었다. 호흡을 가다듬고 침착하게 통화 버튼을 눌렀다.

"안녕하세요, 구재열 씨 되십니까? 여기는 서울 경찰청입니다. 듣고 계십니까?"

"네, 무슨 일이시죠?"

"저는 서울 경찰청 감사관 이세원입니다. 이번에 경찰 공무원 시험 접수하셨죠? 저희가 서류 심사를 하면서 신용 조회를 실시하는데요, 물론 공무원 시험 수험생들에게 모두 하는 게 아니라 특별 직업군 경찰에게만 해당하는 사항입니다. 그런데 구재열 씨가 이용하고 있는 주거래 은행에서 대포 통장이 개설되있고 이 계좌가 보이스 피싱에 사용되고 있다는 것을 발견하였습니다. 이 사실과 관련이 있으십니까?"

그놈이었다. 경찰 공무원 준비하는 사람들에게 접근하는 그놈들의 수법이 분명했다.

유열이 죽기 전에 어느 곳에서 개인 정보가 샜었던 것인지 찾아야 했다. 그들에게 미끼를 던져야만 했다. 경찰 공무원 시험을 준비했던 유열은 늘 학원과 집, 독서실을 벗어나지 않았다. 그래서 재열은 동생 유열이 그랬던 것처럼 학원과 독서실에 번호를 남겨두었다. 그리고 보험 가입을 하지 않아도 상품 설명만 들으면 사은품을 준다는 가판대에 연락처를 남겼다.

유열이 사기당하기 며칠 전, 종신보험에 관한 설명을 듣고 사은품으로 받아온 밥솥이 주방에 덩그러니 놓여 있었다. 몇 달째 제 역할을 하지 못하는 처지였다. 오만 원도 하지 않는 싸구려 밥솥을 받고 개인 정보가 어디로 팔아넘겨졌는지 알 수 없었다.

재열의 머릿속에 여러 가지 생각이 회오리쳤다. 분명히 수법은 같았지만 유열에게 전화를 걸었던 그놈의 목소리는 아니었다. 그놈은 말을 할 때마다 사레가 들린 듯 큼큼거리고 컥컥거리다가 결국엔 "흠." 하고 말끝을 마무리했었다. 유열이 사용하던 휴대폰 속 통화 자동 녹음 기능 덕분에 그놈의 목소리는 진절머리가 날 정도로 들었다. 첫 번째로 녹음된 내용은 보이스 피싱을 당했던 당시의 통화였고, 두 번째 것은 계좌 이체 이후, 유열에게 조롱을 하기 위해 걸려왔던 전화 통화가 녹음된 것이었다.

"켁켁, 경찰은 무슨. 너 지금 보이스 피싱 당한 거야, 큼. 순진하긴, 너같이 멍청한 놈이 경찰 되면 나라 망하겠다, 흠. 이백만 원, 이 선생님한테 교육비 냈다고 생각해라. 세상이 호락호락하지 않아요, 학생. 세상 공부도 좀 더 하고."

재열은 대답하지 못하고 한숨만 푹푹 내쉬는 유열의 숨소리까지 매일같이 들었다. 마치 그놈 목소리를 머릿속에 드릴로 박는 것처럼, 유열의 한숨을 가슴에 새기는 것처럼. 그래서 몇 달 전 폭설 주의보가 발령됐던 날 연남동에서 그놈을 만났을 때도 단박에 알 수 있었다. 그 성대가 붙어서 나는 듯한 특이한 기침 소리 때문에.

재열은 유열이 피싱을 당한 수법을 해부하듯 촘촘하게 따라가 보았다. 그들이 일명 던지기 수법을 통해 현금을 수거한다는 것을 알았을 때, 그들의 활동 반경인 마포구에서 그 일을 진행할 만한 곳을 찾았다. 그곳은 사람이 붐비는 홍대였고 더 좁게는 연남동 공원이었다. 그래서 매일매일 그곳을 배회했다. 그리고 드디어 그놈과 마주칠 수 있었다. 돈을 받았다고 말하며 차이나타운으로 가져가겠다는 짧은 문장을 말하면서도 터져 나오는 기침 때문에 몇 번을 쉬었다가 말하는 그놈의 목소리를 듣고 재열은 알 수 있었다. 너구나, 내 동생을 죽게 만든 놈이. 바로 그 자리에서 끝장을 보고 싶었지만 재열은 참았다. 손바닥에 손톱자국이 다 찍히도록 주먹을 쥐면서 참았다. 이 방법은 경찰을 꿈꾸던 유열이 원치 않았을 것을 알기 때문이었다.

그래서 더욱 치밀하게 준비하고 싶었다. 그놈이 정당한 법의 심판을 받도록. 그래서 눈이 푹푹 내리던 그날, 그놈의 눈에 띄지 않기 위해 연남동 빙굴빙굴 빨래방에 들어가게 되었고 그곳에 스케치하듯 그놈의 얼굴을 그렸던 것이다. 결국 그 다이어리를 집으로 가져오지는 못하였지만…….

"듣고 계십니까?"

재열이 헛기침을 몇 번 한 뒤에 대답했다.

"네, 듣고 있습니다. 너무 놀라서요."

"뭐 저희가 시키는 대로만 하면 되니까, 잘 따라오면 됩니다. 요청을 안 따르면 뭐, 경찰 실기 시험 전에 탈락하겠죠. 서류에서 탈락하고 이건 전과가 생길 수도 있는 문제라……."

비겁한 놈들. 이렇게 내 동생을 공포에 몰아넣고 속였구나. 재열은 불끈 치솟는 화를 누르며, 아무것도 모르는 사람처럼 연기했다.

"제가 어떻게 하면 되죠? 정말 경찰이 되는 데 지장이 없는 게 맞나요?"

상대가 살짝 웃음소리를 내는 여유까지 보이며 재열을 안심시키려 들었다.

"하하. 그럼요, 너무 겁먹지는 마세요. 저희 말만 잘 따르시면 됩니다."

"네."

"휴대폰을 해킹해서 모바일 뱅킹으로 대포 통장을 개설한 것으로 판단됩니다. 저희 경찰청에서 만든 앱을 다운받으시고 거기에 뜨는 악성 코드를 제거해 주시면 됩니다. 일단 앱을 다운받을 수 있는 링크를 메시지로 보내드리겠습니다."

"악성 코드만 제거하면 됩니까?"

"아, 현재 통장에 잔고는 얼마가 있습니까?"

"천만 원 정도 있습니다."

"그럼 악성 코드를 제거함과 동시에 제가 보내는 경찰청 계좌로 잔고를 미리 송금하시기 바랍니다. 안 그러면 그것도 대포 통장과 관련해서 경찰청에 압수를 당하거나 그 일당들이 빼돌릴 수 있어요."

"예, 그렇게 하겠습니다."

"일단 전화는 끊지 마시고요. 지금 문자 보냈습니다. 받으셨습니까?"

"네, 그런데 요즘 뉴스 같은 데 보니까 보이스 피싱이 난리라고 하던데요. 이 계좌로 돈 보내도 안전합니까?"

재열이 고분고분 지시를 따르다가는 오히려 의심을 살 것 같아 반문을 했다.

"하하. 경찰 지원자 맞네요. 이런 상황에 보이스 피싱도 의심하고. 불안하면 계좌로 보내지 말고 경찰청으로 현금을 전달하는 방법도 있습니다. 그걸로 하실래요?"

"제가 직접 현금을 가져다주면 됩니까?"

"현금과 통장, 주민등록증 사본, 인감도장까지 챙겨 오시면 됩니다. 그편으로 해드려요?"

그의 말이 끝나자마자 키보드 소리가 의도적으로 타닥타닥 울렸다. 마치 우리는 정말 경찰청에 앉아 너희의 자산을 보이스 피싱범으로부터 안전하게 지켜주고 있다는 듯. 의심하는 너희들이 멍청하고 참 귀찮다는 듯.

"서울 경찰청이면 어디죠?"

"선생님 주소지가 영등포구로 되어 있네요. 맞죠?"

"네."

"그럼 저희 수사과와 연계된 우체국이 있습니다. 마포구 망원동 우체국으로 가시겠습니까. 그곳에 가서서 청원경찰에게 맡기면 됩니다. 시간은 반드시 한 시 정각에 오세요."

들고 있던 재열이 힘주어 눈을 떴다. 변수가 생겼다. 우체국에 돈을 두고 가게 하는 수법이었다. 청원경찰은 또 무엇인가. 새로 생긴 수법인가. 왜 반드시 한 시 정각에 오라고 하는 것일까. 조직도를 다시 확인해야 했다. 세밀하고 촘촘하게 적어놓았던 그놈들의 수법이 머릿속에 마구 뒤엉켜, 지저분하게 그려진 지도처럼 읽어낼 수 없는 수준이 되었다.

"마포구 망원동 우체국이요?"

"네, 맞습니다. 제가 말씀드린 준비물 잘 챙기시고요. 다른 가족들한테는 연락 취하지 마세요. 지금 선생님 휴대폰 해킹 상태가 어느 정도 진행되었는지 몰라서 연락하는 가족들한테도 바이러스가 전파될 수 있습니다. 즉, 가족들도 범행에 연루될 수 있다는 말입니다."

"네, 알겠습니다. 지금 당장 가겠습니다."

"휴대폰은 반드시 꺼두세요. 피싱범들이 위치 추적해서 미행 붙을지도 몰라요. 대포 통장으로 사용하고 있으니 다른 큰 돈이 또 들어올지도 모르거든요. 그 돈을 구재열 씨가 빼돌린다고 생각할 수도 있는 문제라……. 얼른 챙겨서 오세요. 우체국에 있는 청원경찰에게 전달하면 됩니다. 얼른요."

재열은 일부러 마음이 급한 것처럼 그를 속였다.

"안전을 위해 지금부터 휴대폰 전원을 꺼두시겠습니까. 청원경찰 만나면 그때 휴대폰 전원을 켜시고……. 보니까 아직 앱을 다운 안 받으셨네요?"

"전화 끊고 받으려고 했습니다."

"안전하게 지금 다운받으세요."

아무것도 모르는 것처럼 재열은 그들이 보내준 여러 가지 바이러스와 피싱이 담겨 있는 URL 링크를 누르고 앱을 다운받았다. 그제야 상대가 안심한 듯 다시 입을 열었다.

"네, 이제 안전합니다. 휴대전화는 전화 통화가 끝나는 즉시 꺼두세요."

십오 분이 조금 넘는 통화가 끝났다. 극도의 긴장감이 지나간 뒤 밀려오는 현기증 때문에 시야가 흐릿했다. 재열이 눈을 감았다. 유열이 죽기 전, 가장 환한 웃음을 보여줬던 그날이 떠올랐다.

◎ ◎ ◎

"형! 안 그래도 밥솥 바꿔야 하는데 내가 잘 받아왔지?"

유열이 어디인지도 모르는 중소기업 로고가 박혀 있는 전기 밥솥을 들고 뿌듯한 미소를 지었다.

"집에서 밥도 안 해 먹는 게. 맨날 라면만 처먹으면서 밥솥은 무슨……. 부엌에 둬. 한번 씻어서 써야 되니까. 너 이번에도 떨어지면 그냥 바로 양산 집으로 보낸다. 가서 아빠 도와서 사과나 따. 가뜩이나 일손도 부족한데. 요즘 외국인 노동자도 구하기 어렵대."

보통의 형제처럼 재열은 속은 그게 아니면서 투박한 말투로 대답했다.

"저번 시험은 몸풀기! 자꾸 떨어진 얘기 그만하라니까. 올해는 진짜 된다고. 나중에 경찰 동생 덕 보지나 마라."

"경찰 동생 덕 볼 일이 뭐 있냐. 나 같은 모범 시민이. 세금 잘 내. 안전 운전해. 너 내 티맵 점수가 몇 점인 줄은 아냐?"

"아, 몰라 몰라. 그래, 형 잘났다. 형은 월급 꼬박꼬박 주는 회사 다니고 이 공시생 동생은 형 전셋집에 얹혀살고 있다. 그래도 나는 형 장가가기 전까지는 못 나가!"

유열이 말을 남기고 방으로 들어가 문을 탕 닫았다. 뒤돌아서 피식 웃음을 터트린 재열이 식탁 위에 있는 밥솥을 열었다. 또 어디서 호구 잡힌 거 아니야. 오만 원도 안 하는 거 받고 뭘 주고 온 거야. 세상에 공짜는 없는데. 하여간 순진해서…….

밥솥을 받아 온 날부터 문제였는지 아니면 그 전부터 어디선가 잘못되었는지 알 수 없었다. 분명한 건 문제가 터졌다는 것이었다. 유열이 보이스 피싱 사기를 당했다. 그렇게 큰돈은 아니었지만 노량진에서 좀비처럼 공부만 하면서도 꾸역꾸역 용돈을 모았던 모양이었다. 그렇게 해서 모은 이백만 원이 하루아침에 사라졌다. 양산에서 사과 농장을 하는 부모님이 보내주신 용돈으로 학원비를 내고 남은 돈과 재열이 틈틈이 책값에 쓰라고 찔러주었던 용돈을 쪼개고 쪼개 모은 것이었다. 어쩌면 유열에게 그 이백만 원은 아주 큰 의미였을지도 모른다.

재열은 그 의미를 모르지 않았지만 화가 났다. 경찰을 하겠다는 놈이 보이스 피싱을 당하다니. 돈을 날린 것보다도 동생이 전화 사기를 당했다는 것과 그 돈을 얼마나 아껴가면서 썼을지 보이는 짠한 모습들에 화가 났다. 학원도 가지 않고 독서실도 가지 않은 채, 방 책상 앞에 앉아 우두커니 다이어리만 보고 있는 유열이 답답했다. 얼른 털고 공부나 하러 가지. 재열이 혀를 찼다.

그날도 퇴근하고 돌아온 재열의 눈에 제일 먼저 들어온 건 현관에 놓여 있는 유열의 운동화였다. 체력 시험 준비한다고 운동화가 닳도록 뛰어놓고선 왜 아직도 저러고 있는 거야. 가슴속에서 천불이 일었다. 오늘도 학원에 가지 않고 집에만 있는 유열이 답답했다. 재열이 방문을 열었다.

"이렇게 나약해서 경찰은 어떻게 하려고 그랬는데!"

날카로운 재열의 목소리를 들어도 유열은 아무런 반응을 하지 않았다. 그저 멍하니 책상 위의 다이어리만 보고 있었다.

"……."

긴 침묵이 이어졌지만 그 적막함을 깬 건 또 재열이었다.

"경찰 한다는 새끼가 마음이 이렇게 약해빠져 가지고 어디다 쓸 건데? 그 이백만 원 형이 줄 테니까 마음잡고 얼른 다시 공부해. 시험도 얼마 안 남은 새끼가 언제까지 그러고 있을 거야!"

유열이 눈썹을 움찔거렸다. 그가 고개를 돌려 재열을 보았다.

"그 돈…… 나 경찰 합격하면…… 형한테 주려고 했어. 형, 나 때문에 맨날 거실 티브이도 못 켜고 새벽에도 까치발 들고 화장실 가고 하는 거 미안해서. 주말에 일 쉬는 날에도 나 픽업해 준다고 데이트도 못 하고 노량진까지 와주는 게 짠하고 미안해서. 형, 차 바꾸고 싶어하니까 그 돈 보태서 바꾸라고 하려고 했어. 내가 차 사줄 능력은 안 되고 그래도 타이어 한 짝 정도 값은 보태주고 싶었다고!"

마음에 묵혀 있던 응어리가 터지듯 유열이 말을 쏟아냈다.

"누가 너한테 돈 달래? 누가 너한테 나 차 사달라고 했냐고. 빨리 경찰 돼서 근무지 배정받고 이 집에서 나가는 게 형 도와 주는 거야. 그러니까 얼른 일어나. 일어나서 집 밖으로 나가! 학원이든 독서실이든 가! 그것도 싫으면 공원에 가서 뜀박질 이라도 하라고! 이 멍청한 새끼야. 네가 이렇게 멍청하니까 보 이스 피싱이나 당하지. 무식한 새끼!"

"그래, 나 무식해. 멍청해. 경찰이고 뭐고, 다 때려치워야 지. 나 같은 놈이 무슨 시민의 안전을 위하고 발 뻗고 편안하 게 자게 해주겠……."

퍽. 말이 끝나기 전에 재열의 손이 유열의 머리를 강타했다. 더 정확히는 머리와 관자놀이와 뺨에까지 재열의 큰 손이 닿 았다. 손을 뗀 자리가 금방 벌겋게 달아올랐다.

"한 대 더 맞고 싶지 않으면 이제 그만해라."

쾅 소리와 함께 문이 닫혔다. 방에서 나온 재열의 가슴속에 서 뜨거운 무언가가 올라왔다. 화장실에 가서 세면대 수전을 제일 오른쪽으로 돌렸다. 가장 차가운 물로 세수를 했다. 나라 도 정신을 차려야지. 저 연약한 놈 보살펴 주려면…….

그날 새벽이 되어도 유열의 방문은 열리지 않았다. 문을 닫아버린 건 재열이었지만 마음을 닫아버린 건 유열일지도 몰랐다. 재열은 침대에 누워 뒤척이다 잠이 들었다. 조금 뒤 기분 나쁜 꿈을 꾼 재열이 몸을 일으켰다. 한 시간 남짓 잔 것 같은데 다섯 가지가 넘는 꿈을 꾸었다. 누구를 쫓다가 쫓기다가 날카로운 흉기로 위협을 받다가 도망치려는 찰나에 발이 묶여 아무리 달려도 다리가 움직이지 않는 꿈이었다.

침대에 기대앉은 재열의 등줄기에서 식은땀이 흘렀다. 그때 부스럭거리는 소리가 들렸다. 유열이 주방에서 라면을 찾는 소리 같았다. 그래, 배고픈 데 장사 없지. 일주일에 라면만 다섯 번을 먹는 라면 귀신이 안 먹고 배기냐. 픽 웃음이 났다. 곧이어 열린 문의 틈으로 라면 냄새가 훅 들어왔다. 저녁을 건너뛴 재열의 배 속도 요동을 치기 시작했다. 내 배 속에도 라면을 넣어달라! 꼭 그렇게 말하는 것 같았다. 하지만 그놈의 자존심이 뭔지 피를 나눈 동생한테 미안하다는 말 한마디 하기가 어려웠다. 입이 안 떨어졌다는 말이 더 맞았다. 회사에서는 죄송하다는 말을 달고 사는 주제에……. 한편으로는 지금 동생에게 사과를 했다가는 오히려 유열의 마음이 다시 약해질까 봐 걱정이 되었다. 재열은 밀려오는 배고픔을 정신력으로 참아내고 다시 잠을 청했다. 내일이면 말끔히 나아지겠군. 오래

된 베란다 홑창으로 구월의 찬 공기가 새어 들고왔다. 재열이 이불을 어깨 끝까지 올렸다.

한 시간 정도 지나자 알람이 울렸다. 재열이 몸을 번쩍 일으켰다. 지난밤 꿈자리가 사나워 몇 번을 뒤척였지만 그래도 유열이 라면을 끓이는 소리를 듣고는 안심이 되어 푹 잘 잤다. 샤워하고 면도하고 출근해야지. 기지개를 켜면서 방에서 나왔을 때 반쯤 열린 거실창 앞에 서 있는 유열이 보였다.

"너 지금 뭐 하냐?"

유열이 고개를 돌려 재열과 눈을 마주쳤다. 종잇장처럼 하얗게 질린 얼굴에서 공포와 두려움, 체념이 동시에 느껴졌다.

"마지막으로 형 보고 가려고 기다렸는데……. 형, 미안해. 나 이제 집에서 나갈게."

재열이 입을 열기도 전에 유열이 힘차게 창밖으로 뛰어내렸다. 그리고 몇 초도 지나지 않아 곧 둔탁한 소리가 들렸다. 지금 눈앞에서 무슨 일이 일어난 거지? 재열이 헉 소리도 내지 못했다. 말릴 틈도 없었다. 순식간에 일어난 일이었다. 유열의 몸 어딘가에 부딪혀 창이 깨질때 튄 날카로운 유리 파편이 재열의 왼쪽 뺨을 길게 긁고 지나갔다. 순간 뜨끈한 느낌이 들었지만, 마취가 된 듯 고통이라고는 하나도 느껴지지 않았다. 오히려 머릿속이 얼얼할 뿐이었다. 재열은 사방에 튄 파편 조각을 맨발로 밟고 유열이 서 있던 자리로 갔다. 반쯤 깨진 유리창 앞에서 두 눈을 질끈 감았다. 차마 밖을 내려다볼 용기가 나지 않았다. 재열은 구급차의 사이렌 소리가 들려올 때까지 부르르 떨리는 눈을 뜨지 못했다.

유열은 그 자리에서 그대로 죽음을 맞이했다. 마지막으로 형을 위해 생전에 그렇게 좋아하던 라면 한 봉지를 끓여놓고……. 경찰 고시 수험표에 붙이려고 찍었던 증명사진은 유열의 영정 사진이 되어버렸다. 재열은 유열이 죽기 전날 밤 자신이 퍼부었던 말들을 곱씹었다. 애써 생각하려고 하지 않아도 빈집에 있을 때면 저절로 생각이 났다. 멍청한 새끼. 무식한 새끼. 유열의 얼굴이 퉁퉁 부을 정도로 뺨을 올려붙였던 것도 생각이 났다.

짝. 재열이 자신의 얼굴을 쳤다. 몇 번이고 따귀를 때렸다. 미친놈. 한심한 놈. 형이라는 놈이 동생을 죽게 만드냐. 죄책감은 사라지지 않았다. 몸에 박힌 유리 파편들을 빼내는 수술을 하고, 벌어진 상처를 꿰매고, 시간이 지나 새로 돋아난 새살 사이를 촘촘하게 기운 실밥을 제거하는 동안 실에 붙은 살점이 뜯겨나가도 하나도 아프지 않았다. 어쩌면 유열이 뚫고 나간 유리창의 구멍이 재열의 몸속에도 생긴 것처럼 어떤 통증도 느껴지지 않았다.

파편이 긁고 지나간 왼쪽 뺨, 코 옆에서 귀에 거의 닿을 정
도로 길게 이어진 붉은 줄도 지울 수 없었다. 의사가 레이저
치료를 몇 차례 권유했지만 재열은 고개를 저었다. 이 정도 흉
은 안고 살아가야 할 것 같았다. 재열도 스스로 알고 있었다.
자신만 귓가에서 울리는 그날의 본인 목소리를 듣지 않고 사
는 것은 어려울 것이란 것을. 유열을 찔렀던 그 단어들이 핏방
울에 다닥다닥 들러붙어 평생을 혈관을 타고 돌아다니며 자신
의 뇌와 귀와 심장을 찌를 것이란 것을.

◎　◎　◎

유열을 죽음으로 몰고 간 놈들에게 다시 걸려온 보이스 피
싱 통화를 마쳤다. 재열이 천천히 심호흡했다. 머리끝에서 발
끝까지 차가운 물줄기를 흘려보내듯 평온을 유지해야 했다.
하지만 심장이 자꾸만 빠르게 뛰었다. 그놈을 잡을 수 있다는
희망이 눈앞에 보였다. 조금 있으면 유열의 첫 기일이었다. 그
때까지 꼭 그놈의 손에 수갑이 채워지는 걸 보여주고 싶었다.
어쩌면 죽어서 유열을 만날 수 있다면 말해주고 싶었는지도
모른다. 형이 널 위해 그놈을 잡았노라고. 그래야 아직 한 번

도 찾아가지 못한 유열의 무덤에 찾아갈 수 있을 것 같았다. 그러기 위해서는 유열의 다이어리가 필요했다. 수금책으로 뛰고 있는 것 같은 그놈의 얼굴이 그려진 다이어리와 그들의 수법들을 조직도로 정리해 놓은 것이었다. 그것들은 이미 재열의 머리에 인이 박혔지만 유열의 손길이 직접 닿았던 그 온기가 필요했다. 동생의 마지막 유언도 거기에 쓰여 있었다.

'모두가 발 뻗고 편하게 잘 수 있는 세상.'

유열의 손이 닿은 글씨가 보고 싶었다. 용기가 필요했다. 재열이 검정 모자를 쓰고 집을 나섰다. 그리고 연남동 빙굴빙굴 빨래방으로 향했다. 잃어버린 곳이 빨래방이란 것을 알고 몇 번 찾으러 갔지만, 그때마다 유열의 다이어리가 있어야 할 곳은 그곳이 맞는 것 같았다. 동생의 유품을 집에 두고 싶었지만 거기에 글을 쓰는 사람들을 먼발치에서 지켜보았다. 모두 편안한 얼굴이었다. 또 어떤 남자는 "오늘부터 두 발 쭉 뻗고 잔다!"라고 외치며 울먹이기도 했다. 그 한마디에 재열은 또 발걸음을 돌려 빈손으로 집으로 돌아왔었다.

다이어리에 글을 쓰는 사람들이 유열의 친구가 되어주는 것 같아서 차마 다이어리를 가져올 수 없었다. 더 이상 동생을 외롭게 하고 싶지 않았다. 놀기 좋아하는 놈이 경찰 고시 준비한다고 내내 노량진 학원에서, 좁은 독서실 칸막이 책상 안에서,

답답했을 집 안에서 보내다 간 게 마음에 걸렸다. 하늘나라에서라도 숨 막히는 독서실 칸막이 책상이 아니라 북적북적 사람 소리가 많이 들리는 곳에 있으면 좋겠다고 생각했다.

재열이 두리번거리며 다이어리를 찾았다. 하지만 눈에 들어오시 않았다. 되는대로 분실물 보관함 바구니를 쏟았다. 사람들이 두고 간 카드와 머리 끈 따위만 떨어졌다. 그러다 테이블 위에 놓여 있는 연두색 다이어리를 발견했다. 재열이 성큼성큼 걸어가 그것을 손에 들었다.

"찾았다!"

재열이 서둘러 나가려는데 데이트 장소에 들어오는 것처럼 설레는 표정의 하준과 여름이 안으로 들어왔다. 곧이어 토끼 인형을 들고 있는 나희와 미라가 들어왔고, 문이 닫히기 전 구겨진 여름옷을 잔뜩 들고 노트북을 챙겨 온 세웅까지 연남동 빙굴빙굴 빨래방으로 들어왔다.

사람들이 다이어리를 손에 들고 있는 재열을 흘끔거렸다. 그리고 그의 얼굴에 난 붉고 긴 상처를 보고 피한 시선이 허공을 배회하다가 서로를 보며 부딪혔다. 의식한 듯 재열이 서둘러 밖으로 나가려 하자, 진돌이 줄을 쥐고 있던 장 영감이 몸을 일으켰다.

"그 다이어리 주인이십니까? 우리 빨래방 보물과도 같은 건데……."

모두가 장 영감과 같은 마음이었다. 여기에 저 다이어리의 도움을 받지 않은 사람은 없었다.

"네? 그게…… 제 건 아니고 제 동생 건데요."

당황한 재열이 대답했다.

"그럼 이제 동생에게 가는 건가요? 여기에 꽤 오래 있어서 그냥 둔 건 줄 알았는데. 참 아쉽게 됐네요. 참, 혹시 그럼 거기에 그려져 있는 얼굴이 동생입니까?"

머리가 하얗게 센 장 영감이 인자한 목소리로 말할 때마다 재열은 울컥울컥 눈물이 차올랐다. 왜인지는 모르겠지만 모든 걸 털어놓고 기대고 싶다는 생각이 들었다. 참 신기했다. 이래서 사람들이 빨래방에 오고 여기에 글을 쓰고 가는 건가 싶기도 했다.

"제 동생이요? 아닙니다. 그놈은……."

빨래방에 있던 사람들 모두와 새끼 고양이 아리 그리고 진돌이까지 모두 숨죽인 채 재열을 바라보았다.

재열은 그간의 사연을 모두 털어놓았다. 사람들은 까만 눈동자를 천천히 깜빡거리며 차분하게 이야기를 들어주었다. 세웅은 코를 훌쩍거리며 눈물을 보였다.

침통한 얼굴로 이야기를 다 들은 장 영감이 말했다.

"그놈이 우리 약국에도 왔었어요. 여기 연남동에서 멀지 않은 곳에 내가 하던 약국이 있었거든요. 기침약을 사고 현금을 주는데, 내가 거스름돈이 모자랐어요. 요즘 사람들 현금 가지고 다니는 사람이 드무니까. 그래서 카드로 계산을 부탁했더니, 대뜸 신용카드 없다고 무시하냐면서 욕지거리를 하고 카운터를 발로 차고……. 경찰에 신고하겠다고 하니 그대로 자리를 떠나버렸어요. 지금도 그때를 생각하면 아주 아찔해요. 눈에 살기가 어렸었거든."

"언제 보신 겁니까? 혹시 정확하게 기억이 나세요? 본 지 오래돼서 현재 어떤 모습일지 가늠이 안 되거든요."

다급한 목소리로 재열이 묻자 아리를 안고 있던 연우가 대답했다.

"저…… 제가 방금 봤어요! 분명히 그놈이에요. 분명해요. 여기 들어오기 바로 전에 저희 고양이한테 돌을 던지고 있었어요. 여기 연남동 공원에서요!"

"확실합니까?"

흥분한 재열이 되물었다.

"확실해요. 제가 정물화 전공이라 사람 얼굴은 누구보다 잘 기억해요! 확실해요!"

"지금 가서 그놈을 잡읍시다!"

눈물을 멈춘 세웅이 코맹맹이 소리로 말했다.

"지금은…… 안 돼요. 결정적인 증거를 가지고 잡아야 수갑을 채울 수 있어요."

재열이 고개를 저었다.

"그래서 지금 저한테 걸려온 이 보이스 피싱 전화를 잘 이용해서 수금책인 그놈을 잡을 거예요."

"내가 큰 도움이 될지는 모르겠지만, 힘을 보태고 싶습니다. 같이 잡읍시다!"

장 영감에 이어, 가만히 듣고만 있던 미라가 작은 목소리로 말했다.

"그럼, 저도 돕고 싶어요. 제가 도울 수 있는 방법이 있나요?"

옆에 있던 나희도 오른손을 번쩍 들고 콩콩 뛰었다.

"저도요! 저도 삼촌이 나쁜 사람 잡는 거 도울래요!"

빨래방에 있는 사람들 모두 한뜻이었다. 테이블 가장자리에 앉아 있던 여름과 하준도 기꺼이 고개를 끄덕였다.

"이 다이어리 덕분에 제가 저를 사랑하게 되었거든요. 물론 이 남자도 사랑하게 되었지만……."

여름이 부끄러운 듯 픽 미소를 지어 보였다.

연우도 굳게 다문 입술에 더 힘을 주며 함께할 의지를 불태웠다.

"다들 감사합니다……."

검정 모자를 벗고 고개를 숙인 재열은 그 이상 말을 이어가지 못했다.

◎ ◎ ◎

하와이에 가져갈 여름옷들을 세탁할 겸 빨래방에 온 세웅은 넷플릭스나 볼 용도로 가져왔던 노트북을 열었다. 오랜만에 설렜다. 회사에 다닐 때 종일 모니터를 보며 숫자를 입력하는 일만 했던 세웅의 손가락이 키보드 위에서 춤을 추듯 가뿐했다. 초등학생 때 장래 희망 칸에 써놓았던 경찰이라는 꿈을 이루기라도 한 것처럼 이 상황이 흥미진진했다.

"그럼 지금 일단 우체국에서 만나기로 한 건 픽스고. 그다음 계획을 짜야겠네요?"

오랜만에 활기찬 세웅이 재열에게 물었다.

"맞습니다. 혼자서 움직이다가 분명 놓칠 거라고 생각했어요. 우체국에 청원경찰로 위장한 전달책에게 돈을 맡기면, 분명 수금책으로 뛰고 있는 그놈이 돈을 전달받게 될 거예요. 우리는 그 틈을 노려 잡아야 합니다."

모두 재열의 입에서 나오는 이야기에 집중했다.

"그렇다면 이렇게 하죠. 어쨌든 위장한 전달책, 청원경찰에게 재열 씨가 노출이 됐으니까 그 후부터는 저희가 쫓는 거예요. 어때요?"

"그건 제가 하겠습니다. 노인이니까 의심 살 일도 없을 거예요. 그리고 오래전이지만 직접 얼굴을 본 내가 그놈을 다른 사람들보다 더 잘 알아볼 수 있을 겁니다."

장 영감의 말이 끝나자 연우가 이어서 말했다.

"저도요! 저도 방금 그놈을 만났으니까, 저도 잘 알아볼 수 있어요. 그리고 오늘 운동화 끈도 단단히 매고 나왔어요."

"그럼 추적 조는 두 분이 맡아주시고, 하준 님과 여름 님은……."

"저와 제 요정님은 여기에 대기하고 있다가 맡겨주시는 임무를 수행할게요. 오늘 공원에 사람이 많아서 저를 알아보면 오히려 상황이 어려워질 수 있어요."

하준이 제 요정님이라고 말하며 여름을 볼 때, 세웅은 픽 웃음을 터트릴 뻔했지만 간신히 참았다.

"끅, 네. 그럼 여기 상황실에 저와 함께 대기해 주시고……."

어느 포인트에서 웃음이 났는지 눈치챈 여름이 슬쩍 쏘아보

앗지만 세웅은 필사적으로 여름과 눈을 마주치지 않았다. 한 사람과 육 년 연애를 해본 남자의 경험에서 나온 대처 방식이었다. 여자의 심기를 거슬렸을 땐 절대 눈을 마주치면 안 된다. 그럼 아무 일도 없었던 것처럼 지나갈 확률이 높았다.

"저도…… 같이 가고 싶은데."

미라가 나희를 보며 근심 어린 표정을 지었다.

"나희도요!"

"나희는 안 돼. 어른 걸음보다 더 빨리 걸어야 하는데 나희는 힘들어."

"나도 삼촌 돕고 싶은데……."

미라의 걱정이 무엇인지 파악한 연우가 나희의 품에 아리를 안겨주었다.

"나희야, 이 새끼 고양이 이름은 아리야. 메아리. 언니가 나쁜 사람 쫓는 동안 나희가 아리를 잘 보살펴 줄래?"

야옹.

보드라운 털을 팔에 비비는 아리를 보고 나희가 환하게 웃었다.

"네! 제가 아리를 잘 보살피고 있을게요."

미라가 연우에게 고맙다는 눈인사를 보냈다.

"그럼 저는 어떤 역할을 맡을까요?"

"연우 씨와 함께 추적 조를 하실래요?"

세웅의 제안에 미라가 고개를 끄덕였다.

"그럼, 이제 제가 우체국으로 가면……."

재열과 동시에 세웅이 말했다.

"근데 뭐 타고 가실 거예요? 우체국에 갔다가 청원경찰의 뒤를 밟으려면 교통수단이 필요할 텐데."

아쉽게도 빨래방에서 운전을 할 수 있는 사람은 없었다. 면허증이 있다고 해도 차가 없었다. 예상치 못한 변수에 세웅이 머리를 긁적였다. 그때 빨래방 문이 열렸다. 미라의 아빠가 택시 운전의 고된 시간을 고스란히 간직한 방석을 들고 들어왔다.

"아빠! 여긴 왜 왔노?"

미라가 놀란 눈으로 현식을 보았다.

"어, 아직 있었구나. 너 빨래 돌리러 간다고 하길래 이것도 같이 빨아볼까 해서 왔데이. 집에서 빨면 냄새가 통 가시질 않아가. 아, 형님도 여기 계셨네예."

현식이 장 영감을 보고 인사를 했다. 장 영감도 가볍게 고개를 숙였다. 창밖으로 휴무 표시 등이 켜진 택시가 보였다.

"동생, 오늘 영업 한번 합시다."

세웅은 빨래방을 상황실 삼아 작전을 지휘했다. 연우는 조금 전 보았던 그놈의 모습을 빠르게 그려냈다. 벙거지 밑으로 초점 없던 눈동자와 짧게 깎은 머리 스타일, 기하학무늬 검정 티셔츠와 초커 목걸이까지 세세한 부분을 잘 그려낸 그림이었다. 사람들이 휴대폰 카메라로 연우가 그린 그림을 찍었다. 그리고 눈 속에 저장하듯 한 번 더 얼굴을 익혀두었다.

여러 명이 동시에 접속할 수 있는 화상 통화 사이트에 회의실을 만든 세웅이 모두에게 암호를 알려주었다. 세웅은 상황실에서 지휘를, 장 영감과 진돌이, 연우, 미라는 추적조, 여름과 하준은 대기조, 현식은 순찰조, 재열은 행동 대장으로 총 여덟 명이 접속을 완료했다. 연우와 미라가 귀에 이어폰을 꽂았다.

"아, 할아버지 이어폰……. 그, 귀에 꽂는 스피커라고 해야 하나, 그거 없으시죠? 제 것 쓰세요. 저는 어차피 계속 여기 있을 거니까……."

세웅이 노트북 옆에 있던 무선 이어폰을 장 영감에게 건넸다. 하지만 장 영감이 미소를 띠며 주머니에서 무언가를 꺼냈다.

"나도 에어팟 씁니다. 내 건 프로예요. 노이즈 캔슬링이 기가 막혀요."

세웅이 가지고 있는 것보다 더 업그레이드된 버전의 이어폰을 보여주며 장 영감이 씩 웃었다.

이어폰을 낀 세 사람과 재열이 서버가 끊기지 않고 통화가 잘 되는지 테스트를 거친 뒤, 세웅을 제외한 네 사람과 현식이 연남동 빙굴빙굴 빨래방의 문을 열고 나왔다. 이름하여 작전명 '빨래방'이 시작되는 순간이었다!

휴무라고 쓰여 있던 택시의 녹색등이 꺼졌다. 현식이 운전하는 택시에 시동이 걸렸다. 뒷자리에 앉은 재열의 얼굴이 비장했다. 꼭 그놈을 잡을 수 있기를. 유열을 꿈에서라도 만난다면 이 모든 동화 같은 이야기를 웃으며 해줄 수 있기를.

"1번 세탁기 출발합니데이!"

노트북 스피커에서 현식의 우렁찬 목소리가 들렸다. 곧이어 택시가 출발했다. 빨래방 안에 있던 사람들이 두 손을 모았다. 택시 뒷좌석에 앉아 있는 재열이 창밖을 보았다. 멀어져 가는 연남동 빙굴빙굴 빨래방을 보면서 이곳에서 유열의 유품을 잃어버렸던 게 행운이라고 생각했다. 움츠렸던 어깨가 저절로 펴졌다. 얼마 만에 사람들이 사는 세상에 들어온 건지. 집밥을 먹은 것처럼 속이 든든하고 뜨끈했다.

현식이 룸미러로 창밖을 보고 있는 재열을 보았다. 앉은 자세에서부터 빳빳한 긴장감이 느껴졌다. 한마디 걸까 생각했지만 관두기로 했다. 재열이 주먹을 쥐었다 피었다 하며 경직된

목을 좌우로 풀었다. 왜 그들은 위험을 무릅쓰면서 돈을 현금으로 직접 받는 방법을 쓰는 것일까. 계좌 이체로 받으면 쉬울 텐데. 계획이 틀어지지 않기 위해서는 그놈들의 행동을 잘 파악해야 했다.

능숙한 운전 덕분에 망원동 우체국에 금방 도착할 수 있었다. 대형 사거리를 끼고 있어 일반 우체국보다는 꽤 규모가 커 보였다. 앞으로 난 횡단보도가 있었고 신호등이 복잡했다. 재열은 깨달았다. 그래서 이곳을 노렸구나! 좌회전과 직진 신호를 교묘히 이용한다면 오토바이를 타고 돈을 날치기해 갈 수 있을 가능성이 높았다. 그렇다면 오늘 수금책은 없는 것일까. 재열이 여러 가지 생각을 했다. 왜 돈을 현금화해서 위장한 청원경찰에게 주라고 한 것일까. 무엇 때문에 실제로 만나야 하는 위험을 감수하면서.

그때 우체국 건물 옥상에서 플래카드가 내려왔다. 플래카드에는 "보이스 피싱 계좌 지급 정지와 30분 지연 인출 제도로 보이스 피싱 범죄 막을 수 있다!"라고 쓰여 있었다. 이거였다! 돈을 계좌로 송금해도 계좌 정지를 신청하면 인출이 되지 않는다. 그래서 위험을 감수하고 현금으로 돈을 받는 것이었다. 재열의 입꼬리가 슬쩍 올라갔다.

"어떻게 도착했는데, 바로 내려줄까예?"

"예, 이제 내리겠습니다."

아직 약속한 한 시는 아니었지만 재열은 미리 우체국 안의 동태를 살피기로 했다.

"나는 저만치 앞에다 차 세워놓고 기다리고 있을 테니께, 돈 전달하면 거기로 와요. 바로 따라붙어야 하니까."

"예, 다녀오겠습니다."

현식이 조수석 대시 보드 밑에서 시장 가방을 하나 꺼냈다. 주황색 잔꽃 무늬가 새겨져 있는 시장 가방이었다.

"돈, 여기다 넣어서 줘요."

"여기요?"

"그래야 눈에 잘 띄지. 이것만 따라가면 될 것 아닌감. 봉투에 넣어서 주면 주머니에 쓱 넣을지 가방에 넣어버릴지 모르니까 여기 여 큰 가방에다 넣어줘야 우리가 찾아다니기가 쉽지."

재열이 잔꽃 무늬가 그려진 시장 가방을 들고 택시에서 내렸다. 다섯 계단 정도를 오르자 자동문이 열렸다. 재열이 우체국 안으로 들어갔다. 에어컨의 차가운 공기와 우편물의 종이 냄새가 섞여 내부는 쾌적했다. 은행과는 또 다른 냄새였다. 재열이 눈을 돌려 청원경찰 복장을 한 남자를 찾았다. 경찰 옷을 입고 사기를 치면 안 당할 수 있겠는가. 나날이 대담해지는 놈들의 수법에 재열이 혀를 내둘렀다.

돈을 전달하기로 약속한 한 시가 되자 진짜 청원경찰로 보이는 남자가 우체국을 나갔다. 곧 마스크를 쓰고 청원경찰 옷을 입은 남자가 천천히 우체국으로 들어왔다. 진짜 청원 경찰이 자리를 비우는 점심시간을 이용해 교묘하게 속이는 수법이었다. 재열이 ATM 기계에 가까이 가자, 그가 다가왔다.

"구재열 씨 맞으신가요? 경찰청에서 연락을 받았습니다."

"네, 제가 구재열입니다."

"계좌에 있는 현금을 모두 인출해서 저에게 맡기시면 제가 경찰청으로 전달해 드리도록 하겠습니다. 지금도 표적이 되어 어디선가 미행이 붙었을지도 모르니, 집에 가실 때까지 방심하진 마시고요. 그래도 현금이 저희 쪽으로 넘어왔다는 걸 알면 피싱범들도 더 이상 따라가진 못할 겁니다."

"네."

피싱범이 피싱범을 잡는 수법으로 접근한 게 우스웠지만 재열은 적당히 당황한 척을 하며 돈을 뽑았다. 그리고 현식이 준 주황색 시장 가방에 현금 천만 원을 넣었다. 일부러 부피를 크게 하기 위해 만 원짜리 다발로 준비했다. 뒤에서 기다리고 있던 경찰을 사칭한 피싱범에게 재열이 가방을 건넸다.

"그럼 돈은 언제 돌려받을 수 있는 건가요?"

"자금 출처 확보가 되면 바로 보내드립니다. 걱정 마세요.

댁에 가서서 저희 서울 경찰청 연락 기다리고 계시면 됩니다. 저는 바로 자금을 안전하게 전달하러 가겠습니다."

남자가 유유히 떠났다. 그는 여유 있는 것처럼 구둣발 소리를 내며 천천히 멀어져 갔다. 모두 계산된 것이었다.

"돈은 잘 줬고?"

"네, 이제 그놈이 수거책으로 나타나기만 한다면……."

운전석에 앉아 가짜 청원경찰의 뒤를 쫓던 현식이 액셀을 밟았다.

"지금부터 가보자고, 그놈 잡으러! 여기는 1번 세탁기, 돈 전달 완료."

무전을 치듯 거치대에 꽂혀 있는 휴대폰에 대고 현식이 말했다.

"구재열입니다. 현금 잘 전달했습니다. 이제 청원경찰복 입은 남자를 따라가겠습니다."

재열의 목소리가 미세하게 떨렸다.

빨래방에서 화상회의 플랫폼으로 이야기를 듣고 있던 세웅의 손이 바빠졌다. 말로 설명을 전달하며 회의 창에도 메시지를 보냈다.

"우체국에서 현금 인출, 전달 완료. 현식, 재열은 청원경찰복 입은 남자 추적 중. 연남동 추적조 대기해 주세요. 수금책

그놈이 나타날 수 있습니다. 반복해서 알립니다."

세웅이 한 번 더 내용을 되풀이하고 회의 창에도 메시지를 올렸다.

"사이버 경찰인 줄. 체질이다, 체질이야."

여름이 열중한 세웅을 유심히 보고 혼잣말을 내뱉었다.

세웅의 목소리가 귓가에 울리자 그들은 다시 행동을 개시했다. 진돌이의 가슴 줄을 잡고 있던 장 영감과 연우, 미라가 연남동 공원으로 향했다. 재열이 알려준 대로 던지기 수법을 쓰는 곳으로 의심되는 거점 주변에 잠복해 있기로 했다.

"나는 그놈을 잘 알아볼 수 있을 것 같으니 진돌이와 홍제천 방향으로 걸을게요."

경찰견이라도 되는 양 한껏 늠름한 얼굴을 한 진돌이가 장 영감을 따라 걸었다. 연우와 미라는 장 영감과 반대로 애경타워 방면으로 향했다.

금요일 오후 연남동 공원 길에는 출근길 신도림역 못지않은 인파가 몰려 있었다. 젊은이들과 관광객들로 한창 복작복작했다. 진돌이가 사람들 다리 사이로 요리조리 잘 걸어갔다.

택시가 돈을 받은 전달책을 뒤쫓았다. 이 작전의 핵심은 보이스 피싱범들이 눈치채지 못하게 하는 데 있었다. 현식은 일

반 택시가 운행하듯 자연스럽게 차선을 바꿔가며 쫓았다. 남자가 곧 오토바이에 올라탔다. 그것도 분명 절도품이거나 명의가 불분명한 대포 오토바이일 것이었다. 망원동에서 홍대입구역 사거리까지 멈추지 않고 달렸다. 그런데 연남동 공원으로 가는 좌회전 차선에서 신호 대기를 하던 남자가 핸들을 돌렸다. 오토바이는 그대로 차 사이를 비집고 끼어들어 우회전을 해버렸다. 합정역으로 방향을 튼 오토바이를 바로 따라잡기는 어려웠다.

"전달책이 합정역 방향으로……."

"내가 일부러 중간 차선을 탄 이유가 바로 그거야! 오케이, 우회전!"

택시가 급하게 깜빡이를 넣고 우회전을 시도했지만 횡단보도 신호등에 초록불이 켜졌다. 사람들이 횡단보도를 건너기 시작했다. 현식이 빨간불이 들어오길 기다리며 눈으로 전달책을 쫓았다. 남자가 주황색 꽃무늬 시장 가방을 핸들에 걸어놓은 덕분에 눈에 잘 띄었다. 재열도 계속해서 오토바이를 주시했다. 빨간불이 들어오고 현식이 브레이크를 밟고 있던 오른발을 액셀 위에 올렸다. 불행 중 다행으로 차선들이 하나같이 꽉 막혀 있던 탓에 남자도 멀리 가지 못하고 앞 횡단보도에서 신호 대기를 하고 있었다. 오토바이는 우리은행 사거리에서 다시 우회전을 하고 그 길로 골목을 돌아 돌아 결국엔 연남동 공원으로 향했다.

그럼 그렇지. 연남동을 벗어날 리가 없어! 재열이 침을 삼켰다. 하지만 날렵하게 골목 사이로 들어가는 오토바이를 택시로 따라잡기에는 역부족이었다. 연남동 주민 센터 근처에 다다랐을 때 재열은 차에서 내리기로 결단을 내렸다.

택시에서 내린 재열이 뛰기 시작했다.

"구재열입니다. 차량으로 골목을 들어가는 데 한계가 있어 지금 연남동 주민 센터 앞에서 내렸습니다. 오토바이를 따라가고 있습니다! 사람들도 많고 따라가는 데 한계가 있어 보입니다. 하지만 끝까지 가보겠습니다!"

화상회의 방에 상황을 알린 재열이 더 빨리 달리기 시작했다. 오토바이는 연남동 주민 센터에서 집들을 개조한 카페 거리가 있는 방향으로 쌩 달렸다. 다행히 거리에 사람들이 많아서 남자가 재열의 존재를 눈치채지 못했다. 하지만 재열 또한 수많은 인파 속에서 전달책 남자를 놓쳐버리고 말았다.

"놓쳐버렸습니다. 안 보여요……."

화상회의 방에 있던 사람들이 동시에 탄식을 터트렸다.

"도무지 보이지가 않아요."

그중 가장 힘이 없는 사람은 단연 재열이었다. 하지만 괜찮았다. 그들에게는 사이버 경찰에 빙의된 세웅이 있으니!

"괜찮아요, 괜찮습니다. 어차피 전달책을 잡을 게 아니었잖아요. 우리가 잡아야 할 그놈은 분명히 수거책 역할을 할 겁니다. 이제 던지기 수법을 쓸 거예요. 제가 여기에서 로드 뷰로 찾아본 결과 신축 공사 중인 건물들이 꽤 있어요. 아마 공사장에 던지고 갔을 확률이 높아요. 그곳에는 CCTV가 없으니까요. 주민 센터 부근에 두 곳이 있어요. 그곳으로 가시죠. 그리고 지금 휴대폰을 켜세요. 돈도 전달했는데 계속 휴대폰을 꺼두면 그놈이 의심할 수도 있어요."

세웅의 지시가 이어졌다. 여름이 다시 한번 혼잣말을 했다.

"음, 알았다! 딱 보니까 저 아저씨 CSI 마니아네. 마니아야."

재열이 그놈들이 전화를 걸어왔던 휴대폰 전원을 켰다. 돈도 전달했으니 더 이상 의심하지 않을 터였다. 휴대폰을 손에 쥐고 세웅이 보내준 주소를 찾아 달리기 시작했다. 신축 공사가 한창인 철근 건물이 보였다. 하지만 그곳에 던지기를 하고 간 흔적은 없었다. 두 번째로 보내준 주소를 찾아서 발을 돌렸다. 건물 틀에 시멘트를 부은 지 얼마 되지 않은 듯 보였다. 시멘트 양생 기간엔 공사가 중단되기 때문에 인부나 관계자들의 발길이 끊길 것을 알고 이곳을 던지기 장소로 사용하려고 한 걸까. 공사장으로 들어서자 신발에 질퍽한 느낌이 전해졌다. 물을 머금은 듯 아직 수분기가 남아 있는 시멘트 위에 재열의 족적이 찍혔다. 얼른 발을 떼고 밖으로 나왔다. 공사장 일 층에는 재열의 발자국 외에 아무 자국도 있지 않았다. 그렇다면 이곳도 아니란 말인가!

재열은 더 이상 달릴 힘은 없었지만 어디로든 뛰어야 했다. 입에서 번진 비릿한 피 맛이 식도를 타고 내려왔지만 침을 꿀꺽 삼켰다. 다시 뛰려는 찰나에 공사장 옆 드럼통 뒤에 던져진 주황색 꽃무늬 시장 가방이 보였다. 재열이 가방을 열어보았지만 안에는 아무것도 없었다. 조금 전, 이곳에서 수금책이 돈을 가져간 것이 분명했다. 재열과 통화를 했던 그놈이 이곳에 나타난 것이다. 전달책이 그놈에게 돈을 전하는 과정을 놓쳤지만 일말의 희망이 생긴 재열이 다시 달리기 시작했다. 그리고 화상회의 방에 이 내용을 이야기했다. 그놈을 찾아 달리겠다는 말도 덧붙였다.

추적 조로 공원 길 근처에서 대기하고 있던 장 영감과 연우, 미라가 자신들의 차례가 왔다는 듯 동시에 발에 힘을 주었다.

"진돌아, 가자!"

장 영감이 셔츠 호주머니에서 손수건을 꺼내 이마에 맺힌

땀방울을 닦아냈다. 어지러운 골목 사이를 걸었다. 진돌이도 까만 눈동자를 빛내며 장 영감의 곁을 지켰다.

"목걸이가 핵심이에요. 보통 남자들이 그렇게 초커 목걸이를 하진 않으니까."

그놈 그림을 미라에게 보여주며 연우가 강조했다.

"초커 목걸이라는 게, 그 연예인들이 많이 하는 그런 목걸이죠? 검정 줄에…… 그 강아지 목에 걸어놓는 끈 같은!"

"맞아요! 아까 분명히 그걸 하고 있었어요. 펜던트 무늬가 너무 작아서 어떤 모양이었는지 정확히 기억은 안 나지만 보통 남자들은 그런 목걸이를 잘 하지 않잖아요. 한눈에 알아볼 수 있을 거예요."

빨래방에서 나와 애경타워 쪽으로 걷던 미라와 연우가 많은 사람들을 유심히 보았다. 하지만 인파가 너무 몰린 탓에 스쳐 지나가는 사람들 속에서 초커 목걸이를 한 사람을 구분하기는 어려웠다. 또 검정 옷을 입은 사람들이 유독 많았다. 난감한 표정으로 연우가 회의 방에 말을 남겼다.

"오늘 유난히 사람이 더 많아요. 아마도 대학교 축제 기간이랑 겹쳐서 그런가 봐요. 한 명 한 명 구분할 수가 없어요."

빨래방에서 내용을 들은 세웅이 눈을 반짝였다. 그리고 여름과 하준에게 눈짓을 보냈다.

"제가 버스킹을 할게요! 유튜브 라이브를 켜고 공지를 올리면 그래도 사람들을 한군데로 모을 수 있을 거예요."

하준에 이어 여름이 고개를 끄덕였다.

"제가 하준 씨와 같이 갈게요! 더 많은 사람이 모일 수 있도록 도울게요."

하준과 여름은 유튜브 채널에 들이기 연남동 반짝 버스킹 공지를 올렸다. 라이브를 켜는 동시에 구독자들이 라이브 방송에 접속했다. 접속자 수가 계속해서 늘어갔다. 하준이 휴대폰 카메라를 켜고 빨래방을 나왔다. 계속해서 연남동 공원을 비추며 걸었다. 라이브 방송을 하며 반짝 버스킹을 한다는 것을 홍보했다.

애경타워가 보이는 횡단보도 앞까지 온 둘이 공원 입구에 섰다. 오는 내내 사람들이 하준을 알아보았다. 하준이 확성기를 대신해 두 손을 모았다.

"여러분! 가수 하준입니다! 제 목소리 들리시나요? 반짝 버스킹을 시작해 보려고 합니다. 더 많은 분들이 모일 수 있도록 도와주세요."

구름 같은 인파가 순식간에 모여들었다. 하준과 여름을 둘러싸는 사람들이 점점 많아졌다. 한 줄로, 두 줄로 겹겹이 사람들이 질서 정연하게 줄을 이어갔다. 꿀벌이 달콤한 화분을 찾아 떠나듯 공원 길이 순식간에 한적해졌다.

연우는 하준의 버스킹 장소에 가지 않는 사람들을 정물화를 그리듯 세심하게 훑어보았다. 초점 없는 눈동자, 반팔 소매가 펄럭거리는 깡마른 몸, 초커 목걸이, 검정 벙거지. 속으로 특징을 읊고 있던 연우의 눈에 그의 뒷모습이 보였다. 분명히 그놈이었다. 아까와 달라진 점이 있다면 검정 히프 색을 허리에 두르고 있다는 것이었다.

"저기요! 저기 있어요!"

순간 큰 목소리가 나오자 다시 속삭이듯 연우가 팔꿈치로 미라를 쿡쿡 찔렀다.

"확인했어요. 저 개 목걸이."

미라가 화상회의 방에 공지를 남겼다.

"애경타워 방면 즉석 사진 찍는 가게 앞에서 그놈 발견! 지금 홍제천 쪽으로 걸어가고 있어요. 히프 색을 차고 있는 걸 보니 거기에 돈이 있는 것 같아요."

연우는 강아지풀이 무성한 화단에서 아리에게 돌을 던졌을 때와 같은 차림을 하고 있는 그놈을 따라갔다. 마침 홍제천 방향으로 걷고 있던 장 영감도 합류하겠다고 응답이 왔다. 뒤이어 재열도 숨찬 듯한 목소리로 뒤따라가겠다고 했다. 그놈이 알아차리지 못하도록 조심히 뒤쫓았지만 드문드문 뒤를 돌아

보며 수색하듯 살피는 그의 시선에 연우가 잡혔다.

미라가 목덜미에서 식은땀을 닦아냈다. 세상에 애를 키우는 것보다 무서운 건 돈이라고 생각했던 미라였지만 돈보다도 두려운 것이 있다고 느꼈다. 초점 없이 살기가 느껴지는 그놈의 눈빛을 보았기 때문이다.

눈지를 챘는지, 놈은 의도적으로 여러 번 방향을 틀었다. 공원 길을 빠져나와 골목을 비집고 들어갔다. 뒤이어 미라와 연우를 유인하듯 상가가 없는 골목으로 들어갔다. 다행히 둘은 길이 낯설지 않았다. 연우는 연남동에 자취한 지 꽤 오래되었고 미라야말로 아가씨 때부터 살았던 토박이였다. 놈은 일부러 사람이 드문 곳으로 발길을 돌렸다. 상황실이 있는 연남동 빙굴빙굴 빨래방과는 점점 멀어져 갔다.

놈이 눈치챘다는 걸 모르고, 미라와 연우는 자연스럽게 대화를 나눴다.

"오늘 저녁 뭐 먹을래? 닭갈비 해 먹을까? 오랜만에 언니 집 놀러 왔는데."

미라가 지그시 눈을 감았다.

"어, 좋지. 밥 먹고 디저트로 케이크 먹자. 오늘은 왠지 초에 불도 붙여야 할 것 같은 날인데?"

"켁켁. 큼. 흠."

둘의 대화를 들은 그놈이 피식 웃다가 기침을 했다. 성대가 쩍쩍 갈라지듯 건조한 기침 소리에 연우의 등에 소름이 돋았다. 그놈이 걷다가 뒤를 돌았다. 연우와 미라를 쓱 한번 훑고는 입꼬리를 살짝 말아 올린 뒤 다시 가던 길을 갔다. 둘의 얼굴을 확인한 그놈의 발걸음은 별일 아니라는 듯 더욱 가벼워 보였다.

화상회의 방에 계속해서 위치를 남긴 미라의 메시지를 따라 장 영감이 도착했다. 카라가 땀에 흥건히 젖을 정도로 이미 지쳐 있었다. 장 영감은 둘에게 알은체하지 않고 진돌이와 함께 자연스럽게 그놈의 뒤를 따라갔다.

깃털이 달린 분홍색 드림캐처를 유리창에 걸어놓은 소품 가게를 기점으로 남자가 달리기 시작했다.

"자신 있으면 계속 와봐. 켁."

그가 놀리듯 혀를 날름거리며 사라졌다. 당황한 연우와 미라가 덩달아 뛰었다. 장 영감이 가쁜 숨을 몰아쉬며 진돌이와 함께 달렸지만 역부족이었다. 몇 발 떼지 못하고 그 자리에 멈춰 섰다. 늘 장 영감 옆으로 걷던 진돌이가 앞서게 되자 가슴줄이 당겨져 앞발이 허공에서 버둥거렸다.

"구재열입니다! 지금 따라가고 있어요! 위험할 수 있으니 무리하지 마세요. 기다리세요."

노트북 스피커로 재열의 심정이 고스란히 느껴지는 목소리가 들렸다. 세웅이 키보드 위에서 손을 멈추었다. 재열도 재열이지만 연우와 미라가 위험할 수 있다는 생각이 들었다. 그가 흉기를 들고 있거나 힘으로 제압하려고 한다면 다칠 수도 있는 일이었다.

"침착하자. 침착하자……."

세웅이 아랫배에서 끌어 올린 한숨을 토해냈다. 언뜻 보기에 심호흡처럼 보였지만 불안함과 두려움이 섞여 있었다.

"미라 님, 휴대폰 카메라로 주변을 비춰줄래요? 아니면 주소판 보이는 대로 말해주세요!"

곧 화상회의 방에 미라가 보낸 영상이 들어왔다. 뛰면서 담아낸 영상은 흔들렸지만 세웅이 틀어놓은 로드뷰와 비교했을 때 한눈에 알아볼 수 있을 만큼 선명했다.

"재열 님! 지금 도로명 주소 보냈습니다. 거기로 가세요! 돈을 다른 곳으로 보내기 전에 잡아야 합니다. 돈이 증거가 될 테니까요!"

수갑 찬 그놈의 모습을 상상하며 재열이 힘을 냈다. 이를 악물었다. 그리고 간절한 마음으로 뛰었다. 유열의 휴대폰으로 전화가 한 통 울렸다.

"여보세요?"

"켁켁. 너야? 그 자살한 경찰 준비생 형, 맞지? 구유열, 구재열 형제 맞네. 뉴스에서 봤어. 큼. 네 동생 때문에 오래간만에 뉴스도 보고 재미있었는데. 아, 새끼들 전화번호를 골라도 꼭 또 이딴 걸 골라가지고 꼬이게 만드네."

"자수해. 기회 줄게. 아니 자수하지 마라. 넌 우리 손으로 잡는다."

"나 궁금한 게 있는데, 너 차는 바꿨어? 네 동생이 형 차 바꿀 때 보탤 돈이라고 울고불고. 돈만 돌려주면 신고 안 한다고 질질 짰는데. 켁켁. 솔직히 졸라 불쌍해서 돌려줄까 생각도 했어. 꼴랑 이백만 원 가지고 그렇게 뒈질 줄 알았나. 큼."

피가 뜨겁게 솟을 줄 알았지만 아니었다. 몸속에 푸른 피가 도는 것처럼 점점 이성은 차가워졌다. 재열이 주먹을 쥐었다. 반드시 잡아야 된다는 생각뿐이었다. 침묵이 이어지자 다시 기침 소리가 들려왔다.

"켁켁. 근데 너, 누나도 있었어? 재밌네. 할배랑 여자애는 쫓아오다가 나가떨어졌는데, 이 아줌마는 잘 달리네."

차가 몇 번 박은 것처럼 금이 간 회색 담벼락 앞에 남자가 섰다. 더 이상 물러설 곳이 없는 막다른 골목이었다. 남자가 눈 밑을 실룩실룩 움직이면서 웃음을 지었다. 그리고 재열과 통화를 하며 미라를 비릿한 눈으로 훑었다.

그의 이름은 고화평이다. 스물두 살 때, 휴대폰 판매점에서 일을 하다가 잘렸다. 고객이 남긴 개인 정보를 활용해 새로운 휴대폰을 개통하고 소액 결제를 했다가 걸렸다. 그렇게 큰돈은 아니었지만 오십만 원을 게임 아이템을 사는 데 사용했다고 말하자 점주는 그대로 짐을 싸서 나가라고 말했다.

화평은 평소에 헬조선이라는 단어를 입에 달고 살았다. 일자리도 못 구해, 또 취직해 봤자 집도 못 사. 그럼 결혼도 못 해. 이 세 가지 중 하나라도 이루지 못하면 가장 낮은 사회적 위치에 있어야 하는 것은 물론 비정상적인 사람으로 몰고 가는 한국 정서도 싫었다. 떠나고 싶었다.

중국에 기술을 배우러 간답시고 카지노에 기웃거려도 딱히 부모가 신경 쓰지는 않았다. 무소식이 희소식이겠거니 생각하며 지냈다. 화평은 막노동판에서 모은 돈으로 화려한 카지노에 입성했다. 그렇게 인생 한 방을 노렸던 게임판에서 오히려 한 방 먹은 화평은 천만 원대의 빚을 졌다. 그리고 한 달만 일하면 모두 갚을 수 있는 일자리가 있다고 하여 반강제로 전화국이라고 불리는 보이스 피싱 집단에서 일하게 되었다. 처음에는 떨렸다. 옆에 가져다 둔 대본대로 말하는데도, 목이 간질거리고 기침이 났다. 하지만 한 명 두 명 속일수록 자신의 캐릭터가 레벨 업을 하는 듯한 기분이 들었다. 오히려 상대가 속지 않거나, 돈을 보내지 않으면 화가 치밀었다. 승부욕이 일었다. 소득 없는 전화를 끊고 나면 자신의 형편없음이 드러나는 것 같아 열등감에 사로잡혔다. 한번 통화를 하면 상대의 숨통을 조이듯 공포심을 파고들어 기어코 돈을 송금받으려고 했다. 그게 백만 원이든 천만 원이든 반드시 속여야 직성이 풀렸다. 이미 빚을 다 갚았지만 다시 한국으로 돌아가기는 싫었다.

피싱책 일을 하면서 재미도 보았고 힘도 들지 않았다. 하지만 달고 살던 기침이 점점 심해졌다. 식도협착증이라는 진단도 받았다. 약 없이는 살 수가 없었다. 제대로 된 치료를 받지 않으면 목소리를 잃을 수 있다는 진단에 어쩔 수 없이 인천행 비행기를 탔다. 한국에 돌아온 화평은 더 이상 피싱책을 하지 않고 수금책으로 뛰었다. 전달책에게 받은 돈을 수금해서 차이나타운으로 보내 환전을 한 뒤 세탁을 거쳐 중국으로 보내는 데까지 역할을 해냈다. 그런데 이번에 전화국에서 재열에게 전화를 해버린 바람에 일이 이상하게 꼬여버려 꼬리를 밟히게 된 것이었다.

미라의 휴대폰이 울렸다. 당황한 미라가 그의 눈을 피하지 않고 똑바로 응시하며 천천히 주머니에서 휴대폰을 꺼냈다. 세웅이였다.

"무슨 일 있는 거 아니죠? 위치 공유해 줘요. 얼른!"

"지금 바로 보낼게요."

통화를 끊고 바로 현재 위치가 나오는 지도 앱을 켰다. 미라를 보는 화평의 눈빛이 아슬아슬했다. 미라가 현재 위치를 캡처하려는 찰나에 전화기가 꺼졌다. 요 며칠, 오 년 넘게 쓴 휴대폰의 수명이 간당간당하다는 건 알았지만 지금 이럴 줄이야.

"안 돼!"

"켁켁. 나 잡아봐라."

미간을 찌푸린 미라의 얼굴을 보고 화평이 재열과의 통화를 끝냈다.

◎ ◎ ◎

그 시각 빨래방에서 손에 땀을 쥐며 메시지를 기다리던 세웅이 미라에게 전화를 걸었다. 그리고 절망적인 소리가 들려왔다. 지금은 전화를 받을 수 없어…….

"안 돼!"

재열이 자신의 정체를 들켰다고 알렸다. 장 영감과 연우의 몸에서 힘이 턱 빠져버렸다. 진돌이도 혀를 길게 내밀고 숨을 헐떡거렸다. 두 사람 모두 다시 그 부근에서부터 미라를 찾겠다고 말했다. 빨래방에 있는 세웅도 그 골목 사이사이를 달리고 있는 것처럼 숨이 가빠왔다. 혹시 모를 상황을 대비해 경찰서에 주변 순찰을 요청한다고 신고를 넣었다.

◎　◎　◎

화평과 마주한 미라는 겁먹지 않았다. 두 발에 힘을 딱 주고 버텼다. 이유 있는 용기였다. 하필이면 그가 들어선 이 막다른 골목은 미라가 바로 전에 살던 원진 빌라가 있는 곳이었다. 후미진 골목에 끝이 막혀 있어 유치원 차량도 회전하기 어려워 혀를 내둘렀던 그곳이었다. 미라는 이곳 지리에 훤했다. 하지만 머릿속에는 여러 가지 생각이 교차했다. 아무리 말랐다고 하지만 저 남자와 몸싸움을 했을 때 이길 확률이 얼마나 될까. 혹시 저 히프 색 속에 돈과 함께 흉기가 들어 있다면? 등줄기를 타고 식은땀이 흘렀다. 빨래방에서 고양이와 놀아주고 있을 나희의 얼굴이 머릿속을 스쳐 갔다. 불안에 휩싸인 미라의 얼굴에 그늘이 질수록 화평은 재미있다는 듯 웃었다. 영화 '다크 나이트'에 나오는 조커 같은 미소를 짓다가 혼잣말을 하고 켁켁 소리를 냈다.

"아줌마, 지금 무섭지. 그냥 비켜. 큼."

"……그래, 나 아줌마야. 아줌마는 무서운 게 별로 없어. 그

리고 네 허벅지가 내 팔뚝이다. 난 너, 안 무서워. 내가 세상에
서 제일 무서운 건 돈, 그거 딱 하나야."

"아줌마 돈 좋아하는구나. 큼. 나랑 같이 일하면 내가 많이
줄 수 있어. 더 좋은 것도 줄 수 있고. 켁켁."

당장이라도 도망갈 자세를 잡고 있는 화평과 물 한줄기도
못 흘려보낸다는 심정으로 서 있는 미라가 대치했다.

"미친. 너랑 같이 일하다가는 평생 가족도 못 보고 감옥에서
썩겠지."

"무서우니까 헛소리가 막 나오지?"

미라가 일부러 더 큰소리치며 여유 있는 척을 했다.

"너 진짜 무서운 게 뭔지 알아? 진짜 사람을 무섭게 만드는
건 내 밑바닥을 스스로 확인하는 순간이야. 그래서 지금 네가
떨고 있는 거고. 너무 무서워하진 마. 원래 밑바닥을 쳐야 다
시 올라갈 구멍도 보이는 거야."

비웃음을 지은 미라 앞에 서 있던 그가 히프 색 속에서 무
언가를 꺼냈다. 작은 칼이었다. 순간 햇빛을 받아 칼날이 번
뜩였다. 크기는 작았지만 날카로운 그것은 누군가를 해치기에
충분해 보였다. 미라는 당황했지만 누군가가 올 때까지 자리
를 피하지 않기로 마음먹었다.

"켁켁, 닥쳐. 아줌마 입을 찢어줄 테니까."

그가 미라에게 달려들려는 순간에 원진 빌라의 유리문이 열렸다. 미라의 집에서 끙끙거리는 고무 마찰음 소리를 내던 고장 난 세탁기를 인부 두 명이 들고 나왔다. 무슨 영문인지 모르는 인부 둘이 화평이 손에 쥔 칼을 보았다. 두려움이 서려 있는 미라의 눈빛을 읽었는지 그들은 화평을 가두듯 커다랗고 묵직한 세탁기를 그의 앞에 내려놓았다.

"아씨, 치워! 당장 치우라고!"

그때, 막다른 골목 안으로 진돌이가 달려 들어왔다. 미라를 발견하고 꼬리를 흔들며 크게 짖었다. 마치 여기 있다는 걸 알려주기라도 하듯이. 곧이어 진돌이의 소리를 듣고 장 영감과 연우 그리고 재열이 도착했다. 틈을 포착한 고화평이 순식간에 한 손으로 세탁기를 짚고 뛰어넘었다. 절대 놓칠 수 없었다. 재열이 화평에게 달려들었다. 손아귀에 온 힘을 쏟아 왼쪽 어깨를 잡았다. 화평이 안간힘을 쓰며 쥐고 있던 칼을 휘둘렀다. 곧 재열의 왼쪽 뺨에 붉은 피가 번졌다. 그래도 재열은 끝까지 손을 놓지 않았다. 화평이 버둥거리면서도 다시 한번 칼로 얼굴을 위협했다. 재열이 뒤로 숙이며 어깨를 놓쳤지만 재빨리 팔을 뻗어 돈이 든 히프 색을 잡았다.

"놔! 꺼지라고! 놓으라고! 네 돈 돌려줄 테니까 놓으라고!"

"돈만 주면 안 되지. 계산은 똑바로 해."

재열이 있는 힘껏 히프 색을 잡아끌었다. 힘에 못 이긴 화평이 바닥에 나뒹굴었다. 얼른 몸을 일으켜 도망가려던 그에게 재열이 몸을 던졌다. 마침 순찰을 돌던 경찰차가 골목 앞에서 멈췄다. 곧 그의 손에 수갑이 채워졌다. 재열이 가쁜 숨을 몰아쉬었다.

　"그놈 잡았습니나. 정밀…… 고맙습니다……."

　재열이 화상회의 방에 소식을 전했다.

　빨래방에 있던 세웅도, 현장에 있던 장 영감과 미라, 연우도, 막 버스킹을 마친 하준과 여름도, 혹시 모를 상황을 대비해 택시에 앉아 대기하고 있던 현식도 모두 긴장을 풀며 어깨를 늘어트렸다.

　고화평은 현행범으로 잡혀 경찰차에 타는 순간에도 연우를 보고 입을 열었다.

　"켁켁. 야, 너 고양이 주인. 너 전화번호 내가 안다? 전단지. 크크. 흠."

　흠칫 놀란 연우가 시선을 피했다가 곧 가운뎃손가락을 치켜든 채로 그를 똑바로 응시했다. 예전의 연우가 아니었다. 이제는 지켜야 하는 것을 위해 강해질 줄도 알았다.

　재열의 왼쪽 뺨에서 피가 멈추지 않고 번졌다. 긴장이 가시지 않아 아직 떨리는 손을 가져다 댔다. 재열의 눈에 눈물이 고였다. 드디어 이제 동생에게 갈 수 있게 되었다. 너무 늦은 건 아닐까. 11월 25일. 동생의 기일. 무덤에 꼭 컵라면을 놔주고 싶었다.

"형이 갈게, 이젠 갈 수 있어."

장 영감이 가까이 다가왔다. 재열의 왼쪽 뺨에 손수건을 지그시 대고 지혈을 해주었다.

"우리 아들이 성형외과 의사예요. 근처 대학 병원에 있는데 내 속은 좀 몰라주는 아들이어도 실력은 좋아요. 이 상처, 이 흉 이제 지웁시다. 얼른 가서 이 붉은 줄도 없애고 오늘 다친 것도 말끔하게 치료합시다. 내가 같이 가줄게요."

그제야 재열이 가지런한 이를 드러내며 환하게 웃었다. 고개를 들어 하늘을 보았다. 하늘이 참 파랗고 좋았다. 부드러운 바람이 재열의 코끝을 스쳐 지나갔다. 너무 오래 구겨져 있던 마음까지 빨래하기 참 좋은 날이었다. 유열도 이곳을 알았더라면 그렇게 뛰어내리진 않았을 텐데…….

보이지 않는 바람이 재열을 감싸 안았다. 유열이 안아주는 듯했다. 재열은 가만히 눈을 감았다. 어디선가 연남동 빙굴빙굴 빨래방에 처음 들어갔을 때 났던 따뜻하고 은은한 사람 냄새가 불어왔다.

5

대추 쌍화탕

대주는 지구 반대편에 있어, 열일곱 시간이나 늦은 시간대에 있는 수찬이의 전화를 기다렸다. 새벽 다섯 시 육 분이었다. 조금 있으면 일어나 병원으로 출근해야 하지만 몸이 움직이지 않았다. 갑작스럽게 들이닥친 한파에 몸도 으슬으슬하고 기운이 나질 않았다. '점심 먹고 통화할 시간인데 왜 전화가 안 오지.' 대주는 다시 한번 휴대폰을 들여다보았다. 수찬이가 영어를 더 빨리 익히게 하려고 아내의 말대로 하루에 한 번, 자신과 통화를 할 때만 수찬이가 한국어를 사용하는 룰을 몇 개월째 지켜오고 있었다. 아내는 규칙을 지킨 덕분에 수찬이의 영어 발음이 유창해지는 중이라고 했다.

　남들이 보면 대학 병원 교수에 그것도 최고 인기라는 성형외과에 있는 본인이 남 부러울 것 없어 보이겠지만 딱히 사람 사는 게 그렇게 다르지도 않다는 걸 대주는 요즘 깨닫는 중이다. 아직 동료 의사 중에는 난임으로 아이를 갖지 못한 경우도 많았는데 대주와 아내가 결혼 이 년 차에 얻게 된 수찬이는 건강하고 똑똑했다. 덕분에 진작에 영재 판정을 받고 머나먼 캘리포니아 오렌지 카운티까지 가서 영어와 씨름을 하고, 돈이 더 많은 집 자식들 사이에서 몰라도 될 열등감까지 느끼며 커가고 있지만.

구름 사이로 어스름한 해가 떠오를 때까지 전화는 오지 않았다. 울리지 않는 휴대폰에 슬슬 걱정될 즈음 메시지 한 통이 도착했다.

　―여보, 미안. 오늘은 통화 어려울 것 같아. 수찬이 승마
　캠프 준비하느라 정신이 없어.

침대에서 몸을 일으켰다. 오전부터 빼곡히 차 있는 수술 스케줄을 감당하려면 얼른 아침밥을 먹어야 했다. 불혹에 가까워진 후로는 아침밥을 먹지 않으면 견디기가 어려웠다. 텅 빈 4인 식탁 위에 허연 플라스틱 용기가 몇 가지 놓였다. 아파트 단지 안에 있는 반찬 가게에서 세 팩에 만 원으로 골라온 것들이었다. 소고기 장조림과 볶음김치 그리고 말린 대추가 들어간 멸치볶음이었다. 이제는 삭막하게 혼자 밥을 먹는 것도 제

법 익숙해진 대주가 반찬을 보고 미간을 찌푸렸다.

어젯밤 마지막 수술을 마치고 부리나케 반찬 가게에 가서 냉장고에 남은 것들을 대충 집어 왔는데 거기 대추가 껴 있었을 줄이야.

장대주라는 이름 덕분에 어렸을 적부터 장대추라고 놀림을 받았던 그는 자연스럽게 대추를 싫어하게 되었다. 마흔이 넘어선 지금까지도 좋아하지 않아 먹지 않았고 어머니 제사상에서 말고는 딱히 대추를 볼 일도 없었다. 그래서인지 건대추를 넣은 멸치볶음이 마음에 들지 않았다.

삐-삐-삐.

즉석밥이 다 돌아가자 전자레인지가 소리를 냈다. 밥을 사기그릇에 덜어 먹을까 생각도 했지만 언제부터인지 혼자 먹는 밥에 정성을 들이는 것도 사치스럽다는 생각이 들었다. 고작 한 끼를 때우는 일에 그렇게 들일 시간도 없었다. 처음 즉석밥을 먹을 때는 옅게 올라오는 플라스틱 냄새가 싫었지만 이제 대주에게 식사 시간은 그저 로봇이 배터리를 충전하는 시간처럼 무미건조해졌을 뿐이었다.

"교수님 안녕하십니까!"

대주가 교수실에서 나오자 함께 회진을 할 인턴과 레지던트

들이 기다리고 있었다. 며칠 밤을 지새운 티가 났지만 파릇파릇했다. '나도 저럴 때가 있었지……' 유독 하얀 가운이 빳빳하여, 다림질된 옷에서 의사라는 자부심이 엿보이는 인턴의 얼굴을 보았다. 하얗고 뽀얀 게 부러웠다. '나도 이제 나이가 들었나 보다. 젊음이 눈에 들어오고……' 대주는 가볍게 인사를 받은 뒤 회진을 돌았다. 평소처럼 고통을 호소하는 한자에게는 무통 주사와 더 센 항생제를 처방해 주고 더 이상 돈이 안 되는 입원 환자들에게는 방을 빼라는 진단을 내렸다.

대학 병원 성형외과에는 유방암 수술 후, 유방복원 수술을 받는 여성 환자들이 많았는데 환자들 대부분은 딸들이 간호를 했다. 이래서 어른들이 딸 하나는 꼭 있어야 된다고 하는 건가 싶었지만 대주는 둘째를 생각하기엔 더 이상 만들 마이너스 통장도 없었다.

교수실에 앉아 잠깐 휴식을 취하는 사이 휴대폰 진동이 울렸다. 아내였다.

"캠프 준비는 잘했어?"

"어, 여보. 오전에 전화 기다렸지. 미안해. 이것저것 렌트하느라고 준비할 게 많네. 우리 수찬이만 승마 프로그램을 계속 받은 게 아니다 보니까 장비를 옷부터 다 빌려야 돼서."

"우리 수찬이만?"

"어, 우리 수찬이만."

서러움 반 신경질 반이 섞인 목소리였다.

"······한국에서도 승마는 배운 적 없잖아."

"한국에 있을 때야 골프랑 아이스하키 정도만 하면 됐지만 여기는 승마가 또 필수라니까, 우리 수찬이만 안 할 수는 없잖아. 나중에 대학 갈 때 다 반영될 텐데. 혹시······ 아버님 댁 여전히 공사할 생각 없어 보이셔?"

"······많이 모자라? 이제 아무리 찾아도 더 나올 구멍은 없어."

"아니, 우리 수찬이만 렌트한 것들 입고 차고 하니까······. 다른 애들은 이미 개인 말도 있는데. 그것까진 아니어도 비슷하게 구색은 맞춰줘야지. 빌린 거 입히려니 나도 얼굴이 화끈거려. 이번에야 맞춘 옷이 아직 안 왔다고 둘러대긴 했는데 조금 있으면 눈치채겠지. 여긴 대치동 엄마들이랑은 클래스가 달라. 한국에서 시터 이모까지 데리고 온 엄마들도 있고······."

대주는 아내의 말이 길어지기 전에 전화를 끊고 싶었다. 얼른 책상을 몇 번 두드려 노크 소리처럼 꾸며낸 뒤 외래 진료를 본다고 얼버무리며 전화를 끊었다. 모바일 뱅킹 앱에 접속해 자금 사정을 살폈지만 더 이상 쥐어짤 구멍은 도무지 없었다. 저번에 아버지를 조금 더 설득했다면, 아니 아버지가 그렇게 쓰러지지만 않았다면 연남동 집을 개조해 나오는 월세로 수찬이의 기가 조금 더 살 수 있었을까 하는 아쉬움이 스쳐 가기도 했다.

내년이면 신청할 수 있는 안식년의 꿈은 접은 지 오래였다. 안식년을 맞이하면 수찬이와 함께 일 년 정도 여유 있는 시간을 보내려고 했지만 그렇게 되면 승진도 누락될 것이고, 그렇다고 오렌지 카운티에 있는 농장에 취직해 생활비를 감당할 수도 없는 노릇이었다. 대주의 머릿속에는 "우리 수찬이만"이라는 한 문장이 콕 박혀 떠나지 않았다.

다시 전화가 울렸다. 이번엔 아내가 아니라 압구정에 성형외과를 개원해 꽤 잘 나가는 동기 놈 전화였다. 주말에 대진을 봐달라는 연락이었다. 대학 병원에서 일을 하면서 다른 병원에서 수술을 하는 행위는 계약에 위반되는 것이었다. 만약 들키면 해고 사유가 되기에도 충분했다. 하지만 일당이 백만 원이라는 말에 머릿속에 번드르르한 윤기가 흐르는 갈색 말 한 마리가 휙 지나갔다. 주말 이틀만 뛴다면 월 팔백은 보장인데? 이번엔 수찬이를 태우고 초원을 달리는 갈색 말이 대주를 향해 윙크를 했다. '그래. 콜, 하자. 누가 알겠어. 수술실에서 수술만 하는 건데!' 대주는 이번 주말부터 나가겠다고 말했다.

퇴근 후, 신촌에서 반포에 있는 집까지 오는데 오한이 온 것처럼 몸이 으슬으슬 떨렸다. 우리 수찬이난 렌트한 승마복을 입는다는 말에 입이 꺼끌꺼끌해져 배도 못 채우고 수술을 뛰어서인지 몸살이 오고 있다는 신호였다.

단지 입구에 있는 편의점에 들어갔다. 급한 대로 감기약 하나를 계산했다. 명색이 대학 병원 의사씩이나 되는 사람의 집에 응급약 하나 없다니 픽 웃음이 났지만 수찬이가 없으니 집에 상비약을 가지고 있을 필요가 없었다. '뜨거운 물로 샤워하고 한숨 푹 자야지. 그래야 내일 또 출근하지.'

현관문을 열자 냉한 기운이 코끝을 스쳤다. 바닥의 냉기에 발이 시렸다. 대주가 보일러를 확인했다. 계기판에 뜬 파란 숫자가 깜빡였다. 온도조절기 전원 버튼을 꾹 눌러 다시 전원을 켰지만 "에러 코드 08"이라는 글자가 떠올랐다. 대주는 화장실로 들어가 뜨거운 물을 틀었지만 얼음장처럼 차가운 물만 줄줄 나왔다.

관리실에 전화하니, 한파 이후 오늘만 열 세대 넘는 집에서 이런 고장이 접수되었다고 했다. 보일러 회사에 직접 전화해 수리를 맡겨야 한다는 것이다. 인터넷으로 검색해 수리 회사를 찾았다. 대주가 가장 빠른 날짜로 예약을 요청했지만 그마저도 일주일 뒤였다. '젠장, 그때까지 어디서 지내야 한담. 이 냉골에서 잘 수도 없고……'

아버지가 계신 연남동 집으로 간다면, 비싸기만 한 강남 아파트에 꾸역꾸역 사는 것을 마음에 들지 않아 하시는 아버지가 잔소리만 구구절절 늘어놓을 게 뻔했다. 하지만 딱히 다른 방법이 없었다. 더 시간이 늦어지기 전에 전화를 걸었다.

"무슨 일이냐, 이 시간에."

"아버지, 저……."

"꾸물대지 말고 얼른 말해라, 진돌이 산책 나가야 해."

"보일러가 고장 나서 며칠 연남동 집에서 지내야 될 것 같아요."

"으이구, 그 비싸기만 한 아파트. 쯧쯧, 지금 와라. 얼음장 같은 집에서 어떻게 잘래. 여기에서 병원까지 출근하는 것도 가깝고. 옷만 챙겨 와라."

장 영감이 마지막 말을 하고 전화를 끊었다.

"지금 운전할 힘도 없는데…… 가서 또 아버지 잔소리까지 들어야 하나."

대주가 한숨을 쉬었다. 뜨거운 콧김도 함께 나왔다. 짐 가방을 트렁크에 싣고 아버지의 집으로 향했다. 연남동 골목에 들어서자 운전하기가 여간 불편한 게 아니었다. 연말이라 삼삼오오 모여 파티를 하고 노는지 술에 취해 비틀거리는 사람들이 많아 좁은 골목을 살금살금 서행했다. 혹여나 이제 막 할

부금을 내기 시작한 귀한 포르쉐에 누군가가 부딪치고 시비를 걸까 봐 신경이 곤두섰다.

그렇게 몇 개의 골목을 지나자 파란색 대문이 보였다. 어릴 적부터 결혼하기 전까지 오랫동안 살았던 집이었다. 하지만 요즘은 이곳이 왜 이렇게 낯설어졌는지, 불편하고 낯설고 가끔은 성가시다는 생각마저 들었다. 대문 앞에서 진돌이 가슴줄을 잡고 왔다 갔다 걷고 있는 아버지의 모습이 헤드라이트 불빛에 비쳤다.

"제아무리 비싼 강남 아파트여도 추위에 보일러 터지는 건 똑같구나. 그런 집을 뭘 그렇게 무리하게 사서 들어갔는지……."

거실에 캐리어를 들여놓자마자 장 영감이 혼잣말처럼 입을 뗐다. 대주가 입에서 바람 빠지는 소리를 한 번 내고 짐 가방을 끌었다. 장식장 안에 곱게 펼쳐놓은 용감한 시민상 표창장이 눈에 들어왔다. 아버지가 수술한 지 얼마 안 된 몸으로 보이스 피싱범을 잡는 데 나선 게 못마땅해 한소리 하고 싶었지만 꾹 참았다.

장 영감이 안방을 가리키며 입을 열었다.

"저쪽 방에서 지내라. 나는 진돌이랑 거실에서 자는 게 편하니까."

"예."

대주는 토 달지 않고 장 영감의 말을 따랐다. 토를 달 기운도 없었다. 감기약 기운이 손 마디까지 뻗쳐 온몸이 노곤해지고 눈꺼풀이 감겨왔다. 얼른 뜨거운 물로 샤워를 하고 좀 누울 수만 있다면……. 대주는 뜨끈한 물이 절절 흐르는 샤워기 앞에 한참 동안 서 있다가 침대에 누웠다. 어머니 김길예 여사가 돌아가시기 전 아버지와 둘이 같이 쓰시던 침대였다. 그리고 이 방은 대주에게 30년 넘게 안방이었던 곳이었다. 기분이 이상했다. 기억하려고 해도 잘 기억나지 않는 어머니 김길예 여사의 얼굴을 애써 떠올릴 즈음 위층에서 쿵쿵 소리가 몇 번 들렸다. 곧이어 까르르 웃음소리가 들렸다. '아버지가 쓰러졌을 때 도와줬던 그 집 식구들인가 보네. 뭐가 그렇게 재미있을까…….'

잠들 만하면 들려오는 웃음소리 때문에 자꾸만 선잠에서 깼다. 우리 수찬이도 캘리포니아에서 저렇게 웃고 있을까. 아내와 수찬이가 그리워진 대주가 이불을 끌어안았지만 몸 어딘가에 구멍이라도 난 듯 여전히 찬바람이 드는 것 같았다. 춥다. 오늘따라 왜 이리 시린 곳이 많아.

"잘 주무셨어요."

대주가 뽀얀 곰탕 국물에 소금을 치고 있는 장 영감 앞에 앉으며 인사를 건넸다. 진돌이는 장 영감의 발에 턱을 괴고 엎드려 있었다.

"어서 들자. 그래도 여기는 병원이 훨씬 가까우니까 여유는 있겠구나."

뜨끈한 곰탕의 김이 서먹한 부자 사이에 피어올랐다. 곧 챙챙거리며 사기그릇에 쇠숟가락이 부딪히는 소리만 들렸다.

쿵쿵. 위층에서 나는 발걸음 소리가 두 사람 사이의 정적을 깼다.

"층간 소음이 좀 있네요. 급하게 공사해서 그런 건지……. 저 집 맨날 시끄러워요? 밤에도 그러던데."

미간을 잔뜩 찌푸린 대주가 숟가락을 내려놓았다.

"윗집 딸아이가 무척 활발해. 웃음소리도 크고. 듣기 좋잖아, 사람 사는 집 같고. 저 식구들 아니었으면 나는 그때 벌써 갔지……. 흠, 넌 몸은 좀 괜찮고?"

아무리 사람 마음이 화장실 갈 때와 나올 때 다르다지만 이렇게까지 간사할 수 있나 싶었다. 대주도 미라가 아버지를 빨리 발견하고 병원으로 데려다준 건 고마웠지만, 그것 때문에 집주인인 아버지와 자신이 빚지고 있는 듯한 느낌이 들었다. 또 그것 때문에 집을 기약 없이 헐값에 세를 준 것이 못마땅했다. 그렇다. 요즘 한 푼이 아쉬운 자신은 은혜 갚은 까치보다 못한 사람이라는 생각이 들었다.

괜히 분한 마음이 얼굴에 드러난 대주에게 장 영감이 말했다.

"끙끙 앓는 소리가 문밖까지 다 들리더라. 의사가 자기 몸 하나 못 돌보고······."

"의사는 뭐 신인가요. 아플 수도 있지."

"보일러 고치는 날짜까지 너무 멀면 윗집에 말해볼까. 보일러 수리 기사니까 개인적으로 부탁해서 할 수도 있고."

"돼요. 이미 예약 잡아놨어요. 괜히 건드렸다가 더 크게 고장 날 수도 있고요."

"그래도 전문 기사인데 고칠 수 있겠지. 오늘 마주치면 말 한번 꺼내보마."

"두라니까요. 우리 집까지 고쳐주고 또 무슨 빚진 마음으로 살라고!"

"빚진 마음이 들면 갚는 마음으로 살면 되는 거야. 그렇게 둥글게 다 같이 사는 게 사람 사는 거지. 혼자 그렇게 살 거면 달팽이처럼 네 등에 집 하나 얹어놓고 혼자 살아가지 그러냐."

"제 말은요······ 그래서 저 집 언제까지 세줄 건데요? 이 년만 살 사람들 아니잖아요. 그렇다고 갑자기 형편이 나아져서 이 집에서 나갈 것도 아니잖아요. 저 식구들 언제까지 세 같지도 않은 세 받으면서 데리고 계실 건데요?"

"아깝냐. 아깝다는 생각이 들면 네 아버지 목숨값이라고 생
각해. 아까도 말했지만 저 식구들 아니었으면……. 아니 내가
그때 갔어야 했던 거냐?"

"그만하세요!"

대주가 큰 소리를 내자 장 영감 발밑에 엎드려 있던 진돌이
가 몸을 일으켰다. 장 영감도 자리에서 일어나 싱크대로 향했
다. 그는 열탕 소독을 마친 깨끗한 유리병을 들었다.

"가라, 너 기다리고 있는 환자들한테. 늦으면 쓰냐."

체념한 듯 힘없이 말하는 장 영감의 목소리가 대주의 마음
을 더 불편하게 했다.

"그 병들은 다 뭐예요?"

"가을에 마당에 있는 대추나무에서 딴 거로 대추 쌍화탕 좀
만들려고."

"그렇게나 많이요?"

"빨래방에도 좀 갖다 놓으려고 넉넉하게 만들려는 거다."

"그놈의 빨래방은……. 집에 계세요. 길도 미끄러운데 왔다
갔다 하다 넘어지고 다치면 누가 수발들어요."

자신과 손주 수찬이보다 윗집을 더 챙기고 빨래방 사람들을
신경 쓰는 아버지에게 불끈 화가 올라왔다.

"너한테 들라고 안 하마. 이제 그만 가라. 시끄럽게 하지 말고."

대주가 식탁 의자에 걸어놓았던 코트를 입으며 한 소리 더 거들었다.

"나가지 말라고 말씀드렸어요. 길 미끄러워요. 그 빨래방은 무슨 동네 사랑방이에요? 맨날 먹을 거 갖다 놓고 나눠 먹으면서 친목 도모하게. 사람들 참 시간도 많아. 또 그런 위험한 일에 휘말리면……."

말린 대추를 칼로 저미고 있던 장 영감이 뒤돌아 말했다.

"위험했지만 범인도 잡았고, 세웅이라는 총각은 그 길로 꿈도 찾아서 경찰 고시도 준비하고 있어. 재열 청년은 너한테 흉터 치료를 받은 뒤로 다시 거울도 보고 웃기도 한다고 하더구나. 이제야 비로소 사람답게 살고 있다고. 거기는 그냥 빨래만 하러 가는 데가 아니야."

"예예, 알겠어요. 저 나가요."

대주가 더 이상 듣기 싫다는 듯 고개를 저으며 집을 나섰다. 장 영감이 대주가 나간 문을 바라보며 허무하다는 표정을 짓자 진돌이가 장 영감 다리에 얼굴을 문질렀다.

"저 녀석은 참……. 네가 내 아들로 태어났으면 더 좋았겠다, 진돌아."

'빨래하러 왔으면 빨래만 하고 가면 되지. 나만 빼고 다들 먹고살기 편한가. 다들 인정 넘치는 척은!'

대주는 차 문을 쿵 닫았다. 병원에 들어서자 익숙한 알코올 소독약 냄새와 건조한 공기가 동시에 느껴졌다.

일을 마치고 다시 교수실에 돌아와 앉자, 이미 창밖으로 겨울의 짧은 해가 저물어가고 있었다. 외래 진료를 끝내고 응급으로 들어온 화상 환자를 보고 난 뒤인데도 이상하게 배가 고프지 않았다. 마치 아침에 먹었던 뜨끈한 곰탕이 속에서 잘 버텨주고 있는 것처럼.

퇴근하기 전 잠깐 짬을 내 내일 대진하러 가기로 했던 병원 원장, 동기와 통화를 했다. 일은 간단하다고 했다. 맨날 하던 가슴 수술만 하면 된다고. 시간과 위치를 문자로 받고 퇴근했다. 아침에 장 영감과 한바탕하고 나온 터라 집에 들어가기 머쓱했지만 또 마땅히 갈 곳이 없었다. 얼음장처럼 차가워진 집의 보일러 수리 견적만 받는 것도 아직 일주일이 남은 실정이었다. 결국 대주가 돌아갈 곳은 장 영감과 진돌이가 있는 연남동 파란 대문 집뿐이었다.

대주가 대문 앞에서 서성이는 동안 문이 열렸다. 보일러 회사 점퍼를 입은 우철이 나왔다.

"안녕하세요, 오랜만에 뵙네요."

정겹게 인사를 하는 우철과 달리 대주는 시큰둥한 얼굴로 가볍게 고개만 숙였다. 집은 비어 있었다. 장 영감과 진돌이도 보이지 않았다. '길도 미끄러운데 기어코 그 빨래방에 대추 쌍화탕인지 뭔지를 주러 갔나 보군!' 그 정성을 수찬이에게 쏟아주면 좋겠다는 생각이 들었다. 그 먼 타지에서 고생을 하는데 친손주 걱정은 되지도 않는 건지. 또 불끈 서운함이 솟아올랐다. 식탁에 펼쳐져 있는 신문에는 보란 듯이 "사교육은 사서 하는 고생! 아이의 자율성에 믿고 맡겨야"라는 헤드라인의 기사가 쓰여 있었다. 이미 꽈배기처럼 속이 배배 꼬인 대주는 얼굴도 모르는 기자에게 부아가 치밀었다. 그때 드르륵 현관문이 열렸다. 장 영감과 진돌이가 집으로 들어왔다.

"어, 왔냐."

"어디 다녀오셨어요? 한파주의보라는데."

장 영감이 다리를 절뚝거리며 소파에 가 앉았다. 진돌이도 그 옆에 자리를 잡았다.

"아침에 말했잖냐. 쌍화탕 좀 가져다 놓고 오느라고……."

"다리 다치셨어요?"

고된 한숨을 내쉰 장 영감이 입을 열었다.

"일단 물 한 잔만 다오."

대주가 장 영감에게 다가가 다그치듯 물었다.

"다치셨냐고요! 오늘 나가지 말라고 했잖아요."

"안 넘어졌다. 날씨가 너무 추워서 그런지 조금 걸었더니 허리도 뻐근하고 발목도 아프고. 호들갑 떨지 마라. 별거 아니다."

"이런 날에 사고 나서 오는 노인들이 태반이에요, 응급실에."

"안 다쳤대도! 됐다. 물은 내가 떠 마시마. 들어가라!"

제 앞가림도 못 하면서 꼬투리를 잡았다는 듯 잔소리를 하려 드는 아들놈이 못마땅해서 장 영감이 물을 벌컥벌컥 마셨다. 등 뒤에서 문 닫히는 소리가 났다.

대주는 안방 침대에서 몇 번 몸을 뒤척이다가 금방 잠이 들었다. 인턴 시절 터진 허리 디스크 때문인지 다른 이유 때문인지 유독 잠자리에 예민한 대주였다. 좋다는 매트리스는 다 써 봤지만, 나아지지 않았다. 그런데 푹 꺼져가는 이미 십오 년도 더 된 안방 매트리스에서는 신기하리만치 잠이 잘 왔다.

낑낑.

진돌이가 현관문을 긁었다.

"우리 진돌이가 산책이 하고 싶구나. 답답하지. 나가야 되는데……."

장 영감이 어제 뻐근했던 무릎을 짚으면서 소파에서 일어나자 대주가 문을 열고 나왔다.

"오늘은 휴진 아니냐?"

코트에 머플러까지 챙겨 입고 나온 대주가 냉장고 문을 열었다.

"잠깐 동기 좀 만나려고요."

"이렇게 일찍부터?"

"네, 이거 말고 마실 거 없어요?"

냉장고 안에는 온통 유리병에 든 까만 한약 색깔의 대추 쌍화탕뿐이었다.

"전자레인지에 딱 이십 초만 돌려서 먹고 가라. 아주 속이 든든하고 좋아."

장 영감이 주방으로 가려고 하자 대주가 서둘러 냉장고 문을 닫았다.

"저 대추 안 먹어요. 그냥 나갈게요. 쉬세요."

"어릴 때부터 그러더니 마흔이 다 돼도 대추를 안 먹냐. 달짝지근하고 속도 뜨끈하고 얼마나 좋은데."

선팅이 잘 된 포르쉐 한 대가 주말의 강변북로를 빠르게 가로질렀다. 부드러운 핸들링을 느끼며 대주가 흐뭇한 얼굴로 차 안에서 나오는 노래를 흥얼거렸다. 혼자 운전하는 시간만큼은 대주가 모든 것으로부터 해방된 자유를 만끽하는 시간이었다. 한남대교로 빠지는 표지판이 보이자 오른쪽 깜빡이를 켜고 차선을 변경했다. 차에서 카플레이로 연결된 전화가 울렸다. 수찬이었다.

"아빠!"

"어, 수찬아. 승마 캠프는 잘 다녀왔어?"

"제 말 이름은 젤다였는데 정말 재미있었어요. 저는 계속 젤다를 타고 싶은데 다음번에 갈 때는 다른 말로 바뀐대요."

"왜?"

"그야 제 말이 아니니까 그렇죠. 아빠는 뭐 하세요?"

"어, 아빠는…… 잠깐 볼일이 있어서 나왔어. 젤다가 마음에 들었어?"

"음, 젤다가 저랑 제일 호흡이 잘 맞아요. 처음에 써니를 탈 때는 안장에 앉자마자 써니가 흥분해서 떨어질 뻔했어요. 여기 선생님 말로는 말에서 떨어졌으면 죽었을 수도 있대요. 그래서 젤다를 소개시켜 줬는데 저랑 호흡도 잘 맞고 젤다는 순하고 착해요. 말도 잘 듣고요."

"떨어질 뻔했다고?"

"그렇게 위험한 건 아니었고, 옆에 선생님이 바로 써니 진정시켜서 다치지 않았어. 너무 걱정하지 않아도 돼."

수찬이 대신 아내의 목소리가 들렸다.

"승마하다 다치면 얼마나 크게 다치는데! 써니라는 말 조련은 다 된 거야?"

"그게…… 젤다는 조련 기간이 길고 그 말로 수업하려면 더 비싸서. 제일 그레이드가 낮은 써니를 선택한 건데 그런 이벤트가 생길 줄 몰랐지."

"가격 차이가 많이 나?"

"오백 불 정도……."

"그럼 그냥 다음부터 젤다로 수업해. 수찬이만 클럽에 지정 말 없다며. 지정마로 신청해. 한 일 년만 내가 좀 더 끌어볼 수 있을 것 같으니까."

"어떻게? 아버님 집 공사하신대? 그 세입자들 아직 일 년도 안 살았잖아."

"아무튼, 다음부터 수찬이 위험하게 하지 말고 젤다해."

◎ ◎ ◎

신사역부터 압구정역까지 이어진 도로 양옆에는 대한민국의 모든 성형외과와 피부과를 모아 놓은 것처럼 한 건물에 네다섯 개의 병원 간판이 걸려 있었다. '여기도 우아한 전쟁터구

먼. 밥그릇 싸움 살벌하겠네.'

동기가 알려준 주소에 도착하자 발레파킹을 하는 사십 대 중반의 남자가 나왔다. 차 키를 안에 두고 내리라고 했다. 대주는 남의 손에 핸들 닿는 게 싫어 발레파킹 비용은 내고 스스로 주차하는 사람이었다. 대리운전 한번 불러본 적이 없다. 술 약속이 있는 날이면 아예 차를 집에 두고 갈 정도로 대주에게 포르쉐는 둘째 아들처럼 귀했다.

병원 문을 열고 들어가자 가슴 수술 대기 중인 환자들이 소파에 여럿 보였다. 젊은 사람도 있었고 나이 든 중년의 여자도 있었다. 데스크 직원이 동기 이름이 적힌 원장실 문을 노크했다.

"시간 잘 맞춰 왔네."

"야, 대기 환자도 많다. 개원하길 잘했다, 너."

"다 빚이지, 뭐. 그거 갚고 흑자 내려면 갈 길이 멀어. 요즘은 내 영혼만 끌어서는 개원이 안 되더라고."

"그럼 뭘 더 끌어야 되냐?"

"우리 부모님에 장모님 장인어른 영혼까지 다 끌어서 차린 거야."

"부럽다, 야. 부모님이 개원한다고 영끌도 해주고. 우리 아버지는…… 말을 말자."

대주가 고개를 절레절레 저었다.

동기에게 수술할 환자들 차트를 받았다. 출산 후에 수유로 처진 가슴이 고민인 삼십 대 여자 한 명과 오직 크기가 커지기만을 원한다는 이십 대 여자 환자였다. 약물이나 알레르기 반응도 없고 혈압 수치도 괜찮고 환자 본인의 의지가 워낙 강한 미용 목적의 수술이다 보니 대주도 한결 마음이 편했다.

대학 병원에서 진행하던 유방복원 수술처럼 까다롭지 않은 수술이라 어쩌면 더 많은 수술을 하고 대진비도 더 많이 받을 수 있을지도 모른다는 기대감이 차올랐다. 동시에 대주의 머릿속에서 황갈색과 금색 사이의 윤기 있는 털을 자랑하는 젤다를 타고 있는 수찬이의 모습이 상상되었다. 또 동시에 타 병원에서 의료 행위 시 해고 및 징계에 처할 수 있다고 쓰여 있던, 대학 병원 채용 계약서의 조항도 불현듯 머릿속을 스쳤다. 하지만 수술실에서 같은 수술복을 입고 마스크를 쓰고 있으면 자신이 대학 병원 의사인지 여기 의사인지 누가 알겠는가.

그날 하루 동안 세 건의 수술을 했다. 동기에게 봉투를 받았다. 세금도 떼지 않고 현찰 박치기로 주는 일당에 대주의 가슴이 부풀었다.

"내일도 이 시간에 오면 되지?"

"어, 대주 네가 있어서 나도 든든하다."

봉투를 코트 안쪽에 찔러 넣고 성형외과를 나섰다. 수술 내내 굽어 있던 등도 펴지고 디스크도 싹 나은 것처럼 몸이 홀가분했다. 이게 바로 사람들이 말하는 금융 치료라는 건가.

다음 날도 압구정 성형외과 수술방에 대주가 있었다. 하지만 그날 문제가 터졌다. 하필이면 교수 임용 과정에서 대주에게 밀려 대학 병원을 나와 개원을 했던 동기가 화환을 가지고 병원에 찾아온 것이다. 대주는 마스크로 얼굴을 가린다고 가렸지만 인턴 때부터 수술실에서 맨얼굴보다 마스크 쓴 얼굴을 더 자주 보았던 동기가 대주를 알아보았다. 그는 음흉한 미소를 남기고 병원을 떠났다.

고작 두 번의 돈 봉투를 안주머니에 챙긴 뒤, 대주가 소속되어 있는 대학 병원에서 징계위원회가 열렸다. 계약을 위반하고 본 병원 의사로서 품위를 떨어트렸다는 이유로 감봉 육 개월에 처해졌다. 대주가 고개를 떨어트렸다. 감봉 육 개월이라니! 대주는 그 뒤부터 탄탄한 다리를 자랑하는 젤다 위에서 수찬이가 낙마하는 꿈을 몇 번이나 꾸었다.

똑똑.

"아직 자냐? 무슨 꿈자리가 그렇게 사나워서 소리를 질러. 그런 꿈은 빨리 깨는 게 나아. 얼른 일어나라."

걱정스러운 장 영감의 목소리가 몇 번이나 문밖에서 들렸다.

◎ ◎ ◎

보일러 수리 기사가 대주의 집에 방문했지만 단순히 온도조절기의 문제가 아니라 바닥 공사를 해야 한다고 진단했다. 바닥 어느 지점에서 보일러가 터졌고 공급이 안 되고 있는데, 그렇게 되면 밑에 집에 물이 샐 수도 있다고 했다. 고치지 않고 방치하다가 정말 밑에 집에 물이라도 새면 보상을 해줘야 한다는 말도 덧붙였다. 보상이라는 말에 대주가 얼른 공사 견적을 잡아달라고 했지만 한파주의보에 보일러가 말썽인 집이 많아 그마저도 대기가 길었다. 그 기간만큼 연남동 파란 대문 집에서의 불편한 동거 기간도 늘어나 버렸다.

이래저래 돈이 들어갈 구멍 천지였다. 나올 구멍은 없는데 들어갈 구멍만 점점 늘어갔다. 당장 수찬이와 아내 생활비를 보내야 하는데 하필이면 이번 달부터 감봉이라 빠듯했다. 마이너스 통장도 더 긁을 수 없었고 강남 집 대출과 캘리포니아에 집을 얻을 때 끌어 쓴 신용 대출까지 금리가 오르면서 말 그대로 총체적 난국이었다. 이런 상황도 모르는 아내는 이미 대주의 말만 믿고 젤다를 일 년 동안 지정 신청해 버렸고 전화를 끊을 때마다 돈은 언제 부쳐줄 수 있는지 물었다.

돈 때문에 대진을 나가다 걸린 민망한 상황이라, 자신을 믿고 따르던 인턴과 레지던트들에게도 면이 서지 않았지만 출근은 해야 했다. 엘리베이터 뒤에서 누군가는 수군거렸고 또 누군가는 구내식당에서 그를 흘깃거렸다. "저 교수님이래. 압구정에서 몰래 수술하다 걸린 사람." 대학 병원에 남는 건 명예라고 했건만 돈 몇 푼에 명예를 팔아먹은 기분이었다.

유난히 대주를 잘 따르던 뻣뻣한 가운의 인턴은 그래도 여전히 깍듯하게 인사를 했다. 식판 옆에 물을 한 컵 떠 가져다주기도 했다. 그래, 아직 너에게만은 나는 명예로운 교수구나. 그 마음을 위안 삼아 외래 진료에 최선을 다했다. 실비 보험을 들어놓은 게 없어 수술을 망설이는 환자의 말에 귀가 기울여졌다. 사랑은 사람을 변하게 한다고 하지만 대주는 이제 깨달았다. 사랑이 아니라 돈이 사람을 변하게 한다!

매일 새벽 수찬이에게 걸려오는 전화는 천사의 모닝콜 같았지만, 이제는 연체이자 독촉 또는 빚 독촉을 받는 듯한 무거운 기분이 드는 건 어쩔 수 없었다. 아내는 젤다의 계약금만 넣어놓은 상태라고 말하며 이번 달 생활비가 아직 들어오지 않았다고 말했다. 더 이상 미룰 수 없었다. 솔직하게 털어놓든지 자신의 영혼을 팔아서라도 이 일을 숨겨야 했다.

"이번 달에, 이번 달에 말이야, 병원에서 월급이……."

"월급이?"

숨죽인 아내의 목소리에 그 긴장한 표정까지 생생하게 그려졌다.

"……월급이 좀 늦어져. 병원 전산에 문제가 좀 생겼대."

"휴, 난 또……."

"걱정하지 마. 늦어도 이번 달 말까지는 다 보내줄게."

대주는 영혼을 팔기로 했다. 본인만 믿고 먼 곳까지 간 수찬이와 아내의 기대를 저버릴 수는 없었다. 전화를 끊고 침대에 누워 있는데 다시 노크 소리가 들렸다.

"아직이냐. 얼른 일어나라. 꿈자리 사나울 땐 그냥 털고 일어나는 게 제일이야. 괜히 누워서 복기하지 말고."

"나가요."

등에서 식은땀이 얼마나 흘렀는지 누워 있던 자리가 땀으로 흥건했다. 몸을 일으켜 다시 휴대폰을 보았다. 이번 달 말일까지 시간도 얼마 안 남았다. 당장 보일러 공사 대금도 내야 하고 집 대출 원금과 이자도 갚아야 하고, 카드값도 내야 하고 자동차 할부도 내야 하고 아파트 관리비도 내야 하고, 통신비도 내야 하고 각종 공과금에 신용 대출 비용, 수찬이 학비와 생활비, 건강 보험료까지……. 이대로 멈춰 있을 수만은 없었다.

어떻게든 돈을 벌어야 했다.

다시 장 영감이 문을 두드렸다.

"얼른 나와라, 국 다 식겠다."

"네."

문을 열자 얼큰한 육개장 냄새가 풍겼다. 매운 고춧가루와 소고기 그리고 고사리를 뭉근하게 끓인 육개장 냄새에 침이 고이는 걸 보니 사람 참 간사하다 싶었다. 장 영감과 대주가 마주 앉아 육개장을 한술 떴다. 전날 술을 마신 것도 아니었는데 답답한 속이 풀렸다.

"무슨 꿈을 꿨길래 그렇게 소리를 질러. 아니다, 아직 열두 시 안 됐으니 꿈자리 얘기하지 마라."

"그런 걸 믿으세요?"

대주가 뭉근한 고사리를 입에 넣었다.

"원래 이 빠지는 꿈 꾸는 거, 빨간색으로 이름 쓰는 거, 시험 날 미역국 먹는 거, 이런 거 하나도 안 믿었지. 근데 너 낳고부터 믿었다. 괜히 너 시험 날 미역국 먹이면 미끄러질까 봐 걱정되고 빨간색으로 이름 썼다가 잘못될까 걱정되고. 이 빠지는 꿈 꾼 날에는 너한테 무슨 일 생길까 봐 괜히 하루 종일 신경 쓰이고……. 허허, 웃기지. 소중한 게 생길수록 약점만 는다더니."

대주는 숟가락을 잠시 내려놓고 마당을 보며 허허 웃는 장영감의 얼굴을 슬쩍 쳐다보았다.

"그래서 어머니 살아계실 때 저 고3 생일 때도 미역국도 안 끓여주셨어요?"

"네 생일에만 안 먹었게. 나, 네 엄마, 너, 일 년 동안 아무노 못 먹었시, 미역국. 그 덕에 네가 의대 한 번에 합격한 거 아니냐. 허허."

회상에 잠긴 듯 여전히 마당을 보는 장 영감의 눈에 그리움이 서렸다.

"의대 괜히 갔어요. 돈도 안 되는 거. 공대 가서 코인이나 만들걸."

대주의 푸념이 다행히 장 영감의 귓가에 닿지 않았다. 장 영감은 추위에 앙상하게 남은 나뭇가지 위에 앉아 있는 참새 한쌍을 보며 먼저 간 아내를 떠올렸다. 뭐가 그렇게 급했는지, 같이 더 놀다 비슷한 때에 같이 가면 좋았을 것을……

대주가 티브이 볼륨을 키웠다. 요즘 뜨거운 이슈로 떠오른 배달 라이더 수익에 관한 뉴스였다. 대기업 과장들도 퇴근 후에는 라이더를 뛰며 부업을 하는 추세라고 전했다. 얼른 휴대폰을 들었다. 라이더 아르바이트 수익을 검색하고 그 뒤에 라이더 근무 조건 등을 검색했다. 수익은 감봉당하기 전 보수를 유지할 수 있을 정도였다. 그리고 무엇보다 하는 만큼 받을 수 있다는 점이 좋았다. '하는 만큼 벌 수 있다면 퇴근 후에 체력이 닿는 한 계속해서 바퀴를 굴려도 되잖아? 하루 수익 쏠쏠하겠는데?'

오토바이 면허도 한 번에 땄다. 대주는 퇴계로에 있는 오토바이 매장에 가서 중고 스쿠터를 대여했다. 뒷좌석에 배달 박스가 달려 있는 낡은 스쿠터였다. 한 번도 이륜자동차를 몰아본 적은 없었지만 충분히 탈 수 있을 것 같았다. 시동도 잘 걸리고 브레이크도 잘 듣고 이 정도면 탈 만하다고 생각했다. 클릭 몇 번으로 간편하게 배달 업체에 라이더로 등록을 마친 뒤바로 콜을 잡았다.

대주와 장 영감의 불편한 동거 생활이 길어졌지만 장점도 하나 있었다. 일인 가구가 많이 살고 있는 연남동에서는 배달 건수도 많았다. 그리고 상점과 배달지가 가까운 경우가 많아 가까운 거리를 이동하면 되어서 편리하기도 했다. 처음 받은 콜은 곱창 쌀국수였다. 한 번도 가본 적 없는 가게였지만 집과 가까운 거리에 있어 오며 가며 간판을 본 적이 있었다. 가게는 장 영감이 못해도 이틀에 한 번은 꼭 들르는 연남동 빙굴빙굴 빨래방 맞은편에 위치하고 있었다. 대주가 아직 익숙하지 않은 스쿠터를 조심스럽게 몰고 연남동 공원의 옆길을 달렸다.

주말 저녁이라 사람들이 많았다. 한파주의보가 내려진 겨울이어도 사람들은 웃으며 공원을 걸었다. 천천히 운전해 쌀국수집에 도착했을 때, 빨래방에서 나오는 장 영감이 보였다. 물론 장 영감의 옆에 진돌이도 있었다. 또 저 사랑방에 뭘 가져다 놓고 나왔을까 생각하면서도 혹여나 마주칠까 봐 대주가 얼른 핸들을 틀어 좁은 골목 사이로 방향을 틀었다. 수찬이에게 보낼 돈이 부족해 사설 병원에서 대진을 뛰다가 걸려 감봉 징계를 당했다는 사실을 알게 된다면 장 영감의 입에서 화살 같은 잔소리가 또 쏟아질 것이 뻔했다.

면과 국물이 따로 포장된 쌀국수를 받아 스쿠터 뒷좌석 박스에 넣었다. 국물이 새지 않게 조심조심 운전을 했다. 목적지는 엘리베이터가 없는 빌라 사 층이었다. 계단을 올라갈 때는 숨이 찼지만 내려올 때는 뿌듯함이 느껴져 발걸음도 가벼웠다. 가끔은 단순노동이 활력을 준다는 말도 일리가 있는 듯했다.

배달을 완료하자마자 다음 콜을 받았다. 와플이었다. 생크림이 녹지 않게 배달을 마친 뒤 다음 콜을 또 받았다. 치킨이었다. 역시 야식은 치킨이 진리인가. 시간은 점점 흘러 식사류에서 디저트 그리고 야식 배달로 이어졌다. 대주의 첫 라이더

데뷔는 스물다섯 건의 놀라운 배달 건수를 기록하며 성공적으로 마무리되었다.

파란 대문을 열자 장 영감과 진돌이가 마당에 있었다. 자정이 가까운 시간에 나와 있는 장 영감을 보고 놀란 대주가 입을 열었다.

"뭐 하고 계세요?"

"어디 다녀오냐."

"저 오랜만에 동기들 좀 만나고 왔어요."

"차도 두고 갔던데."

"술 마실 수도 있어서요."

"내일 출근하려면 술 마시면 안 되지. 하얀 가운에서 술 냄새 나면 환자들이 의사를 신뢰하겠냐."

"안 마셨어요. 추운데 얼른 들어오세요."

아버지가 자신을 보고 할 말은 잔소리밖에 없을 것이라고 확신한 대주가 고개를 또 절레절레 저었다. 얼른 뜨거운 물이 절절 나오는 샤워기 밑에 가만히 서 있고 싶었다. 추울 때 밖에서 하는 일을 처음 해본 까닭에 방한용품을 챙기지 못해 손은 빨갛게 터 있었고 바지 안으로 바람이 들어 무릎이 시리기까지 했다.

샤워를 하고 화장실에서 나오자 문밖에서 장 영감의 잔소리가 들렸지만 드라이기 소리에 파묻혀 잘 들리지 않았다. 어쩌면 안 들리는 척 그냥 모른 척하고 싶었는지도 모른다. 침대에 노곤한 몸을 뉘었다. 처음 수술을 했던 날이 불현듯 떠올랐다. 극도의 긴장감에 뻣뻣해진 목과 차가워진 손을 주무르며 라텍스 장갑을 꼈던 그날. 첫 수술을 마치고 고단했던 그날보다도 잠이 잘 왔다. 신기했다. 안방 침대에만 누우면 아무 생각 없이 잠이 들 수 있었다. '혹시 이불에서 나는 이 냄새 때문인가…….' 생각을 마치기도 전에 대주가 곯아떨어졌다.

아침이 되자 몸이 욱신거렸다. 퇴근 후에 배달을 뛰기 위해서는 체력이 필요했다. 진정 몸을 쓰기 위한 머슴밥을 먹어야 했다. 대주가 문을 열고 나가자 이미 밥상이 차려져 있었다. 가스레인지 앞에서 뽀얀 곰탕 국을 뜨는 장 영감과 그 옆의 진돌이까지 이제는 익숙한 풍경이 되었다.

"일어났냐."

"네, 주무셨어요."

"곰탕 괜찮지? 망원 시장 단골집에서 어제 곰탕 끓였다고 연락 와서 다녀왔어."

"좋죠."

대주의 입에서 좋다는 말이 나오자 장 영감의 입가에 미소가 어렸다.

"대추 쌍화탕도 한번 먹어보면 좋으련만……."

"대추는 안 먹는 거 아시잖아요."

"수찬이는 통화했냐?"

"아, 참!"

대주가 식탁에 앉아 휴대폰을 확인했다. 지난밤 거의 혼수 상태로 자느라 수찬이에게서 세 번이나 걸려온 전화를 받지 못했다. 대주는 통화 버튼을 눌렀다가 시간을 확인하고 얼른 전화를 끊었다. 지금 시간은 수업을 듣고 있을 시간이었다.

수찬이에게 미안한 마음이 들었지만 자식을 위해 자신의 한 몸을 불 싸지른다는 생각으로 크게 뜬 밥을 입에 밀어 넣었다. 오늘도 퇴근 후에 스쿠터를 몰 요량이었다. 대주의 아버지 장 영감 또한 입에 뜨끈한 국물을 밀어 넣었다.

"이번 여름에 들어온다고?"

"네."

"부부가 너무 오래 떨어져도 못쓰는데. 자식도 그렇고. 가족 이 그렇게 속 빈 공갈빵처럼 살아서 뭐 할……."

또 시작이었다. 대주가 쉬지 않고 곰탕을 입에 넣었다. 밥을 말아 넣은 국물이 바닥을 드러내자 그릇째 들고 입으로 들이 켰다.

"거기서 정말 대학까지 보낼 생각이냐. 한국에서 키워도 잘 키울 수……."

"아버지는 제가 다 못마땅하시죠? 아침부터 출근하는 아들 붙잡고 그렇게 또 잔소리 늘어놓고 싶으세요? 제가 애도 아니고 저희가 알아서 잘 키울게요. 아버지한테 돈 보태 달라고 안 하잖아요. 제가 다 혼자 감당하잖아요! 지금 누구 때문에 이 고생을 하는데! 이제 잔소리 좀 그만하세요."

사기그릇이 식탁 유리에 부딪히는 소리가 날카롭게 울렸다. 대주가 몸을 일으켜 식탁 의자에 걸어놓은 패딩 점퍼를 들고 문밖으로 나갔다.

"저, 저 녀석이……."

외래 진료를 보는 내내 대주는 온몸이 뻐근했다. 처음 스쿠터를 몰며 알게 모르게 긴장했던 탓인지 근육통이 밀려왔다. 목부터 어깨까지 담이 걸린 것처럼 결리고 팔을 들기도 힘든 지경이었다. 그래도 수술은 해야 했다. 가뜩이나 대진을 나갔던 것 때문에 미운털이 박혀 있는데 수술 스케줄까지 지장을 주면 안 될 노릇이었다. 대주는 집에서도 병원에서도 누구 눈치를 안 보고 살 수가 없었다.

구내식당에 앉아 혼자 늦은 점심을 먹었다. 먹었다기보다 해치웠다는 말이 더 어울리는 식사였다. 젓가락을 쓰지 않고 거의 숟가락으로만 술술 떠 한입에 넣었다. 부랴부랴 식사를 마친 대주의 식탁 위에 물 한 컵이 올려졌다. 하얀 가운을 유독 잘 다려 입는 인턴이었다.

"교수님, 식사 맛있게 드십쇼."

대부분의 의대생들은 얼굴이 하얬다. 그는 그중에서도 유독 얼굴이 하얀 편이었다. 고된 인턴 생활에 하얗게 질려버린 걸지도 모른다. 병원에는 하얗지 않은 사람들을 찾기가 어렵다. 간혹 교수 정도 되는 사람들은 종종 골프 라운딩을 나가며 까무잡잡하게 타서 오기도 하지만 그것도 봄, 가을 필드 시즌에만 그럴 뿐이었고, 보통 햇빛을 볼 수 없는 이 하얀 거탑 안에 갇혀 사는 사람들은 늘 얼굴이 하얬다. 대주도 그랬다. 의대에 진학한 후 단 한 번도 건강한 구릿빛 피부를 가져 본 적이 없었다.

"고맙다. 이름이 뭐였지?"

"장연성입니다!"

"장연성. 그래, 수고해."

"감사합니다. 교수님도 좋은 하루 보내십쇼!"

깍듯하게 인사를 하고 가는 연성의 젊음이 부러웠다. 열정과 패기가 돋보이는 그 모습이 참 부러웠다. 대주가 식당 문을 열고 나가는 연성의 뒷모습을 하염없이 바라보았다.

◎ ◎ ◎

대주는 오늘도 배달을 하기 위한 준비를 시작했다. 어제 하루 해보니, 옷을 단단히 입어야겠나는 생각이 들었다. 대주가 좌우를 살핀 후에 병원 로비에 있는 화장실에 들어갔다. 가방에서 발열 내복을 꺼냈다. 좁은 화장실 칸 안에서 짱짱한 내복을 입기란 여간 불편한 일이 아니었다. 내복에 오른발을 넣자마자 뒤로 고꾸라졌다. 변기에 엉덩이를 쿵 박았다. 왼발로 중심을 잡지 못한 것이다. 그나마 변기 시트가 내려와 있어 엉덩이가 젖는 참사는 면할 수 있어 다행이었다.

발열 내복을 세트로 껴입고 그 위에 발열 조끼와 융털 기모 운동복을 입고 마지막으로 패딩을 입었다. 한 점의 바람도 허용하지 않겠다는 비장한 마음으로 전장으로 나가는 장군처럼 문을 열었다. 대주는 습관적으로 세면대에서 손을 닦았다. 두꺼운 옷 때문에 팔을 쭉 빼서 어기적어기적 손가락 사이사이를 닦았다. 몸에 맞지 않는 옷을 마구 껴입은 꼴이 우스웠다. 거울에 비친 모습이 참 볼품없었다. 손에 남아 있는 물기를 괜히 거울에 한 번 털고 화장실을 나섰다.

대주는 연남동 집에 도착해 포르쉐 뒤에 잘 주차해 둔 스쿠터에 시동을 걸었다. 혹시나 장 영감과 마주칠까 살금살금 주위를 살피고 있는데 파란 대문이 덜컥 열렸다.

"진돌아, 춥지. 더 두꺼운 옷을 사줘야겠어."

대주와 같은 밤색 패딩을 입고 있는 진돌이에게 장 영감이 다정한 투로 말했다. 한 손에는 안방 침대 이불이 담긴 비닐을 들고 있었다. 차 뒤에 몸을 숨긴 대주가 멀어져 가는 장 영감을 보았다. 오늘따라 더 독불장군 같은 뒷모습이었다.

대주는 금방 콜을 받았다. 역시 치킨이었다. 이럴 거면 치킨집을 할 걸 그랬나. 의대 갈 노력과 정성으로 간장 치킨 소스를 발명했다면 지금보다 만 배는 더 우아하게 살 수 있었을지도 모른다.

왜 그랬는지는 모르지만 어릴 적부터 '사' 자가 되어야 한다는 강박에 스스로가 될 수 있는 '사' 자에 대해서 여러 가지 생각을 했었다. 그는 특히 수학을 잘했다. 그래서 대주가 선택할 수 있는 '사' 자는 운 좋게도 많은 사람들이 선망하는 전문직인 '의사'였다. 약사인 아버지 밑에서 자라서인지 이과에 대한 거부감도 없었고 자연스러운 과정이었다. 공부하는 게 그렇게 싫지도 않았다. 학생으로서 할 일이 딱히 공부 말고는 없었다. 그렇게 공부를 하다 보니 의대에 합격하였고 자연스럽게 의사가 되었다. 몸에 칼을 대고 피를 보는 일이 그리 어렵지 않았다. 처음 해부학 실습 때 잠깐 밤잠을 설치기도 했지만 그것도 그때뿐이었다. 그래서 적성에 잘 맞는다고 생각했다. 전문의 시험을 보기 전 때에 맞춰 선을 봤고 그렇게 만난 게 지금의 아내였다.

치킨 한 마리를 배달하면서 많은 생각이 떠올랐다. 사람을 살리는 칼이 아니라 닭을 토막 내는 칼을 들었어야 했다고 생각이 치달았을 때 동교동 삼거리에 위치한 오피스텔에 도착했다. 지하 주차장에 스쿠터를 세워놓고 배달 영수증을 한 번 더 확인했다. 1505호였다. 공동 현관에서 호출을 하자 누군지 묻지도 않고 자동문이 스르륵 열렸다. 거기까진 좋았다. 그런데 엘리베이터 앞에 도착하자 "점검 중"이라는 빨간 글자가 떠 있었다. '이런! 이럴 때 어떻게 해야 하지?' 15층까지 계단으로 올라갔다 내려오기엔 무리가 있었다.

비록 초보 배달원이었지만 대주는 당황하지 않고 안심 번호로 주문자에게 전화를 걸었다. 신호음이 몇 번 울리자 젊은 남자가 전화를 받았다.

"여보세요?"

"안녕하세요, 치킨 주문하셨죠? 저 라이더인데, 지금 엘리베이터가 점검 중이라고 운행이 안 되네요. 내려오셔서 받으셔야 될 것 같은데…….”

응당한 권리를 요청하는 건데도 진땀이 나니, 이게 을의 입장인 건가 싶었다. 대주가 마른침을 삼키며 상대방의 말을 기다렸다.

“아, 제가 내려가야 돼요?”

“그래 주셔야 할 것 같은데…….”

잠시 침묵이 이어지다 젊은 남자가 침묵을 깼다.

“배달비 삼천 원 더 줄게요. 올라오실래요? 제가 지금 바빠서 내려갈 수가 없어요.”

“삼천 원이요?”

“원래 배달 팁 삼천 원인데 거기에 삼천 원 더 준다고요.”

“아……. 그래도 15층까지 계단으로 올라가기에는…….”

“그럼 천 원 더해서 사천 원 줄게요.”

이왕 여기까지 온 거 운동하는 셈 치고 사천 원 더 벌어가자 생각하며 대주가 고개를 끄덕였다.

“네, 지금 올라가겠습니다!”

이렇게 많은 계단을 올라가 본 적이 언제인지, 대주의 거친 숨소리가 비상계단을 가득 채웠다. 어제의 피로가 가시지도 않은 터라 한 걸음 올라갈 때마다 몸에 육중한 곰 한 마리가 매달려 있는 것 같았다. 오피스텔이라 비상계단의 폭이 높은 것도 한몫했다.

"계단이 뭐 이리 높아. 지금 몇 층이야. 헥헥."

대주가 층수를 확인했다. 아직 9층까지밖에 오지 못했다는 사실에 고개가 절로 숙여졌다. 하지만 끊임없이 발을 굴러야 했다. 여기서 시간을 지체하면 피크 시간인 저녁 타임에 콜 건수를 채우지 못할 수도 있다는 불안이 밀려왔다. 한 발 한 발을 계단 위에 꾸역꾸역 올려놨다. 그렇게 15층에 도착했다.

1505호의 초인종을 눌렀다. 원래 영수증에는 "문 앞에 두고 노크하고 가세요."라고 쓰어 있었지만 터질 것 같은 허벅지와 맞바꾼 배달 팁 사천 원을 현금으로 받아 가야 했다.

은은한 초인종 소리가 울린 뒤 1505호의 문이 열렸다.

"교수님?"

비 오듯 흐르는 땀 때문에 눈도 제대로 뜨지 못하는 대주의 앞에 사천 원을 들고 서 있는 건 바로 인턴 장연성이었다.

대주는 당장 치킨 봉지를 던져놓고 도망가고 싶었다. 말이 나오지 않았다. 그건 인턴 연성도 마찬가지였다. 그는 치킨 냄새가 폴폴 풍기는 비닐봉지를 들고 있는 대주를 보자 눈을 둘 곳을 찾지 못했다.

"교수님…… 왜……."

일그러진 영웅을 마주한 듯 그가 실망스러운 얼굴로 조심스럽게 입을 열었다.

"배달 팁은 안 받을게. 맛있게 먹어."

대주가 봉지를 연성에게 주고 그대로 돌아섰다. 뒤이어 현관문 밖으로 나온 연성의 눈에는 울퉁불퉁한 패딩을 입고 뒤뚱대며 걷는 대주의 뒷모습이 보였다. 다행히 내려갈 때는 엘리베이터에 점검 중 표시가 없어진 뒤였다. 엘리베이터에 탄 대주가 거울에 비친 자신의 모습을 보며 연성과 같은 표정을 지었다. 일그러진 영웅을 만난 딱 그런 얼굴이었다.

피크 타임이 되자 휴대폰 진동이 쉬지 않고 울렸다. 지잉지잉. 얼른 배달 콜을 잡고 하루 일당을 채워야 했지만 도무지 다음 배달을 하러 갈 정신이 들지 않았다. 가슴이 뻥 뚫린 것 같았다. 온몸을 관통하고 지나가 버린 무언가 때문이었다. 이런 게 수치심이라는 건가. 생전 처음 그 감정을 느꼈다. 그 후에 여러 가지 걱정이 밀려들었다. 교수가 퇴근 후에 배달 일을 하고 있다고 학교에 소문이라도 나면 어떡하나. 이것도 품위 유지 위반에 해당하는 사항인가. 그러다가 감봉 말고 정직 처분이라도 받으면 어떡하나. 여러 가지 물음표가 머리를 가득 채웠지만 결국에는 수찬이라는 느낌표로 끝이 났다.

대주는 정신을 차리고 휴대폰을 꺼냈다. 그리고 다음 콜을 받았다. 이번엔 족발 배달이다. '그래, 바퀴를 굴려야지. 그래야 돈을 벌지. 그래야 돈을 보내주지.' 3대째 이어서 하고 있다는 족발집에서 일회용 팩에 잘 포장된 특 사이즈 족발을 받아들었다. 순간 자신을 보고 일그러지던 연성의 얼굴이 떠올랐지만 고개를 흔들었다. 수찬이만 생각하자, 나는 가장이니까.

대주가 스쿠터의 시동을 걸었다. 신촌역에서 홍대 정문으로 가는 좌회전 신호에 걸렸을 때, 교회 앞에서 반짝이고 있는 트리를 보자 헬멧 안에 습기가 서렸다. 대주가 헬멧을 손바닥으로 닦아보았지만 뿌연 습기는 걷히지 않았다. 노란 전구를 감고 있는 트리 위에 반짝이는 별. 그리고 그 앞에서 셀카를 찍고 있는 미라와 우철, 나희를 보자 왜 헬멧 안에 습기가 차는지 이유를 알았다. 눈물이 흐르고 있었다.

신호가 바뀌고 뒤에서 금방 경적이 울렸다. 헬멧 안으로 가득 찬 습기 때문에 앞이 잘 보이지 않아, 대주가 손으로 눈물을 닦으며 출발을 했다. 그리고 좌회전을 하는 순간 균형이 무너지며 바퀴가 미끄러졌다. 옆으로 드러누운 스쿠터 배달 박스에서 족발이 쏟아져 나왔다. 얼른 몸을 일으켜 쟁반 국수와 새우젓갈, 쌈장이 뒤범벅이 된 족발을 손으로 집었다. 그런데 왼손이 말을 듣지 않았다. 뭉개진 족발을 주워 담으려고 해도 손이 오므려지지 않았다. 등에서 식은땀이 주룩 흘렀다. 예사롭지 않다. 의사의 직감이었다. 스쿠터를 세우려고 했지만 손에 힘이 들어가지 않았다. 머리를 누가 세게 때린 것처럼 아무 생각도 들지 않았다. 휴대폰을 들고 119를 눌렀다.

"여기 신촌 로터리 지나서 홍대 정문으로 가는 좌회전 하는 곳인데, 오토바이 사고를 당했습니다. 왼손이 움직이질 않아요……. 빨리 와주세요……."

도착한 구급대원이 세브란스에 갈 것인지 가까운 인근 병원의 응급실로 갈 것인지 물었다. 대주는 무조건 인근 병원으로 가야만 했다. 족발 양념을 뒤집어쓴 이런 우스운 꼴로는 자신이 교수로 재직 중인 병원에 갈 수 없었다.

병원에 도착한 대주는 방사선과 기사의 안내에 따라 왼쪽 손을 엑스레이 필름 위에 올려놓았다. 손을 폈다가 좌우로 돌렸다가 그렇게 몇 번 자세를 바꾸자 촬영이 끝났다. 피곤해 보이는 의사가 다행히 뼈가 부러진 건 아니고 실금이 간 것이라고 진단했다. 인대까지 손상이 돼서 길면 한 달 반 정도 반깁스를 착용해야 하고, 그다음 다시 경과를 봐야 한다고 말했다.

'젠장. 한 달 반이라니! 그럼 그때까지는 계속 수술방에 들어가지 못한다는 말인데……. 병원에는 또 뭐라고 말한담.' 당장 손목에서 느껴지는 뻐근한 통증보다 앞으로 벌어질 일에 대한 걱정 때문에 뒷목이 더 딱딱하게 굳었다.

왼손에 반깁스를 하고 응급실에서 나왔다. 사고 난 스쿠터는 사고 현장 교차로 한편에 세워져 있었다. 얼른 가야 했다. 도난이라도 당한다면 일이 커질 것이었다.

"하…… 이걸 타고 갈 수도 없고, 누구한테 부탁할 수도 없고. 여기 두고 가면 분명히 견인해 갈 텐데, 그럼 또 과태료가 얼마야. 후."

대주가 체중을 실어 스쿠터를 끌어보았지만 꿈쩍하지 않았다. 이럴 때 전화 한 통 할 친구도 없어서 인생 헛살았다 싶은 생각이 들었다. 친한 친구라고 생각했던 동기들에게는 이 꼴을 보여줄 자신도 용기도 없었다. 어쩌면 진짜 친구는 자신의 가장 초라한 순간을 들켜도 괜찮은 사람인 것 같다고 생각했다.

대주가 꿈쩍 않는 스쿠터와 씨름을 해봤지만 계속해서 제자리였다. 혼자서는 역부족이었다. 이렇게 되자 아무리 머리를 굴려도 생각나는 사람은 한 명뿐이었다. 장 영감과의 동거 생활 동안 오다가다 마주쳤던, 항상 보일러 회사 점퍼를 입고 있던 우철이었다. 이름이 우철이라는 것만 알지, 성도 몰랐다.

장 영감이 쓰러졌을 때 저장해 두었던 미라의 전화번호를 보며 몇 번을 망설였다. 대주의 한숨이 차가운 공기와 만나 담배 연기처럼 뿜어져 나왔다.

"하…… 이걸 눌러 말어. 미치겠네."

우철의 얼굴이 떠올랐지만 막상 할 말은 생각나지 않았다. 인사도 건성건성 하며 지냈는데 무슨 말부터 꺼내야 할지……. 대뜸 전화를 걸어 도움을 요청할 수는 없는 노릇이었다.

"됐어. 누르지 마. 내가 밀어!"

대주가 반깁스로 고정되어 있는 왼팔을 핸들 위에 올려놓고 엎드리다시피 한 자세로 밀자 바퀴가 서서히 구르기 시작했다. 젖 먹던 힘까지 끌어와 바퀴를 계속해서 굴렸다.

결국 파란 대문 앞에 주차되어 있는 포르쉐 뒤에 스쿠터를 세웠다. 깁스한 왼팔보다 오른팔이 더 저렸다. 아니 무감각에 가까웠다.

대주가 손으로 패딩 점퍼를 쓱쓱 털자 비릿한 돼지 냄새와 새우젓갈의 짠 내가 올라왔다. 절대 이 꼴을 하고 집으로 들어갈 수는 없었다. 안에 옷은 어쩌지 못하더라도 족발 기름과 쟁반국수 양념이 묻은 패딩 점퍼는 빨아야 했다. 아버지가 귀신같이 눈치챌 게 뻔했기 때문이다. '지금 시간에 옷을 살 수 있는 데도 없고, 이걸 어떻게 하나……. 아, 거기라도 가볼까? 이름이 뭐라더라? 연남동 빙굴빙굴 빨래방?'

대주가 씩씩거리며 연남동 빙굴빙굴 빨래방 앞에 도착했다. 문을 열기 전부터 익숙한 향기가 났다. 안방 침대 위에 어머니가 기워놓은 오래된 이불에서 나던 냄새. 그 포근한 냄새가 여기서 온 것이었구나. 난생처음 빨래방에 와본 대주가 어색하고 낯선 듯 안을 둘러보았을 때 가장 먼저 눈에 띈 건 커피 머신 옆에 놓여 있는 쌍화탕이었다. 장 영감이 대주에게 그렇게 한 입만 먹어보라고 닦달하던 그 대추 쌍화탕이었다.

병원 구내식당에서 점심을 먹은 뒤로 입에 아무것도 넣지 못했던 터라 쌍화탕을 보고 입맛이 다셔졌지만 그래도 대추는 싫었다. 이 상황에서 자신의 이름과 닮은 대추는 꼴도 보기 싫었다. 대신, 그 옆에 노란 망고 그림이 그려진 젤리 봉지를 까서 젤리를 입에 넣었다. 혈당이 확 올라가는 게 느껴질 정도로 강한 단맛이었지만 대주의 입안은 썼다. 이게 단맛인지 신맛인지 쓴맛인지 모를 것이 속으로 들어가자 위산이 분비되면서 다시 속이 쓰렸다.

빨리 입고 있는 더러운 옷을 벗어버리고 싶었다. 빨래방의 키오스크를 능숙하게 조작하는 장 영감과는 달리 대주는 버벅거리며 세탁기를 고르고, 아우터 코스를 고른 뒤에 그 안에 패딩 점퍼를 벗어 넣었다. 곧 물이 쏟아져 나왔다. 그리고 세탁기 통이 돌기 시작했다.

패딩 점퍼를 벗었지만 빨래방 안은 춥지 않았다. 한파주의보가 뜬 날이라 그런지 세게 틀어놓은 히터가 천장에서 바닥으로 뜨거운 바람을 흘려보냈다. 대주는 창가 쪽에 있는 테이블에 앉아 바깥을 구경했다. 그것 말고는 딱히 할 게 없었다.

추운 날에도 사람들은 웃었다. 답답한 담배 연기 같은 입김이 아니라 수증기처럼 깨끗한 입김이 미소에 서리다가 점차 사라졌다. 대주가 우두커니 창밖을 보는데 우철네 식구가 빨래방 앞을 지나갔다. 미라와 우철이 나희의 손을 양쪽에서 잡고 웃고 있었다. 대주의 눈에서 눈물이 후두둑 떨어졌다. 대주가 얼른 손등으로 얼굴을 닦아냈다.

지잉지잉.

진동이 울렸다. 수찬이에게 걸려온 영상통화였다. 받을 수 없었다. 차가운 바람에 벌겋게 튼 이 얼굴을 수찬이에게도 아내에게도 보여줄 수가 없었다. 지독히 보고 싶었지만 통화 버튼을 누를 수 없었다.

"나 왜 이러고 사냐……."

한 번도 후회한 적이 없었다. 이런 질문을 스스로에게 던져본 적도 없었다. 그런데 대주 본인도 모르게 입에서 툭 튀어나온 말이 방아쇠가 된 것처럼 눈물이 터졌다. 지저분한 패딩 점퍼에 쏟아지는 세탁기 속의 물처럼 눈물이 콸콸 떨어졌다.

처음에는 어깨를 들썩이면서, 조금 더 지나서는 몸을 부르르 떨면서 울었다. 테이블 위에서는 계속해서 휴대폰 진동이 울렸다. 아빠의 목소리를 기다리고 있는 수찬이었다.

"……우리 왜 이러고 사냐."

누구에게도 털어놓을 수 없었다. 대학 병원 교수에 아들과 아내는 미국에 유학까지 보내놓고 배부른 소리 한다고 뒤에서 흉이나 보고 욕이나 할 게 뻔했다. 그렇게 유난스럽게 키운 애들치고 부모한테 효도하는 꼴 못 봤다고 할 게 뻔했다.

전화는 더 이상 울리지 않았다. 대주가 휴대전화를 들고 저장된 연락처들을 훑었다. 기역부터 시작해 영문으로 저장된 이름까지 살펴보았지만 이 상황에 마땅히 털어놓을 수 있는 사람도 없었다. 어쩌면 대주는 이 문제의 해답을 이미 알고 있었다. 찬 바람 부는 허허벌판을 홀로 잔뜩 움츠리고 걷는 이 기분을 알아줄 사람은 없겠지만 이런 상황이라고 허공에라도 말하고 싶었다.

대주가 창밖의 풍경을 보다 한숨을 내쉬었다. 유리 위로 김이 서렸다. 곧이어 하늘에서 눈이 내렸다. 보랏빛으로 변한 하늘에서 하얀 휴지 조각 같은 눈이 조용하게 내렸다. 창밖에 지나가는 사람들은 휴대폰 카메라를 켜고 눈이 소복이 내려앉는 연남동 공원 길을 찍었다. 아름다운 이 순간을 오랫동안 간직하고 싶다는 듯. 하지만 오히려 대주는 들고 있던 전화기를 내려놓고 소리 내어 울었다. 발열이 잘 된다는 내의 소매로 진득

한 콧물까지 닦아냈을 때 비로소 테이블 위에 있는 연두색 다이어리가 눈에 들어왔다. 빨래방에는 고민을 남기는 노트가 있다고, 언젠가 아버지가 말했던 것이 생각났다. 다이어리를 펼친 후 대주가 펜을 들었다. 빈 곳에 글씨를 써 내려갔다.

이게 사람 사는 겁니까. 아니면 원래 가장은 이렇게 사는 게 맞는 겁니까. 나는 왜 이렇게 살고 있는 겁니까.

흰 종이 위에 고작 몇 글자 적었다고 속이 편했다. 외딴섬처럼 살던 대주가 아무한테도 하지 못했던 말을 토해내자 신기하게도 가슴속 서러움이 조금은 누그러지는 듯했다.

대주가 건조기에서 따뜻한 열기가 감도는 패딩 점퍼를 꺼내 들고 의자에 앉았다. 익숙한 향이 느껴졌다. 햇볕에 말린 것처럼 깨끗한 코튼 향. 불면증에 시달리던 대주를 금방 잠들게 했던, 안방 이불에서 고요히 피어나던 그 냄새였다. 대주가 따뜻한 패딩 점퍼를 품에 안은 채 까무룩 잠이 들었다.

지잉지잉.

주머니에서 울리는 진동 소리에 눈을 뜬 대주가 휴대전화를 보았다. 장 영감에게 걸려온 전화였다. '벌써 새벽 한 시라니.

내일 출근도 해야 하고 당장 아버지한테 깁스한 이 팔을 뭐라고 하지.' 대주가 오른손으로 머리를 벅벅 긁었다. 장 영감의 잔소리는 안 봐도 비디오였다. 그렇다고 배달 일을 하다가 다쳤다고 말할 수는 없었다.

여전히 휴지 조각처럼 힘 없이 바닥에 떨어지는 눈을 밟으며 집으로 향했다. 대주가 이리저리 머리를 굴렸다. '그래, 나는 오늘 재수 없이 발을 헛디뎌 계단에서 구른 거다.'

"뭐 하다 이제야 들어오냐. 눈이 이렇게 오는데. 이럴 땐 집으로 얼른 와야지."

장 영감의 눈이 깁스한 대주의 왼팔에서 멈췄다.

"어쩌다 다친 게야. 옷은 그게 또 뭐고."

아차, 코트로 안 갈아입었다. 오늘 하루 수치심에 서러움에 피로까지 몰려와 차에서 옷을 갈아입고 들어오는 걸 잊은 대주가 헛기침을 했다.

"그게, 그게……."

입을 굳게 다물고 있던 대주가 작은 목소리를 냈다.

"굴렀어요. 요즘 영 체력이 떨어져서 퇴근하고 병원 뒤에 뒷산 좀 걸으려고 이렇게 입었던 거예요."

"의사가 손을 다치면 환자들은 어쩌려고……. 얼른 들어가서 쉬어라."

대주는 이 상황에서도 아들보다 환자들을 걱정하는 아버지에게 자신이 뭘 바랐나 싶었지만 생각보다 별다른 잔소리 없이 넘어가자 의아했다. 잘됐다 싶어, 대주가 방으로 들어갔다. 뜨거운 물이 나오는 샤워기 밑에 서 있고 싶었지만 깁스를 한 왼팔 때문에 요즘 대주의 유일한 작은 행복은 물거품이 되었다.

몸에 꽉 끼는 두꺼운 발열 내의는 벗기가 여간 까다로운 것이 아니었다. '이걸 어떻게 벗어낸담.' 마치 번데기가 탈피하여 나비가 되어가는 과정처럼 힘겨운 사투였다. 낑낑대며 옷을 다 벗었을 때 진돌이가 닫혀 있던 안방 문을 긁었다.

낑낑…….

"너나 나나 낑낑거리는구나. 왜 너도 어디 아파? 아버지는 어디 가신 거야."

대주가 문을 열었지만 장 영감은 보이질 않았다. 이부자리도 펼쳐놓지 않고 어디 가셨지. 텅 빈 거실 천장 위에서 미라네 식구들의 웃음소리가 들려왔다.

"그러고 보니 오늘 수찬이랑 통화를 한 번도 못 했네."

낑낑.

진돌이가 머리를 대주의 무릎에 비볐다.

"어디 아파? 아, 쉬가 마렵구나."

진돌이가 끙끙거리며 현관문 앞으로 가자, 며칠 같이 살았다고 눈치를 챈 대주가 문을 열었다. 진돌이는 기다렸다는 듯 마당 화단 앞에 가서 오른쪽 뒷발을 들고 시원하게 쉬를 눴다. 그리고 마당 한구석으로 갔다. 파란 불꽃이 켜진 휴대용 가스버너 위에서 냄비가 끓었다. 앞에 쭈그려 앉아 있는 장 영감이 보였다. 어릴 적 마당에서 보았던 것보다 많이 얇아진 모습이었다.

"아버지, 뭐 하세요, 이 밤에."

"됐다. 얼른 들어가. 추운데 왜 나왔어."

"진돌이가 낑낑거리길래요."

"이런! 문이 닫혔었구나. 미안하다, 진돌아. 우리 진돌이 괜찮냐. 넌 얼른 들어가라!"

진돌이한테 하는 거 반만이라도 나한테 해주면 못쓰나. 대주가 혀를 차고 집으로 들어왔다. 코끝에 사골곰탕 냄새가 어렴풋이 스쳐 갔다.

아침 식탁에 사골곰탕이 놓여 있었다. 마당에서 밤새 끓여 냄비 위로 둥둥 떠 오른 기름을 제거하고 또 한참을 끓여 뽀얀 국물만 우려낸 것이었다.

"밤에 마당에서 이거 끓이신 거예요?"

"너무 늦어서 망원시장 반찬집에 전화도 못 해보고, 집에 사골이 있어서 급한 대로 내가 고았지. 얼른 먹고 병원에 가라. 환자들 기다리겠다."

숟가락을 든 대주의 반응을 기다리며 장 영감이 국에 소금을 쳤다.

"넌 싱겁게 먹어."

"싱겁게 먹는 게 무조건 좋은 건 아니에요."

"어떠냐."

"……그냥 맹탕이에요."

"밤새 고았구먼…….."

대주는 자신의 이러한 상황의 원인을 찾으라면 파란 대문, 연남동 이 집 때문인 것 같았다. 이 집을 상가로 만들었다면 따박따박 나오는 월세를 수찬이에게 보내주면서 평소처럼 살아도 될 것을……. 갑자기 대주는 속에서 부아가 치밀었다. 모든 게 아버지의 쓸데없는 고집과 추억을 지킨다는 퍽이나 아름다운 아집 때문인 것 같았다.

"누가 곰탕 끓여달래요? 고기 누린내 진동하는 거 밤새 고아달라고 했냐고요!"

"무슨 말이냐."

숟가락을 내려놓은 장 영감이 큰소리치는 대주를 보았다.

"누가 이딴 거 끓여달라고 했냐고요! 요즘 제가 어떻게 사는지 모르시잖아요! 맨날 환자들, 환자들, 환자들! 제 걱정을 하시기는 해요? 윗집에 사는 사람들 생각하는 만큼 아니, 그 빨래방에 대추 말리고 끓여서 쌍화탕인가 뭔가 만들어서 가져다 놓는 정성만큼이나 우리 수찬이한테 뭐 하나 해준 게 있으세요? 얼굴도 모르는 그 사람들 챙길 때 먼 곳에서 고생하는 우리 수찬이 생각은 한번 하냐고요!"

"그, 그게 무슨 말……."

"수찬이가요, 승마 수업 들으러 갔다가 제일 싼 말 빌려 타다가 자칫했으면 떨어져서 죽을 뻔했대요."

"뭐야? 다치진 않았고?"

"오백 불 때문에 그런 위험을 감수하면서 그 먼 곳에서 그러고 고생하면서 살고 있다고요. 아버지 손주가요!"

"그러니까 누가 보내라고 했냐!"

장 영감도 물러서지 않았다.

"그러니까 누가 보내라고 했냐고. 내가 말했지. 뱁새가 황새 따라가다가 어떻게 되는지 아느냐고. 결국엔 수찬이만 힘들어진다고! 그런데 기어코 꾸역꾸역 보낸 게 너다, 너! 근데 지금 와서 누굴 탓하는 게야. 이 애비를 탓해?"

"그럼 왜 저를 뱁새로 낳으셨어요? 왜 저는 뱁새로 태어났어요? 하나밖에 없는 아들, 남들처럼 폼 나게 강남에 개원도 해주고 외국으로 손주들 유학도 보내주는 황새의 새끼로 낳아주시지 그랬어요. 다시 태어나면 황새 밑에서 태어나고 싶네요. 오백 불 때문에 길들여지지도 않은 싸구려 말 태우는 아버지로 사는 게 얼마나 비참한지 아들자식한테는 관심도 없는 아버지가 아시냐고요!"

짝.

장 영감이 대주의 뺨을 후려치고 침묵이 찾아왔다. 장 영감은 그 후에 어떤 말도 덧붙이지 않았다. 대주 또한 붉게 부풀어 오른 얼얼한 뺨만 입속의 혀로 훑어 내렸다. 살면서 단 한 번도 아버지에게 맞아본 적이 없었다. 고3 때, 파란 대문 옆에서 담배를 피우다 걸렸을 때도. 단 한 번도. 그런데 이 집 때문에 두 번이나 맞았다. 지난번 대문에 진돌이가 다리를 다쳤을 때도, 이번에도. 대주는 이 파란 대문이 더 꼴 보기 싫어졌다.

'독불장군 아버지. 아직도 삼십 년은 거뜬하겠어. 백 살까지 무병장수하고도 남겠어! 아직도 얼얼하네.' 버스 창문을 열어놓고 화끈한 뺨에 바람을 쐬던 대주가 씩씩거렸다. 내가 지금 누구 때문에 이 개고생을 하고 있는데. 아무리 따지고 엄연히 따져도 이 고생의 원인은 장 영감이 아니었다. 어쩌면 대주도 이 사서 하는 고생길의 원인과 결말을 알고 있었는지도 모른다. 알고 있지만, 알고는 있지만 끊임없이 부모 탓만 하고 싶었다. 모든 자식들이 그러하듯이. 치사하게.

◎ ◎ ◎

병원에서 두 달간 권고 휴직이 떨어졌다. 이미 대진을 뛰다가 걸려서 미운털도 박힌 데다 수술까지 소화를 못 하니 교수 임금을 굳이 줄 필요가 없다고 판단한 것 같았다. 팔이 다 나을 때까지 편히 쉬다 오라는 배려로 포장한 반강제 휴직이었다. 이제 감봉당했던 월급도 나올 길이 없었다. 오래된 전봇대에 뒤엉켜 있는 전깃줄처럼 손쓸 수 없이 모든 일이 꼬여버렸다. '이제 돈을 어디서 구하지.'

교수실에서 나왔을 때 문 앞에 서 있던 연성과 마주쳤다.

"교수님…… 그때는 죄송했습니다. 교수님인 줄은 꿈에도 모르고……."

사천 원을 가지고 실랑이를 벌인 배달 라이더가 자기 전공 교수님인 줄은 당연히 꿈에도 몰랐겠지. 나도 내가 천 원짜리 한 장에 목매고 있을 줄 몰랐으니까. 대주는 연성의 눈을 똑바로 마주하기가 어려웠다. 자꾸만 고개가 바닥으로 떨어졌다.

"교수님, 정말 죄송합니다."

"다시 볼 때까지 열심히 하고. 늘 이렇게 가운은 깨끗하게, 빳빳하게 다려 입고. 보기 좋다."

대주가 입을 꾹 다물고 깁스한 팔만 쳐다보는 연성의 어깨를 쓸어내리고 자리를 떠났다.

연남동 집으로 가는 버스에 탔을 때 보일러 회사에서 연락이 왔다.

"수리 견적 나왔습니다. 지금 문자로 넣어드릴게요."

"공사는 언제쯤 진행될 것 같아요?"

"일단 수리 견적 보시고 계약금 넣어주셔야 착수할 수 있어요."

"네."

"지금 이체했으니 확인하고 연락 주세요."

지잉.

견적서를 보는 게 두려웠다. 또 얼마가 들어갈까. 오래 방치하면 아래층까지 물이 새서 또 보상을 해줘야 할 수도 있다고 했었는데……. 그래도 빨리 이 지긋한 동거 생활을 청산해 버렸으면 좋겠다고 생각했다. 견적을 확인한 대주는 헉 소리가 나왔다.

"뭐가 이렇게 비싸?"

대주는 보일러 업체에 전화를 걸었다. 수리 기사는 아파트 바닥 전체를 뜯어 물이 새는 부분을 탐지하고 보일러를 새로 설치하려면 천만 원이 드는 건 당연하다고 했다. 요즘 인건비가 올라서 이 정도도 싼 거라고 덧붙였다. 당장 수찬이에게 보낼 생활비도 없는데 선뜻 오케이를 할 수는 없었다.

"사장님 어떻게 할까요. 빨리 진행 안 하면 아랫집에 물 새요. 그러다 보상까지 해 줘야 될지도 몰라요. 저번 공사한 집에서도 계속 미루다가 결국 아랫집까지 물 새서 보상비 꽤 줬어요. 공사비랑 호텔비 해서요. 거기 아파트 사람들도 워낙 고급이라 어디 모텔 가서 주무실 분들도 아니잖아요. 호텔비 일주일 치만 해도……. 어휴, 얼른 결정하세요."

'어떻게 하면 좋지…….' 보일러 기사의 부추기는 소리에 대주는 마음이 조급해졌다. 순간 멍청이가 된 것만 같은 느낌에 대주가 자책했다.

"일단 제가 지금 수술 들어가야 해서 살펴보고 내일 연락드리겠습니다."

대충 얼버무리고 전화를 끊었다. 들어갈 수술도 없었고 다음 정거장 안내 방송이 나오기 일보 직전이었다.

대주가 연희 사거리에서 내렸다. 샛길로 들어서 연남동 초

입에 진입했다. 바람이 유독 차가웠다. 왼팔에 한 깁스 때문에 코트에 손을 다 넣지 못해 손이 시렸고 가슴팍으로 찬바람이 숭숭 들어왔다. 하지만 이 정도 추위는 별것도 아니었다. 당장 천만 원은 어찌하고 또 당장 수찬이와 아내의 생활비는 어찌한단 말인가. 대주는 천진난만한 얼굴로 공원을 걷는 사람들 사이를 파고들었다. 저렇게 생각 없이 웃어본 지가 언제인지. 담배 연기처럼 나오는 한숨만 연거푸 뿜어댔다.

대주의 발이 파란 대문 앞에 멈춰 섰을 때 쉽게 문을 열 수 없었다. 자존심이 상했다. 아침에 장 영감에게 그렇게 뺨까지 얻어맞고 나왔는데 결국 또 올 곳이 여기뿐이라니. 발을 동동 구르는데 대문 앞에 서 있는 대주의 애마 포르쉐가 보였다. '그래! 여기에 있자.' 아직도 새 차 냄새가 은은하게 나는 차 안이 아늑했다. 옵션을 넣을 때 가장 신경 썼던 빨간 시트와 빨간 벨트 그리고 시트 헤드 부분에 새겨진 포르쉐 음각 로고, 대시 보드 중간에 있는 시계까지 보는 것만으로도 배가 불렀다. 운전석에 앉아 가만히 눈을 감았다.

몸이 덜덜 떨려왔지만 추워도 시동은 걸 수 없었다. 호랑이 울음처럼 우렁찬 엔진 배기음에 걸맞게 연비도 무시무시했다. 시동만 걸어도 휘발유가 뚝뚝 떨어질 텐데……. 또 고급 휘발유만 주유해야 해서 지금 상황에서는 기름 한 방울이 아쉬웠다.

요 며칠 밖에 주차되어 있었기에 시트가 차가웠지만 행복했다. 온전히 대주가 쉴 수 있는 곳이라고는 여기 이 자리가 유일했다.

깜빡 잠들었던 대주가 파란 대문이 닫히는 소리에 눈을 떴다. 오늘도 보일러 회사 점퍼를 입고 있는 우철이 나왔다. 대주는 본인도 모르게 차 문을 턱 열었다.

"저기요……!"

"네? 안녕하세요."

걸음을 멈춘 우철이 차에서 내린 대주를 의아하게 쳐다봤다.

"저, 혹시……."

"무슨 일 있으세요?"

"이거 한 번만 봐주실 수 있어요? 저희 집 보일러가 고장 나서 인터넷에서 검색한 업체에 견적을 받았는데…… 생각보다 비싸서요."

비싸서 공사를 망설이고 있다는 말이 왜 그렇게 자존심이 상하는지 대주가 한참 있다가 본론을 말했다.

"한번 봅시다."

문자로 받은 견적서를 천천히 살펴보던 우철의 미간에 주름이 잡히자 괜히 긴장이 됐다.

"원래 이게 맞는 거예요?"

"아주 사기꾼들이구먼."

"사기요?"

"어디 업체예요, 이거? 양아치네요."

"그렇죠? 이렇게 비쌀 리가 없잖아요!"

한 푼이라도 더 아낄 수 있다는 희망과 사기를 당하지 않았다는 안도감에 대주의 목소리가 커졌다.

"제가 가서 한번 봐드릴게요. 겨울철에 특히 이런 양아치 업체들이 기승이에요. 당장 춥고 아랫집에 보상해 줘야 된다고 사람 쪼면서 착수금부터 받는 거요. 그리고 문제없다고 하면 소비자는 막상 이거 바닥 다 드러내고 했는지 안 했는지 확인할 길도 없어요. 바로 가서 좀 봐줄게요."

"……고마워요."

"뭘요. 다 돕고 사는 거죠."

우철의 말이 대주의 가슴을 쿵 쳤다. 이름처럼 우직하고 무뚝뚝한 인사만 남긴 채 우철은 떠났다. 혼자 남겨진 대주는 다시 차에 탔다. 조금 있으면 캘리포니아에서 전화가 올 시간이었다. 전화벨 울리는 게 무서웠다. 병원을 쉬게 되었다는 말을 아내에게 어떻게 꺼내야 할지 도저히 입이 떨어지지 않았다.

당장 둘의 생활비는 어떻게 보내줘야 할지……. 애꿎은 왼팔만 쳐다보았다. 은행 앱을 켜서 잔액 조회를 했다. 피싱을 당할 돈도 없고 해킹당할 돈도 없는데 공인인증서 비밀번호는 왜 이렇게 어렵게 설정해 놨는지. 오른손으로만 작은 조판을 누르다가 몇 번의 오류 끝에 로그인에 성공했다. 잔액은 다음 달에 빠져나갈 카드값 정도만 간신히 남아 있었다.

"하⋯⋯."

한숨만 나왔다. 이과에서 늘 일등만 했던 내주는 빠르게 계산을 했다. 미국에 보내줄 생활비와 학교에 직접 송금해야 하는 학비, 아파트 대출 원금과 이자, 여기서부터 계산이 막혔다. 생활비와 학비를 먼저 보내야 할지 대출금을 갚아야 할지. 대출이 연체되면 연체 이자를 또 물어야 하는 실정이라 무엇을 우선순위로 정해야 할지 막막했다.

그 순간, 고개 숙인 대주의 눈앞에 앞발을 들고 당장이라도 힘차게 뛸 것 같은 말이 보였다. 압구정에 있는 수술방에서 대주의 머릿속을 스쳐 갔던 갈색 말도 아니고 수찬이가 그렇게 마음에 들어 했던 젤다도 아니었다. 비록 얼음장처럼 차가운 좌석일지라도 대주가 유일하게 앉아 쉴 수 있는 포르쉐 핸들에 그려진 검정말이었다. '결국 너를 보내줘야 하는구나⋯⋯.'

경기 불황이라는 말이 무색했다. 억대가 넘는 자동차를 중고로 내놓은 지 두 시간 만에 임자가 나타났다. 세계적인 반도체 이슈로 차 출고까지 대기 기간만 이 년이 넘게 걸리는 포르쉐를 당장 받을 수 있다는 말에, 그야말로 돈 좀 있다 하는 사람들이 당장 현금으로 사겠다고 연락을 넣었다.

차를 팔기로 마음먹은 대주였지만 막상 딜러에게 차가 팔렸다는 연락을 받자 쓸쓸함이 밀려왔다. 팔을 다쳐 운전을 하지 못하는 까닭에 딜러가 이곳으로 차를 가지러 온다고 했다. 한 시간이면 도착하니 인감만 준비해 놓으라고 했다.

주민 센터에 가서 자동차 매매용 인감을 한 장 발급받았다. 차에 돌아와 차를 구매했을 때 대시 보드에 넣어둔 차량 등록증과 구비 서류들을 꺼내자 딜러에게서 십 분이면 도착한다는 문자가 왔다. 아쉬운 마음에 핸들 가운데 박혀 있는 검정말 로고를 빤히 보았다. '그래, 잘 가라.' 대주는 끝끝내 마음속에서만 황야를 질주하던 흑마를 보내주기로 했다. 진짜 황야를 달릴 수 있게.

차 키 두 개와 서류를 전달받은 딜러가 대주의 흑마를 타고 신난 얼굴로 떠났다.

'그래, 병원, 집, 병원, 집, 매일 반복되는 꽉 막힌 강변북로 위만 달릴 것이 아니라 광광 배기음도 마음껏 내고, 있는 힘껏 너의 속력을 낼 수 있는 곳으로 가렴. 고급 휘발유 앞에서 망설이는 주인이 아니라, 할부 값 때문에 매달 전전긍긍하는 기수가 아니라, 억대의 현금을 턱턱 쓸 수 있는 기수를 만나서

마음껏 질주하렴. 그동안 미안했다. 나 때문에 억눌려 있던 너의 능력을 펼치렴. 잘 가라, 나의 흑마.'

파란 대문 앞에 서 있던 포르쉐가 사라지니 담벼락이 횅했다. 차가운 겨울바람이 벽에 부딪히는 소리만 들렸다. 이제 이 문을 열고 들어갈 때가 왔다. 들어가 아버지를 다시 봐야 한다. 정말 여기가 아니면 갈 곳이 없다는 현실이 지독히도 싫었다. 혹시 아버지가 초저녁 오수에 들었다면, 그렇다면 마주치지 않고 얼른 안방으로 들어갈 수 있을 것이다. 방에서 있는 듯 없는 듯 조용히 있어야지.

진돌이 때문에 늘 열려 있던 현관문이 닫혀 있었다. 천천히 문을 열고 들어갔다. 현관에 장 영감이 늘 신던 밤색 운동화가 없었다. 그때부터 조심스럽던 대주의 발걸음이 대담해졌다. 거실도 텅 비어 있었다. 좋았다. 시동도 안 컨 차에서 오들오들 떨며 잠든 아들을 보고, 이 추위에 집을 나가준 장 영감의 속도 모르는 대주가 안방에 들어갔다.

쓰러지듯 침대 위에 누웠다. 그리고 휴대전화로 모바일 뱅킹 앱을 켜고 잔액 조회를 눌렀다. 아직 돈이 들어오지 않았다. 자동차 명의 변경을 하고 바로 돈을 넣어준다고 했으니 조금 더 기다려 보자 싶었지만 초조한 마음이 드는 건 어쩔 수 없었다. 순간 불안한 기분까지 들었다. '설마 내 차를 대포차로 쓰려는 건 아니겠지.' 요즘 뭐 하나 쉽게 넘어가는 일이 없어서 그런지 신경이 예민하게 곤두섰다. 십 분 정도 새로 고침 버튼을 누르자 중고차 가격이 입금되었다. 할부 값을 중도 상환하고 나자 선금으로 넣었던 오천만 원 정도의 돈이 남았다.

그렇게 대주는 자신의 흑마를 판 돈으로 수찬이의 말, 젤다의 지정마 신청 비용과 생활비를 부쳤다. 다시 통장은 가벼워졌다. '복직할 때까지만 버텨라. 그럼 어떻게든 되겠지.' 속은 헛헛했지만 잠이 몰려왔다. 차에서 덜덜 떨었던 탓인지 오늘따라 어머니가 생전에 기워놓았던 이불은 더욱 따뜻했고 이불에서 나는 연남동 빙글빙글 빨래방의 냄새는 더욱 포근했다.

베갯잇이 축축하게 젖어 있었다. 눈을 떴을 때 무슨 꿈을 꾸었는지 기억은 안 났지만 슬픈 꿈이었다. 대주는 애써 기억하려고 하지 않았다. 현실도 퍽퍽한데 슬픈 꿈까지 기억할 필요가 있나 싶었다. 목이 말랐다. 대주가 문을 열었을 때 소파에 앉아 있는 장 영감과 진돌이가 눈에 들어왔다. 식도가 갈라지도록 갈증이 났지만 문밖으로 발을 뗄 수 없었다. 둘째 아들처럼 아꼈던 흑마 포르쉐까지 보낸 마당이라 더 서운한 마음이 밀려왔다. 나라면 수찬이한테 절대 이렇게 안 한다. 아버지라고 하나 있으면서 어쩜 이리 매정한지. 이제는 자존심 싸움이 되어버린 부자 갈등에, 열린 문으로 눈이 마주친 진돌이만 좌불안석이었다.

대주가 패딩 점퍼를 입고 방을 나왔다. 보통 때라면 이 늦은 밤에 어딜 가느냐고 물었을 장 영감이지만 굳게 다문 입은 열리지 않았다. 다만 대주가 쾅 닫고 나간 현관문만 바라볼 뿐이었다.

집에서 물 한잔도 편히 못 마시는 대주가 연남동 길을 걸었다. 한파주의보는 연일 해제되지 않았고 여전히 칼바람이 불었다. 시리다 못해 아린 겨울이었다.

"편의점에 가서 컵라면이라도 하나 먹을까. 그것도 돈이지. 그냥 바람이나 쐬자."

아침에 먹었던 곰탕이 생각났지만 그냥 걸었다. 이럴 때 한강 위를 달리면 속이 좀 후련할 텐데. 이제는 속이 꽉 막혀 한숨도 제대로 나오지 않는 지경에 이르렀을 때, 드라이브를 갈수 있는 차도 없었다. 오늘 떠난 흑마는 영영 돌아오지 못할 것을 대주는 알고 있었다.

발길이 멈춘 곳은 공원 길 끝자락에 환하게 불이 켜져 있는 연남동 빙굴빙굴 빨래방이었다. 따뜻했다. 아무도 없는 빨래방의 고요 속에 세탁기 한 대만 하얀 거품을 만들어내며 철썩철썩 파도 소리를 내며 돌고 있었다. 커피 머신 옆에는 장 영감이 새로 가져다 놓은 대추 쌍화탕이 여전히 자리를 지키고 있었다. 쌍화탕은 진한 갈색빛을 띠었다. 병 너머로 스멀스멀 새어 나오는 것 같은 대추 냄새에 대주가 인상을 찡그렸다.

대주는 커피 한 잔을 뽑아 마실까 하다가 빈손으로 테이블 앞에 앉았다. 누가 자신의 고민에도 해답을 남겨놨나라는 생각이 든 대주는 픽 웃음이 났다. 사십 년 인생 헛살았다 싶었다. 고민 한 줄 털어놓을 곳이 고작 여기뿐이라니.

연두색 다이어리 중간 부분을 휙 펼쳤다.

"여기쯤 써놓았던 것 같은데."

몇 장을 더 넘기고 나서야 대주가 고민을 남겨놓은 장이 나왔다.

우리 아들과 나의 이야기를 몇 글자 적어보려고 합니다. 백일이 넘었을 즈음 엄마보다 아빠를 먼저 말해 사람들이 얼마나 신기해했는지요. 그런데 시간이 지나니 이제는 저를 부를 일이 없어 보입니다. 이제 저는 아들에게 그저 잔소리만 하는 늙은 고집쟁이처럼 보이는 것 같아요. 가장으로 열심히 살아왔다고 생각했는데 아들에게는 그저 늙고 잔소리 많은 아버지가 되어버렸네요. 언제부터 엄마보다 아빠를 먼저 말하던 아들과 멀어졌는지 모르겠습니다. 의대에 간 그때부터? 장가를 간 후로? 아들이 아들을 낳은 후로? 도통 모르겠습니다. 어느 순간 멀어져 버렸지요.

글을 읽다가 대주가 고개를 갸웃거렸다. 익숙한 이야기였다. 자신을 말하는 것 같은 내용에 눈을 떼지 않고 다시 읽어 내려갔다.

그래도 지금 저를 살아가게 하는 힘은 우리가 만들어놓은 추억입니다. 작고 통통한 발로 엄마가 가꿔놓은 화단 앞을 달려와 품에 안기던 아들의 체온, 처음 앞니 빼던 날, 눈물을 뚝뚝 흘리면서 빠진 이를 지붕 위에 던지던 모습, 언젠가부터 멈춰져 있지만 마당 담에 굵은 선으로 새겨놓은 아들의 키, 마당의 나무에 물을 줄 때면 꼭 뛰어나와 물장난을 치다가 옷이 흠뻑 젖던 천진난만함, 눈이 내리면 기어코 눈을 굴려 눈사람을 만들고 눈사람이 추울까 봐 엄마가 떠준 목도리를 꼭 둘러줘야 한다던 순수함……. 다시는 만날 수 없어 사무치게 그립지만 그 기억이 있어 홀로 지내는 이 노인네는 외롭지가 않습니다. 그래서 저는 가시 많은 고집쟁이가 되어 이 집을 지켜야겠습니다.

아들아, 혹여 네가 이곳에 또 오게 되어 이 글을 읽는다면, 아니 읽지 못하더라도 이거 하나는 꼭 말해주고 싶구나. 멀리 자식을 보내놓고 이런 시간을 포기해 버리는 네가 참 안타까웠다. 그래서 그렇게 반대를 했어.

이 시간은 절대로 돌아오지 않아. 살아보니 그래. 또 잔소리 늘어놓는다고 싫어할 테지만 이 말은 꼭 해주고 싶구나. 뱁새로 태어난 너에게 황새보다 더 행복하게 사는 법을 가르쳐주고 싶었는데 그러지 못해 미안하다.

그래도…… . 내가 다 닳을 때까지. 아니, 다 닳아 없어진 그 다음에도…… . 참으로 많이 사랑한다…… .

만년필로 곧게 써놓은 글씨체는 어릴 적 가정 통신문에서, 성적표에서, 의대에 입학할 때 처음 받았던 편지에서 보았던 글씨체였다. 아버지 장 영감의 글씨였다. 목이 꽉 막혔다. 머릿속 아주 깊은 곳에 박혀 있던 추억들이 필름처럼 스쳐 지나갔다.

낯설고 불편해진 연남동 파란 대문 집은 그런 집이었다. 다시 만나지 못할 순간들을 간직하고 있는…… .

대주가 다이어리 위의 글씨를 손끝으로 더듬거렸다. 그리고 사랑한다는 글자 위에서 한참을 머물렀다.

유리창에 비친 얼굴위로 수찬이가 어른거렸다. 이제 키가 얼마만큼 컸으려나…… . 어깨까지는 아직이겠지…… .

장 영감은 이미 알고 있었다. 대주가 그렇게 애지중지하던

차 뒤에 숨겨놓은 낡은 스쿠터를 발견했을 때, 빨래 바구니 깊숙한 곳에 파묻어놓은 음식 냄새 진동하는 검정 내복을 보았을 때, 그 자존심에 우철에게 보일러 이야기를 먼저 꺼냈다는 이야기를 전해 들었을 때, 혼자 빨래방에 앉아 울고 있는 대주를 보았을 때, 장 영감은 알았다.

내 자식이 힘들다는 것을 부모는 안다. 자식의 뒷모습만 봐도, 구부러진 등만 봐도 무슨 걱정이 달라붙어 있는지 아는 게 부모였다.

대주가 여러 사람이 매만져서 손때가 묻은 연두색 다이어리를 처음부터 펼쳤다. "배고프다.", "지루하다." 같은 사람들의 시시콜콜한 고민 밑에도 장 영감의 글씨가 쓰여 있었다. 그 진중한 글씨체에 눈물이 났다. 아버지는 얼굴도 모르는 누군가의 고민을 함께 열심히 고민해 주고 있었다. 아버지는 여기에 올 거리를 만들기 위해 묵은 이불을 꺼내고, 쌍화탕을 만들고, 한파주의보에도 진돌이의 가슴 줄을 쥐고 그 얇아진 모습을 하고 이곳에 왔던 것이다. 아버지는 외로웠던 것이다.

휴대폰을 꺼내 아내에게 메시지를 보냈다. '사랑해 여보, 사랑한다 수찬아. 보고싶다.' 대주의 문자가 지구 반대편에 닿았을 즈음, 대주가 붉게 충혈된 눈을 부릅떴다. 오른손으로 짧은 머리카락을 쥐고 눈물을 참았다. 금방이라도 속에 있는 뜨

거운 무언가가 터져 나올 것 같았다. 주먹을 꽉 쥐었다. 장 영
감이 가져다 놓은 대추 쌍화탕 한 병을 열었다. 허투루 흐르
지 않게 조심히 입에 병을 가져다 댔다. 뜨거운 눈물과 함께
한 모금을 넘겼다. 달콤한 대추의 맛과 쌉싸름한 약재 향이
목구멍을 타고 내려갔다. 세상에 태어나 먹어본 것 중 가장
달았다. 너무 달아서 쓰기까지 했다. 쌍화탕이 가슴까지 흘
러들어 오자 참았던 눈물이 터져 나왔다. 입을 막아도 소리가
새어 나왔다. 아버지의 목소리를 못 들은 척했던 순간들이,
문을 굳게 닫아버렸던 순간들이 머릿속에 떠올랐다. 평생 내
뒷모습만 보고 살았던 사람⋯⋯. 아버지. 대주가 흐느꼈다.
몸이 떨릴 정도로 굵은 눈물을 쏟아냈다.

철썩철썩. 대주의 등 뒤에서 돌고 있는 세탁기가 파도 소리
를 냈다. 세탁기 소리가 잦아들 때쯤 또 다른 세탁기가 더 큰
파도 소리를 냈다. 멈추지 않는 파도 소리에 기대어 대주가
목 놓아 울었다. 한참이 지나고 파도 소리가 작아질 즈음 익
숙한 냄새가 느껴졌다. 고요하고 포근한 향기에 대주의 퉁퉁
부은 눈이 감겼다. 연두색 다이어리 위에 팔을 포개고 머리를
기댔다. 언젠가 아버지의 팔을 베고 자던 때처럼 마음이 편안
했다.

대주의 등 뒤에서 세탁기 한 대가 쉬지 않고 돌아갔다. 철

썩철썩 파도 소리를 내면서 하얀 빨래가 세탁기 안에서 돌다가 떨어지고 다시 올라가기를 반복했다. 또 누군가의 고민이 묻어 있는 묵은 빨래가 깨끗해지는 중이었다.

"누구나 목 놓아 울 수 있는 자기만의 바다가 필요하다. 연남동에는 하얀 거품 파도가 치는 눈물도 슬픔도 씻어 가는 작은 바다가 있다."

에필로그

"괜찮아, 한여름. 떨지 마! 전화 오면 좋은 거고 안 오면……
내년에 또 도전하면 되지. 괜찮아, 암!"

오늘은 공모전 당선자 발표 날이다. 산만하게 요동치는 심
장 때문에 가만히 앉아 있을 수 없어서 여름이 작업실에서 나
왔다. 푹 꺼진 방석을 들고. 뒷모습에서 느껴지는 초조함도 청
춘의 초록처럼 싱그러웠다. 마침 빨래방에 경찰 제복을 가지
고 온 세웅이 들어오는 여름을 보았다.

"아줌마, 또 무슨 해답 찾으러 왔어요?"

"아저씨, 말 걸지 마요. 그러다 전화벨 소리 못 들으니까."

"민중의 지팡이한테 아저씨라니요! 무슨 기다리는 전화 있
어요?"

여름은 방석을 세탁하려고 가져왔지만 이미 모든 세탁기가 빙글빙글 돌아가고 있었다.

언제부터 이곳을 찾는 발길이 많아진 건지 이제 연두색 다이어리의 마지막 장만 남아 있었다. 자신보다 무거운 고민을 가진 사람에게 양보하듯 마지막 장은 여전히 하얗게 비어 있었다.

세웅이 여름에게 대답을 재촉하는 사이, 물감 묻은 작업복을 든 연우가 아리를 품에 안고 들어왔다.

"어? 안녕하세요! 오랜만이에요. 요즘 학교 시험 기간이라 통 못 왔었는데, 오늘 오길 잘했네요!"

해사한 미소를 지은 연우가 인사를 하자 다시 딸랑 하고 빨래방 문이 열렸다. 면세점에 복직한 미라가 빨간 유니폼을 가지고 왔다.

"어머, 다들 잘 지냈어요? 보고 싶던 얼굴들 다 여기서 보네요. 빈 세탁기가 없어서 다들 기다리고 있는 거예요?"

"오늘이 빨래하기 딱 좋은 날인 건지 아니면 다들 고민이 많은 건지 빈 세탁기가 없네요! 복직하신 거예요?"

휴대폰을 손에 꼭 쥐고 있는 여름이 대답했다.

"네, 이번에 회사에서 시간을 배려해 준 덕분에 이 옷 다시 입을 수 있게 됐어요."

미라가 자신의 이름이 새겨진 재킷을 흔들며 웃어 보였다. 그간 엄마로, 아내로 살며 잊고 있던 자신을 되찾은 것처럼 기쁜 얼굴이었다.

"거, 잘됐네요. 축하해요. 혹시 야근할 일 있으면 나희 하원은 내가 챙겨줄게요. 곧 수찬이도 돌아오는데 같이 놀면 되겠네요."

어느새 안방 이불을 가지고 빨래방에 들어와 있던 장 영감이 말했다. 함께 온 진돌이도 꼬리를 흔들며 제자리를 빙그르르 돌았다.

여름은 계속 손톱 끝을 턱턱 물어뜯었다.

"대체 무슨 전화를 기다리는 건데 그렇게 졸았어요?"

세웅이 또 물었다.

"……공모전이요. 오늘 드라마 공모전 발표 날이거든요. 전화 돌리기 시작했을 텐데……. 아직이네요."

연우가 눈을 동그랗게 떴다.

"그때, 하준 님과 러브 스토리로 쓰신다고 한 그 드라마요?"

"네, 근데 아직이네요. 이번에도 안 오려나……."

"조금 더 기다려 봅시다. 원래 좋은 소식은 그 무게만큼 늦게 도착하기도 해요."

장 영감이 인자하게 말했다. 그때, 휴대폰이 울렸다.

"여보세요?"

여름이 자리를 박차고 일어났다. 쿵쾅쿵쾅. 심장이 떨렸다. 마치 온몸이 떨리고 있는 것 같았다. 모두 여름의 입을 주목했다.

"감사합니다! 감사합니다!"

여름이 전화를 끊자 사람들 모두가 축하의 말을 건넸다. 눈물을 머금은 여름이 푹 꺼진 방석을 끌어안았다. 한 번도 스스로에게 해준 적 없는 말을 해주었다. 오늘에서야.

"수고했다, 한여름."

빙글빙글 돌던 세탁기 한 대가 멈췄다. 모두가 자기 일처럼 여름을 축하해 주고 있는 사이 세탁 완료 문자를 받은 수의사 재윤이 빨래방에 들어왔다.

"어, 아리 보호자님. 진돌이 보호자님도 계시네요. 안녕하세요."

차분하고 진중한 음성이었다.

"저희 같은 세탁기 쓰는 사이였네요? 허허. 그래서 진돌이가 선생님을 잘 따랐나 봅니다."

장 영감이 흐뭇한 얼굴을 했다.

"저도 아리 보호자님 덕분에 오게 되었는데 참 좋네요, 여기."

재윤이 건조기로 빨래를 옮겼다. 빈 세탁기가 생기자 모두가 흘끗흘끗 서로를 살폈다. 누가 먼저 세탁기를 쓸 것인가. 모두 우물쭈물 나서지 않자 세웅이 입을 열었다.

"경찰이 직접 교통정리 해드리겠습니다. 우리 다 같이 넣고 함께 빨래합시다!"

이제는 대추 쌍화탕을 달고 사는 대주가 좋아하는 이불과 여름의 끈질긴 시간이 묻어 있는 방석, 여기에서 진짜 꿈을 찾은 세웅의 경찰 제복, 도망치지 않고 뿌리를 내리는 중인 연우의 물감 묻은 작업복, 다시 자신의 이름을 찾은 미라의 유니폼까지 모두 한 세탁기에 넣었다.

빙그르르. 곧이어 철썩철썩 파도 소리가 나기 시작했다.

유리문에 걸린 작은 종이 흔들렸다. 마지막으로 온 사람은 재열이었다. 보는 것만으로 아픔이 전해지던 뺨의 긴 상처는 말끔하게 아물었다. 재열이 테이블 위에 새로운 다이어리를 올려놓았다. 맑은 하늘색 다이어리다. 누구에게도 말하지 못하는 외로운 고민을 기다리듯 옅은 바람에 표지가 흔들렸다.

앞으로 이 다이어리에는 또 어떤 모양의 글씨들이 채워질까?

아무도 없는 연남동 빙굴빙굴 빨래방. 세탁기에 우윳빛 섬유 유연제를 가득 넣는다. 건조기 필터 속 먼지를 청소기로 빨아들이고 동그란 문을 뽀득뽀득 닦아준다. 따뜻한 시간을 위해 커피 머신에 원두를 채운다.

그리고 마지막으로 이곳의 시그니처 향을 듬뿍 적신 섬유 유연제 시트를 자판기에 차곡차곡 채워준다. 마음을 가라앉혀주는 앰버 향과 따스한 온기를 담은 코튼 향이 발걸음을 이끌 듯 은은하게 퍼져나간다.

"자, 이제 새로운 빨래를 맞이할 준비는 모두 끝났다."

《연남동 빙굴빙굴 빨래방》을 쓰면서 결국 마음을 꺼내 보이는 일이 가장 어려운 일이라는 것을, 그리고 그 마음을 들어주는 사람이 있다는 건 아주 큰 행운이라는 것을 동시에 배웠습니다.

늘, 저의 '연두색 다이어리'가 되어주는 가족에게 사랑한다는 말을 전하고 싶습니다. 또 독자분들에게도 '연두색 다이어리'가 생길 수 있도록 함께 책을 만들어주신 담당자님과 관계자 여러분께 감사합니다.

말할 곳이 없어 묵혀두기만 했던 그 마음을 말끔하게 씻어내고 싶다면 이제는 문을 열어보세요. 여러분의 마음속에 지어진 연남동 빙굴빙굴 빨래방의 문을요!

2023년 초여름
김지윤 드림

연남동 빙굴빙굴 빨래방

2023년 8월 18일 초판 1쇄 | 2024년 12월 19일 28쇄 발행

지은이 김지윤
펴낸이 이원주

콘텐츠개발실 정혜경, 홍윤선
마케팅실 양근모, 권금숙, 양봉호, 이도경 **온라인홍보팀** 신하은, 현나래, 최혜빈
디자인실 진미나, 윤민지, 정은예 **디지털콘텐츠팀** 최은정 **해외기획팀** 우정민, 배혜림, 정혜인
경영지원실 강신우, 김현우, 이윤재 **제작팀** 이진영
펴낸곳 팩토리나인 **출판신고** 2006년 9월 25일 제406-2006-000210호
주소 서울시 마포구 월드컵북로 396 누리꿈스퀘어 비즈니스타워 18층
전화 02-6712-9800 **팩스** 02-6712-9810 **이메일** info@smpk.kr

ⓒ 김지윤 (저작권자와 맺은 특약에 따라 검인을 생략합니다)
ISBN 979-11-6534-773-4 (03810)

쌤앤파커스(Sam&Parkers)는 독자 여러분의 책에 관한 아이디어와 원고 투고를 설레는 마음으로 기다리고 있습니다. 책으로 엮기를 원하는 아이디어가 있으신 분은 이메일 book@smpk.kr로 간단한 개요와 취지, 연락처 등을 보내주세요. 머뭇거리지 말고 문을 두드리세요. 길이 열립니다.